ANGELA PLANERT

HERZENSSPUREN

Ein
Regionalroman
aus
Brandenburg

Impressum
Angela Planert
Herzensspuren
www.Angela-Planert.de
© Angela Planert 2016
Druckversion 5.0 Stand: Februar 2017
Umfang: ca. 402.718 Zeichen

Korrektorat: Edition Bärenklau
www.editionbaerenklau.de

Bildrechte zum Cover
http://de.123rf.com/profile_chalabala'>chalabala / 123RF Lizenzfreie Bilder

Alle Rechte vorbehalten, insbesondere das Recht der mechanischen, elektronischen oder fotografischen Vervielfältigung, der Einspeicherung und Verarbeitung in elektronischen Systemen, des Nachdrucks in Zeitschriften oder Zeitungen, des öffentlichen Vortrags, der Verfilmung oder Dramatisierung, der Übertragung durch Rundfunk, Fernsehen oder Video, auch einzelner Text- und Bildteile sowie der Übersetzung in andere Sprachen.

Jeder von uns hinterlässt auf seine
Weise Spuren –
im Herzen anderer Menschen,
in ihrer Seele - mit guten Taten, mit
Worten oder mit ihren Lebenswerken.

Manche Spuren sind sichtbarer als
andere und
manche wünschen wir sogar zu
vergessen,
während die Besonderen von ihnen
uns reich beschenken.

INHALTSVERZEICHNIS

BEGEGNUNGEN	9
NÄHER	29
ÜBERRASCHUNGEN	48
VERÄNDERUNG	68
WEITER	85
WENDUNG	103
SPRACHE	124
FOLGEN	144
EREIGNIS	165
GESPRÄCHE	184
ZURÜCK	203
FERIEN	224
SCHMERZ	242
GESPRÄCH	250
HEIMAT	263
WECHSEL	285

BEGEGNUNGEN

Der Polizeiwagen raste mit hoher Geschwindigkeit die A111 Richtung Berlin entlang. Kyle kämpfte gegen seinen schnellen Herzschlag. Seit dem Unglück waren seine Nerven in dieser Hinsicht merklich dünner geworden. Lieber saß er selbst hinter dem Steuer, dort fühlte er sich besser aufgehoben als auf dem Beifahrersitz. Dabei hätte er diesen furchtbaren Unfall vor drei Jahren vermutlich nicht verhindern können. Sophie traf keine Schuld. Kyle drehte seinen Ehering.

„Spielende Kinder auf der Autobahnbrücke", seufzte Lena neben ihm. „Zu meiner Zeit haben wir noch ganz normal auf Spielplätzen gespielt." Sie warf einen kurzen Blick in den Rückspiegel. „Hoffentlich passiert inzwischen nicht irgendetwas Fruchtbares."

„Immer positiv denken", bemühte sich Kyle, das Erlernte aus seiner vergangenen Therapie umzusetzen.

„Also wenn's um Kinder geht, da kann ich echt nicht viel wegstecken!" Ein Stück vor der Kanalbrücke drosselte Lena das Tempo.

„Ich schätze, es wird Zeit, dass Du selber welche bekommst!", grinste Kyle.

„Sagt der Mann im besten Alter, um Kinder zu zeugen!"

Kyle dachte an Rostock zurück. „Auf dem Hafengelände haben wir so einiges diesbezüglich erlebt. Die Kids waren sich der Gefahren, in denen sie sich befanden, oft gar nicht bewusst." Für einen Moment keimten Zweifel auf, ob seine Entscheidung, hierherzuziehen, die richtige gewesen war.

„Weil die Kids gar nicht in der Lage sind, abzuschätzen, was passieren kann. Übrigens perfekt von dir abgelenkt." Lena bremste ab, wechselte auf die rechte Spur und fuhr unter der Bahnbrücke drunter weg. „Gleich werden wir sehen, ob noch jemand da ist", sagte Lena.

Jetzt wurde die Sicht auf die Fußgängerbrücke frei. Kyle stockte für einen Moment der Atem, als er oben auf dem blauen Geländer eine Person erkannte. „Verdammt!" Nur eine falsche Bewegung und diejenige würde in die Tiefe auf die Fahrbahn, mitten in die fahrenden Autos, stürzen. Eine Vorstellung, die er nicht weiter zu verfolgen wünschte. „Wir sollten die Autobahn sperren!", war Kyles erster Gedanke.

„Das dauert zu lange. Wir müssen sofort handeln." Lena nahm die Ausfahrt zur Haltebucht, die für den öffentlichen Verkehr mit einem Durchfahrt-Verboten-Schild gesperrt war. „Wir holen das Gör da runter!" Sie hielt den Wagen direkt vor dem Fußgängerübergang an, löste den Sicherheitsgurt und riss gleichzeitig die Autotür auf. Kyle folgte ihr, musste jedoch erst um den Polizeiwagen herumrennen. Lena eilte bereits die Stufen zur Fußgängerbrücke nach oben. Das ohrenbetäubende Grollen, Zischen und Sausen der Autobahn war so laut, dass sich Kyle nur durch Rufen mit Lena hätte verständigen können und damit vermutlich das Kind auf sich aufmerksam gemacht, was in dieser Situation böse enden könnte. Wie Kyle jetzt beim Näherkommen erkannte, handelte es sich offenbar um einen Jungen, von der Größe her vielleicht zehn Jahre alt. Bisher schien er die Polizisten aber nicht bemerkt zu haben. Mit zur Seite gestreckten Armen balancierte er auf dem Geländer zur anderen Straßenseite hinüber, wandte ihnen somit den Rücken zu. Lena drehte sich zu Kyle um, gab ihm per Handzeichen zu verstehen, langsam auf ihn zuzugehen. Sie wollte sich dem Jungen seitlich nähern, und Kyle sollte ihn von hinten sichern. Mit einem mulmigen Gefühl warf Kyle einen Blick durch die Metallstäbe des Geländers nach unten, wo die Autos mit hohen Geschwindigkeiten unter der Brücke hinweg rasten. Er wollte auf keinen Fall mit ansehen müssen, wie die Fahrzeuge den Jungen in Stücke rissen. Kyle schreckte zusammen, als unten eine LKW-Hupe ertönte. Idiot, dachte Kyle, als würde die Situation nicht schon knifflig genug sein. Er richtete seine Aufmerksamkeit wieder auf das leichtsinnige Kind vor sich. Es war lediglich mit einem schmutzigen Sweatshirt sowie einer zerrissenen Jogginghose bekleidet, was für einen Februartag definitiv keine angemessene Kleidung war. Seine nackten Füße schimmerten bläulich. Was ging nur in diesem Kerlchen vor, dass er sich auf ein derart riskantes Spiel zwischen Leben und Tod einließ? Lena und Kyle hatten ihn beinah erreicht. Lena machte eine Kopfbewegung und in diesem Augenblick sprang der ‚Geländertänzer' geschickt auf den asphaltierten Gehweg und rannte los.

„Bleib stehen!", rief Lena und eilte ihm nach, Kyle folgte den beiden. Der Flüchtende war bemerkenswert flink, und das barfuß. Obwohl der Lütte nun außer

Gefahr war, musste man ihm das Risiko, auch die Autofahrer mit seiner Aktion zu gefährden, verdeutlichen.

Am Ende der Brücke, wo die Stufen wieder hinunterführten, überholte Kyle Lena, erwischte kurz darauf den Bengel an der Schulter, packte ihn und riss ihn in seinem Eifer mit die Treppe hinunter.

Unten angekommen sprang Kyle sofort auf die Beine, bereit, den Kerl festzuhalten.

„Beeindruckender Stunt", meinte Lena, die in diesem Moment dazukam. „Bist du in Ordnung?"

„Wenn ich sortiert bin", Kyle setzte sich grinsend auf, fühlte in sich hinein, dabei fiel sein Blick auf den leblosen Jungen neben sich und auf die blutende Platzwunde über dem rechten Auge. Sein linker Arm lag merkwürdig verdreht unter dem Körper.

Lena hockte sich zu ihm, tastete nach dem Puls. „Milan? Gott! Was machst du denn hier?", flüsterte sie bewegt, überprüfte derweil seine Lebenszeichen.

„Du kennst ihn?", fragte Kyle verwundert.

Sie seufzte tief. „Ein Kind aus meiner Nachbarschaft."

„In diesem Aufzug so weit von Zuhause weg? Das sind bestimmt zwanzig Kilometer", wunderte sich Kyle und kniete sich zu dem Jungen. „Verletzen wollte ich ihn mit meiner Aktion gewiss nicht."

„Du hast ihn im Gegensatz zu mir wenigstens erwischt. Ich gehe erst mal zum Wagen, rufe einen Krankenwagen und hole eine Decke." Lena eilte die Stufen wieder nach oben. Kyle zog zuerst seine Jacke aus und brachte den bewusstlosen Körper in die stabile Seitenlage. Abschürfungen am Hüftknochen, die er sich vermutlich eben bei dem Sturz zugezogen hatte, lugten unter dem Gummiband der Jogginghose hervor. Als Kyle das Sweatshirt untersuchend hochschob, verschlug ihm der Anblick den Atem. Verheilte Striemen, zahlreiche Narben übersäten den Rücken, sogar den Rumpf. Der Junge war wiederholt gequält worden! Umso schuldiger fühlte sich Kyle nun, dass er ihn darüber hinaus noch verletzt hatte. Jedes Mal aufs Neue bewegten Kyle Begegnungen mit misshandelten Kindern. In der Hoffnung, dieses Gefühl schnell loszuwerden, zog er die Kleidung drüber, deckte Milan anschließend mit seiner Jacke zu. In diesem Moment blinzelte der Lütte, richtete sich hastig auf, die Jacke rutsche ihn von den Schultern.

„Bleib ruhig! Der Krankenwagen ist unterwegs! Tut mir Leid …" Milan machte den Versuch aufzustehen, wirkte dabei erst verwirrt, dann fast panisch. Nervös schaute er sich um, machte den Mund auf, als wollte er etwas sagen, ohne jedoch einen Laut von sich zu geben.

Kyle packte ihn am Handgelenk, um ihn am Aufstehen zu hindern. „Du musst keine Angst vor mir haben." Milan schüttelte wild den Kopf, versuchte sich loszureißen, während er sich hinhockte. Kyles Griff wurde fester, zur Sicherheit ergriff er den anderen Arm. „Du hast dich bei dem Treppensturz verletzt, das muss sich ein Arzt ansehen!" Das Blut aus der Platzwunde rann jetzt über Milans Gesicht, tropfte auf das schmuddelige Sweatshirt. Sein überängstlicher

Gesichtsausdruck verdeutlichte Kyle, dass er nur mit Worten allein den Lütten nicht beruhigen konnte. Vermutlich hatte das Kind viel Gewalt erlebt, war traumatisiert. Kyle sprang auf, hockte sich hinter Milan, dabei kreuzte er dessen Arme, um diese fest mit seinem Handgriff an den ausgekühlten Körper zu drücken. „Scht! Ganz ruhig Milan!", flüsterte Kyle. „Ruhig! Ich wollte dir wirklich nicht wehtun." Milan warf wie ein wahnsinniger den Kopf hin und her, ohne auch nur einen Laut von sich zu geben. Kyle nahm den rasenden Herzschlag des Jungen wahr, wie er zu hecheln begann. Kyle drückte den schmalen Brustkorb noch ein wenig fester an sich. „Hab keine Angst! Atme ganz ruhig, ein und aus." Mit leiser, sanfter Stimme redete Kyle auf Milan ein, der sich nach einem Moment tatsächlich zu beruhigen schien. Kyle lockerte seine schützende Umarmung. „Du zitterst! Willst du meine Jacke anziehen?" Er wusste nicht, ob der Lütte ihn überhaupt verstand, ober er vielleicht gehörlos war. „Magst du mir verraten, warum du auf dem Geländer herumgeturnt bist?", versuchte Kyle, eine Bestätigung seiner Vermutung zu finden.

Jetzt schüttelte Milan den Kopf.

„In Ordnung!" Für diese Angelegenheit war er ohnehin nicht der richtige Ansprechpartner. Zumindest aber hörte er Kyles Fragen. „Mein Name ist Kyle Rieck." Er angelte, noch immer hockend, nach seiner Jacke, holte ein paar Taschentücher aus seiner Jackentasche, hielt den Jungen dennoch am Arm fest. Dann drückte er Milan vorsichtig ein paar Lagen

Tücher auf die Wunde. Milan drehte ihm verwundert sein Gesicht zu und sah ihn fragend an. „Na ja, meine Eltern waren Terminator-Fans, weißt du." Kyle grinste, „allerdings habe ich wenig mit meinem draufgängerischen Namensvorbild gemeinsam."

Für einen winzigen Moment sah Milan aus, als würde er mit seinen großen braunen Augen lächeln, und dass, obwohl er vor Kälte zitterte.

„Komm, zieh die mal über!", bot Kyle ihm an.

In dem Augenblick, als er Milan losließ, schoss der Steppke in einer atemberaubenden Geschwindigkeit hoch und rannte davon.

„Hey! Bleib stehen!" Kyle eilte ihm nach, lachte derweil über seine Gutgläubigkeit, den Lütten losgelassen zu haben. Milan überquerte die asphaltierte Straße der Haltebucht und lief Richtung Wald. Der Abstand zwischen dem Kind und dem Polizisten wurde zusehends größer. Kyle hatte sich bis eben eigentlich für gut in Form gehalten, doch der Junge bewies ihm gerade das Gegenteil. An der Weggabelung schien Milan ins Stolpern zu geraten, fing sich aber wieder, um mehr torkelnd weiter zu laufen. Kyle holte auf. Plötzlich sah er, wie Milan über seine eigenen Füße stolperte, hinfiel und reglos liegen blieb. Kyle war sofort klar, dass Milan anscheinend eine Gehirnerschütterung hatte und dringend medizinische Hilfe benötigte. Er sprintete auf ihn zu und hockte sich zu ihm. Milan atmete, er sah nur auffallend blass aus. Das Blut im Gesicht wirkte dagegen seltsam grell. Kyle wägte ab, was er tun sollte. Schließlich hatte seine Partnerin keine Ahnung, wo er hingelaufen, vor allem was passiert war. Deshalb entschied er sich, den Jungen auf den Arm zu nehmen und zur Brücke, wo auch seine Jacke noch lag, zurückzugehen.

Lena kam ihm bereits am Waldrand entgegen. „Ist er dir entwischt?"

Kyle nickte. „Der Lütte ist verdammt flink, wäre er unterwegs nicht zusammengebrochen, hätte ich keine Chance gehabt."

„Zusammengebrochen?", fragte Lena bewegt. Sie wickelte, so gut es auf Kyles Arm ging, die Decke um Milans Körper. „Das klingt aber nicht gut. Der Krankenwagen wird jeden Moment eintreffen." Sie überquerten die Fahrbahn der Haltebucht. Ohne Aufforderung hob Lena Kyles Jacke auf.

„Weißt du, dass er misshandelt wurde?"

Lena blieb kurz vor der Treppe stehen. „Genau deshalb kam er letztes Jahr zu seinem Onkel nach Friedrichsthal." Sie stieg die Stufen nach oben, „eine furchtbare Geschichte!"

„Wenn es um Misshandlungen geht, sind sie das immer!" Kyle war versucht, weiter nachzufragen, ließ es jedoch, um nicht zu tief in diese Angelegenheit einzusteigen. Als sie die Mitte der Brücke erreichten, sah Kyle den Krankenwagen von der Autobahn in die Haltebucht abfahren.

„Perfektes Timing!" Lena eilte voraus.

Als Kyle mit dem Jungen auf dem Arm auf halber Treppe war, regten sich Milans Arme leicht, auch seine Augäpfel bewegten sich unter den Lidern hektisch hin und her. Er wirkte unruhig, ohne zu sich zu kommen. Zügig aber aufmerksam ging Kyle die Stufen hinunter, wo ihm zwei Rettungssanitäter mit einer Trage entgegenkamen.

„Legen Sie ihn ab, wir kümmern uns um ihn", wies ihn der eine Sanitäter an.

Kyle berichtete, was sich zugetragen hatte, um den Helfern ein besseres Bild über Milans Zustand zu geben.

Die Rettungshelfer wickelten Milan zuerst in eine Wärmefolie und untersuchten seine Vitalzeichen, während Lena Name sowie Anschrift von Milan auf einem Zettel notierte.

„Erweiterte Pupillen, Bradykardie", behauptete der eine Sanitäter.

„Was heißt das?", machte sich Kyles Frage selbstständig, während er an seinem Ehering drehte.

„Er ist stark unterkühlt. Wir bringen ihn erst mal nach Oranienburg", mit diesen Worten schoben die Rettungssanitäter die Trage in den Rettungswagen.

Kyle atmete tief durch. „Ich fühle mich verantwortlich!"

Lena legte ihm seine Jacke über die Schultern. „Ach Quatsch! Zieh dich an. Weder kannst du was dafür, dass er vor uns weggerannt ist, noch dass er unpassend gekleidet war."

Kyle bemerkte, wie kalt ihm wirklich war. Ihm war es ein Rätsel, wie der Lütte es ohne warme Kleidung ausgehalten hatte. Obendrein musste er ja aus Friedrichsthal hierhergelaufen sein. Weit und breit fuhr hier kein Bus oder eine Bahn.

„Wie alt ist Milan eigentlich?", ließ Kyle seine Neugier heraus, stieg damit tiefer in das Schicksal des Jungen ein, als er wollte.

„Er ist acht oder neun", sagte Lena und setzte sich hinter das Lenkrad. „Bei uns in der Straße heißt er nur ‚der Verrückte'!"

Kyle nahm auf dem Beifahrersitz Platz.

„Ende November brannte es bei den Jansens im Haus", Lena startete den Wagen, „und dreimal darfst du raten, wer nach Meinung der Nachbarn dafür verantwortlich gemacht wurde."

„Oh Mann!", seufzte Kyle. „Und wie sah die tatsächliche Brandursache aus?"

Lena fuhr los, verließ die Haltebucht. „Ein defektes Kabel soll den Brand ausgelöst haben." Sie beschleunigte und fädelte das Fahrzeug in den fließenden Verkehr ein. „Es ist ja so viel einfacher, die Schuld einem stummen Kind in die Schuhe zu schieben."

Mit dieser Aussage fand Kyles Überlegung von vorhin eine Erklärung, warum Milan nicht geantwortet hatte.

Ein Funkspruch unterbrach das Gespräch. Ein liegengebliebener PKW blockiert die rechte Fahrbahn auf der A 10 hinter dem Kreuz Oranienburg.

Lenas und Kyles nächster Einsatz!

Es war bereits nach siebzehn Uhr, als Kyle Feierabend hatte und in seinen privaten Wagen stieg.

Sein Handy meldete eine SMS von Carolin. 'Bin mit den Kindern noch beim Schwimmen, Thomas ist beim Sport. Kannst Du bitte mit dem Hund gehen? Wäre klasse! Danke Caro.' Kyle schrieb zurück: „Klar doch Cousinchen! Mach ich gern."

Obgleich der restliche Nachmittagsdienst heute relativ ruhig verlaufen war, fühlte sich Kyle ziemlich erledigt. Ständig musste er an den Jungen von der Fußgängerbrücke denken, an Milan. Er war genauso alt wie sein Neffe Luke.

Schmunzelnd dachte er an die Rasselbande seiner Cousine. Luke war der älteste Sohn, Hannah mit ihren sieben Jahren der Sonnenschein der Familie. Das Nesthäkchen Nele war vier Jahre alt. Einerseits war er dankbar für die Gesellschaft der Familie, dafür das energiegeladene Leben mit den drei Kindern so intensiv miterleben zu dürfen, aber andererseits wurde ihm damit deutlich, was er mit Sophie tatsächlich alles verloren hatte. Er lenke den Wagen auf die Straße und fuhr Richtung Velten, dann weiter nach Marwitz in den Schmiedeweg. Der Mischlingsrüde bellte hörbar im Haus, als Kyle sein Auto an der Scheune auf dem hinteren Teil des Hofes parkte. Kyle überlegte, zuerst duschen zu gehen, beschloss jedoch die Hunderunde zumindest in dem restlichen Tageslicht zu nutzen. Als er die Haustür aufschloss, zwängte sich Packo schwanzwedelnd durch den Türspalt.

„Na, Packo", begrüßte Kyle das Tier, nahm sich die Leine vom Haken und schloss die Tür wieder ab. Der Hund sprang wie ein Welpe um Kyle herum. Die

Freude, dass er ihn aus seiner Einsamkeit befreit hatte, war ihm deutlich anzumerken. An der Grundstücksgrenze hakte Kyle die Hundeleine am Halsband ein und führte den Rüden den Schmiedeweg entlang, bis sie die Bötzower Straße erreichten. Wenngleich es langsam dämmerte, entschied sich Kyle, den beschaulichen Weg über das Feld am sumpfigen Höllensee entlangzugehen. Hier machte er den Rothweilermischling von der Leine, damit er sich austoben konnte. Es tat gut, seine Gedanken ziehen, den Blick zum roten Abendhimmel, über die kahlen Felder bis zum Wald schweifen zu lassen. Mit einem tiefen Atemzug der Zufriedenheit bemerkte Kyle, wie gut es ihm nach einem Arbeitstag wie dem heutigen hier gefiel. Obwohl ihn oft Zweifel überkamen, war er in diesem Augenblick dankbar, den Umzug nach Marwitz vollbracht zu haben. Er hatte schließlich in der ausgebauten Scheune auf dem hinteren Teil des riesigen Grundstückes sein eigenes Reich, seine Ruhe und wenn ihm danach war, Gesellschaft im Haupthaus vorn, nur ein paar Meter entfernt. Die Tür zur Familie seiner Cousine stand ihm stets offen und das war schon immer so gewesen. Seit ihrer Kindheit pflegen Kyle und Carolin ein freundschaftlich herzliches Verhältnis. Kyle dachte an die Hochzeit von Carolin und Thomas, dann an seine eigene mit Sophie. Er drehte seinen Ehering am Finger. Packo kam mit einem Stock auf ihn zugerannt, als wolle er Kyles dunkle Gedanken vertreiben. „Na gib schon her", bot ihm Kyle an. Er nahm den abgebrochenen Ast und bevor Kyle den

Stock überhaupt losgeworfen hatte, rannte Packo los. Gut zwanzig Minuten ging Kyle Richtung Bötzow, während er von Packo wiederholt zum Spielen aufgefordert wurde. Inzwischen war es dunkel geworden, deshalb kehrte Kyle um. Nur die Straßenbeleuchtung aus der Ferne gab ihm eine vage Orientierung, wo der Feldweg entlangführte. In dieser Situation hätte sich Sophie ganz dicht an Kyle herangedrängt. „Nicht, dass du mir verloren gehst", hörte Kyle sie in seiner Erinnerung lachen. Er spürte fast ihre Arme, wie sie sich fest bei ihm einhakte. Plötzlich zuckte Kyle zusammen, als irgendetwas an ihm vorbeifegte. Packo, der ungefähr zehn Meter vor ihm bis eben sein Stöckchen getragen hatte, sprang ein paarmal auf und ab, bellte, jedoch konnte Kyle kaum erkennen, was sich dort vor ihm zutrug. Für ihn sah es aus, als toben nun zwei Hunde übers Feld. Kyle sah sich suchend, soweit ihm das in der Dunkelheit gelang, nach dem Hundebesitzer um. Aber weder Richtung Marwitz noch Richtung Bötzow war eine Menschenseele auszumachen. Kyle beschloss, die beiden spielen zu lassen, denn was gab es für einen Vierbeiner Schöneres, als mit einem Gleichgesinnten sich auszutoben. Für eine Weile verschwanden die Hunde im Gebüsch. „Packo?", rief Kyle, als es ihm zu lange dauerte. Ein kurzes Bellen bestätigte ihm, dass er in der Nähe sein musste. Es vergingen einige Minuten, bis der Rüde zu Kyle zurückkehrte. Erst mit dem Näherkommen erkannte Kyle einen schwarzen Labrador, der dem Mischlingsrüden folgte. Zuerst nahm Kyle Packo an die

Leine und da weiterhin kein Herrchen in Sicht war, hakte er das andere Ende der Leine dem fremden Hund ans Halsband. „So du Ausreißer! Was mache ich nur mit dir?" Das Tier beschnupperte Kyle intensiv an seinem Hosenbein. Kyle wog ab, was er tun sollte. Soweit er das im Dunklen beurteilen konnte, sah der Labrador gepflegt aus, das Halsband sprach dagegen, dass der Hund ausgesetzt wurde, allerdings war kein Namensschild oder Steuermarke zu finden. Kyle entschied sich, Richtung Bötzow zu gehen, von wo das Tier gekommen war. Zügig lief er den Weg entlang. Bis er in der Ferne die ersten beleuchteten Häuser von Bötzow erkannte.

„Daisy?", rief jemand von weiter her. „Daisy?"

Merklich wurde der fremde Hund unruhig und fing an zu fiepen. Eine Hundedame! „Du heißt also Daisy!" Kyle fand den Namen für einen Hund dieser Größe recht unpassend. „Sie ist hier!", brüllte Kyle zurück. „Ich habe sie eingefangen!" Auch wenn Daisy vermutlich nur noch nach Hause wollte, fühlte sich Kyle in der Pflicht, das Tier seinem Besitzer ordnungsgemäß zu übergeben. Nach etwa zehn Minuten erfasste Kyle in der Dunkelheit die Silhouette eine Person auf dem Feldweg.

„Ist Daisy bei Ihnen?", fragte eine zitternde Frauenstimme. Daisy zerrte kräftig an der Leine.

„Ja, das ist sie", antwortete Kyle.

„Oh Gott sei Dank!" Die Frau kam auf ihn zugeeilt. „Daisy war heute ungewöhnlich lange allein. Ich schätze, sie ist über den Zaun gesprungen!" Daisys

Frauchen war relativ klein, ging Kyle, der 1,87 Meter groß war, ungefähr bis zur Schulter. Sie hockte sich zu ihrer Hündin. „Du Ausreißer! Als wäre mein Tag nicht schon aufregend genug gewesen!"

Kyle machte Daisy von der Leine. „Dann ist ja alles noch mal gut gegangen, und ich kann mit Packo jetzt beruhigt nach Hause gehen."

„Ach, Packo!" Hörbar atmete die Dame aus. „Entschuldigen Sie, ich habe Sie in der Dunkelheit gar nicht erkannt."

„Kein Problem!" Kyle sah keine Notwendigkeit, die Situation richtigzustellen, dass er gar nicht Thomas, der sonst abends mit dem Hund eine Runde drehte, war.

„Ich bin heute etwas durcheinander, komme gerade aus dem Krankenhaus - nicht dass ich medizinische Hilfe benötigt hätte, aber - jedenfalls vielen Dank fürs Einfangen."

„Gern geschehen!" Für einen Augenblick kam Kyle der Gedanke, ob die beiden Hunde womöglich mehr, als nur miteinander gespielt hatten, doch eben so schnell verschwand diese Überlegung und er lief mit Packo nach Hause.

Am nächsten Abend fuhr Kyle nach dem Dienst zum nahe gelegenen Supermarkt. Es war einer jener Tage, an denen er Gesellschaft als belastend empfand. Er wollte allein sein, also beschloss er, nur schnell noch etwas einzukaufen, um sich nach der geplanten Joggingrunde einfach auf sein Sofa zurückzuziehen. Sport, das wusste er, war die beste Therapie, obwohl es ihn in seiner seelischen Verfassung, in der er sich gerade befand, natürlich viel Disziplin abverlangte.

„Verzeihen Sie junger Mann", sprach ihn eine ältere Dame vor dem Brotregal an, „können Sie mir sagen, ob in dem Brot Leinsamen ist?"

Kyle war zu höflich, als die Dame zu ignorieren. Er las sich die Inhaltsstoffe durch. „Nein, kein Leinsamen drin." Er reichte der Dame die Brotpackung zurück.

„Bitte seien Sie doch so freundlich und suchen mir eine Sorte mit Leinensamen heraus. Der Arzt hat mir geraten ..."

Kyle hörte gar nicht zu, durchsuchte nur die Brotsorten. Warum ihn immer wieder älteren Leute ansprechen mussten! Sah er so vertrauenswürdig aus? Endlich fündig geworden, gab er der Dame ein Päckchen Leinsamenbrot, wünschte ihr einen angenehmen Abend und eilte zum Kühlregal. Dort wurde er von einem betagten Herrn angesprochen, der auf der Suche nach einem laktosefreien Jogurt war. Kyle fragte sich, ob auf seiner Stirn ‚Auskunft' stand? Er fühlte sich bedrängt, ja genervt, dass er hier nicht in Ruhe einkaufen konnte. Sonst hatte er damit kein Problem, aber heute empfand er das als Belästigung! Jetzt wollte er nur noch schnell raus hier. Er packte sich drei verschiedene Käsestücke ein, ein Ciabatta, eine Flasche Rotwein und hastete zur Kasse. Draußen vor dem Supermarkt schob er den Einkaufswagen zurück. Ein Fiepen neben ihm lenkte seine Aufmerksamkeit auf den schwarzen Labrador, der am Einkaufswagenhäuschen angebunden war. Die Hündin kam, soweit es die Leine zuließ, auf ihn zu. Sie beschnupperte Kyles Hose und wedelte kräftig mit dem Schwanz, während sie unentwegt fiepte. „Hallo, Daisy!", sagte Kyle und hockte sich zu ihr. „Na, du Ausreißer!" Er streichelte der Hundedame über den Kopf.

„Kennen Sie meinen Hund?", hörte er hinter sich jemand fragen.

In diesem Augenblick wunderte sich Kyle, dass er sich von Daisy hatte aufhalten lassen, wo er eben eigentlich nur noch nach Hause wollte. Er stand auf. „Ja, von gestern Abend, als ich mit Packo …", er sah der Frau ins Gesicht, welches durch die Beleuchtung vor dem Supermarkt gut zu erkennen war. Für einen Moment hielt er den Atem an.

„Ach, Sie waren das!" Sie lachte. „Ich habe mich schon gewundert, warum Daisy Ihnen gegenüber so aufgeschlossen ist."

Diese blaugrauen lebenslustigen Augen! Es war fast, als würde Sophie ihn anschauen. Er schluckte, fühlte sich nicht in der Lage zu antworten.

„Lebt Packo jetzt bei Ihnen?" Sie strich sich ihre dunkelblonden Locken aus dem Gesicht nach hinten.

„Nein - ich", stotterte Kyle, „ich bin gestern nur für die Abendrunde eingesprungen."

„Und dann gleich noch so ein Überfall!", sie lachte erneut, „bitte, geben Sie mir Gelegenheit, mich für Ihre Hilfe zu bedanken."

Kyle machte eine wegwerfende Handbewegung. „Das haben Sie gestern bereits erledigt! Kein Grund, sich darüber weiter den Kopf zu zerbrechen."

Sie reichte ihm die Hand. „Ich bin Jana."

Flüchtig ergriff er ihre Hand. „Kyle!" Die Situation war ihm unangenehm, obwohl es dafür keinen wirklichen Anlass gab.

„Was halten Sie davon, wenn ich uns etwas Leckeres koche?" Sie überlegte kurz. „Wie wäre es morgen, haben Sie gegen 19:00 Uhr Zeit?"

Kyle dachte an Sophie. „Vielen Dank für Ihr Angebot, aber …"

„Sofern Sie eine Freundin haben, bringen Sie sie mit!", fiel ihm Jana ins Wort.

Bei dem Gedanken, als verheirateter Mann eine Einladung zum Essen bei einer fremden Frau anzunehmen, fühlte sich Kyle unwohl. Andererseits war seine Sehnsucht nach Einsamkeit, seine depressive Stimmung durch diese Begegnung wie weggeblasen. War ihm das in den letzten drei Jahren auch nur einmal passiert? „Ein anderes Mal vielleicht! Trotzdem vielen Dank!" In seinem Inneren war jedoch die Neugier auf Jana, auf Ihre Kochkünste geweckt. Er drehte sich um und ging zu seinem Wagen. „Du bist ein Feigling, Kyle!", hätte Sophie in einer solchen Situation gesagt, und vermutlich hatte sie damit sogar Recht. Wovor fürchtete er sich denn? Ein paar Schritte vor seinem Auto blieb er stehen. Was hatte er zu verlieren? Er wandte sich zögernd um.

„Mein Angebot steht noch", warf Jana ihm inzwischen vom Fußgängerweg aus zu, der nur wenige Meter vom Parkplatz, durch ein Gebüsch getrennt, entfernt verlief. Daisy beschnupperte intensiv das

Buschwerk.

Kyle nickte Jana zu. „Überredet! Dann Morgen um 19:00 Uhr!"

„Großartig! Ich freue mich auf Sie!" Jana winkte ihm kurz zu, bevor sie mit ihrer Hundedame in der dunkeln Seitenstraße abbog.

„Na siehst du! War das so schwer?", hätte Sophie gefragt.

Kyle setzte sich auf den Fahrersitz, stellte seine Stofftasche mit seinem Einkauf auf den Beifahrersitz und steckte den Schlüssel ins Zündschloss. „Ich fühle mich ein bisschen, wie ein Verräter", flüsterte er sich zu. „Aber …" Mit seinem Selbstgespräch fiel ihm auf, dass er keine Adresse, nicht mal einen Familiennamen von Jana hatte. Er startete den Wagen, verließ den Parkplatz, um der Straße, in der Jana eben eingebogen war, zu folgen. Langsam fuhr er die Fennstraße, wie er am Straßenschild entziffern konnte, entlang und erkannte auf dem Seitenstreifen voraus Daisy mit Frauchen. Als er auf gleicher Höhe mit den beiden war, ließ er die Scheibe auf der Beifahrerseite herunter und beugte sich hinüber.

Jana hielt ihren prallgefüllten Rucksack fest, während sie sich dem offenstehenden Fenster zu wandte. „Dafür dass Sie anfangs kein Interesse an meiner Einladung zeigten, sind sie jetzt ganz schön anhänglich!"

Nun lachte Kyle. „Erwischt!" Er begann an diesem Abenteuer Gefallen zu finden. „Steigen Sie ein, ich fahre Sie nach Hause."

„Nicht nötig! Es sind nur ein paar Meter und so kommt Daisy noch ein bisschen raus!"

„Verstehe! Aber eine Adresse, wo ich Sie morgen antreffen kann, wäre dennoch recht praktisch", grinste Kyle.

„Ups!" Jana kicherte kurz, „wie peinlich! Oststraße 17, die geht von der Friedhofstraße ab, kennen Sie die?"

„Danke, ja! Dann bis morgen Abend!" Kyle fuhr an Jana vorbei, drückte auf den eklektischen Fensterheber und bog auf die Marwitzer Straße ab.
Merkwürdigerweise ließ das Grinsen in seinem Gesicht gar nicht mehr nach, und seine Joggingrunde fiel wesentlich umfangreicher aus, als ursprünglich geplant, was seine positive Stimmung um einiges steigerte.

NÄHER

Am nächsten Morgen begrüßte ihn seine Kollegin Lena mit den Worten: „Gute Laune steht dir eindeutig besser, als der gestrige Trauerkloß, den man lieber hätte links liegen lassen wollen." Sie klopfte ihm auf die Schulter, „willst du heute mal zeigen, wie vertraut dir die Gegend inzwischen ist?" Sie hielt ihm den Autoschlüssel des Dienstwagens vor die Nase.

Kyle griff schnell zu, damit sich Lena es nur nicht anders überlegte. „Darf ich das als Beförderung verstehen?", fragte Kyle scherzhaft. Für ihn war diese Geste von Lena ein bedeutender Schritt, eine berufliche Anerkennung, dass er sich hier auskannte und endlich angekommen war. So begannen die beiden den Arbeitstag mit ihrem ersten Einsatz, das Räumen einer bereits gesicherten Unfallstelle. Als Nächstes wurde ein abgestellter PKW ohne Nummernschilder auf dem Standstreifen gemeldet. Lena und Kyle übernahmen die Sicherstellung des Fahrzeuges. Über Funk erfuhren sie, dass zwei Insassen vermutlich durch den Wald Richtung Landstraße flüchteten. Drei Stunden vergingen, bis die beiden Flüchtenden - wie sich später erwies, waren es Autodiebe - gefasst wurden. Am Nachmittag stellten Lena und Kyle einen LKW mit hochwertiger technischer Hehlerware sicher. Der nervende Papierkram, der im Anschluss ihrer Arbeit notwendig war, nahm viel Zeit in Anspruch.

„Feuerprobe bestanden!", klopfte Lena ihm anerkennend auf die Schulter. „Deine Ortskenntnisse sind wirklich schon ausgezeichnet!"

Kyle sah aus seiner Arbeit gerissen auf die Uhr. Es war kurz vor 18:00 Uhr. Seine Verabredung! „Ich muss los!", dabei machte er seinen PC aus, schnappte sich seine Jacke, die über der Rückenlehne seines Stuhls hing, und warf Lena ein, „bis Morgen" zu, bevor er aus dem Büro eilte. Auf dem Nachhauseweg wollte er eigentlich noch einen Blumenstrauß besorgen, allerdings hatten die Blumenläden bereits geschlossen, als er vorbeikam. Um nicht mit leeren Händen zu diesem Abendessen zu gehen, beschloss er die Rotweinflasche, die er gestern verschmäht hatte, mitzunehmen.

Zu Hause angekommen, ging er unter die Dusche, zog sich anschließend eine beigefarbene Jeans und ein hellblaues Hemd an. Ihm blieben nur zehn Minuten Zeit und sechs davon benötigte er schon für die Fahrt nach Bötzow. Er schaute in den Spiegel, fuhr mit der Hand durch das feuchte kurze Haar, zupfte es zurecht und rieb sich nachdenklich seinen Dreitagesbart. Sollte er ihn abrasieren? „Versuche nicht dich zu ändern, nur um mir zu gefallen. Sei du selbst, Kyle!", hatte Sophie zu Beginn ihrer Beziehung zu ihm gesagt. Wie recht sie hatte, er musste sich nicht rasieren, um jemandes Zuspruch zu finden. Ohne seinen Bart zu stutzen, trug er seinen Lieblingsduft auf, eine Mischung aus Sandelholz und Bergamotte. Erneut warf er einen Blick auf sein Spiegelbild. „Bist du wirklich bereit, Sophie zu betrügen?" Es war ein Abendessen! Seine Zweifel waren absurd! Kyle drehte an seinem Ehering. Plötzlich verließ ihn der Mut. „Du bist ein Feigling, Kyle!", hörte er Sophie in seiner Erinnerung sagen. „Ja und! Diese Verabredung war von Anfang an eine blöde Idee!", sagte er zum Spiegel. In diesem Augenblick klingelte sein Handy, auf dem Display erschien Caros Bild. Kyle bemühte sich um eine feste Stimme. „Hallo Cousinchen", nahm er das Gespräch an. „Ich wollte dir nur einen besonders schönen Abend wünschen", trällerte sie.

„Bitte?", fragte Kyle überrascht.

Caro lachte. „Kyle! Du wohnst auf dem Dorf! Ich habe Daisys Frauchen heute im Supermarkt getroffen", erklärte Caro.

Kyle sah zur Uhr, es war drei Minuten vor sieben.

„Ich finde es großartig, dass du endlich beginnst loszulassen, und nun mach dich auf den Weg, sonst wird das Hühnchen trocken." Caro beendete das Telefonat. Ihre Worte hallten in Kyles Gedanken wider, ‚Ich finde es großartig, dass du endlich beginnst loszulassen.'

War es tatsächlich so, dass er Sophie begann loszulassen? Nachdenklich drehte er mal wieder seinen Ehering am Finger. In diesem Moment hätte er alles dafür gegeben, sie in seine Arme zu schließen, sie fest an sich zu drücken. Ein Teil von ihm hätte sich am liebsten sofort ins Bett verkrochen, der andere Teil sagte sich, dass es unhöflich wäre, Jana zu versetzen, dazu war sie ihm zu sympathisch. Außerdem war es ein Abendessen, nichts weiter.

Kyle parkte den Wagen in der Friedhofstraße und

lief die Oststraße hinunter, bis zur Nummer 17. Es war ein älteres zweistöckiges Gebäude mit Keller, vom Stil her vermutlich erbaut in den dreißiger Jahren, auf einem großzügigen Grundstück, zumindest was man von der Straße her erahnen konnte. Durch die beiden hellerleuchteten Fenster links von der Eingangstür fiel Licht in den Vorgarten, der mit einem Jägerzaun umsäumt war. Vier nebeneinander angeordnete Quadrate aus Buchsbäumen trennten die kahlen Beete von den darum liegenden Kieswegen.

Kyle war zehn Minuten zu spät! Zögernd stand er vor dem Gartentor. Plötzlich bellte Daisy im Haus und das, obwohl er den Klingelknopf nicht mal berührt hatte. Die Haustür ging auf, damit fiel der Lichtschein aus dem Flur auf die fünf Stufen, die nach oben führten. Daisy rannte zum Tor, auf Kyle zu.

„Schön, dass Sie hergefunden haben", begrüßte ihn Jana, spielte dabei an ihrem rechten Ohrring, als wollte sie überprüfen, dass er noch an seinem Platz war. „Kommen Sie rein, das Tor ist offen." Mit dem Lichteinfall von hinten wirkte sie mit den dunkelblonden Locken wie eine geheimnisvolle Lichtgestalt. Eine fast vergessene Regung spürte Kyle in seinem Innern. Er betrat das Grundstück und musste zunächst die schwanzwedelnde Daisy begrüßen, bevor er ihr ins Haus folgen durfte.

„Danke, für die Einladung", überreichte er Jana die eingepackte Rotweinflasche. „Die Öffnungszeiten der Blumenläden waren leider nicht mit meiner Arbeitszeit kompatibel."

„Sie sollten ja auch gar nichts mitbringen!" Jana wickelte neugierig die Weinflasche aus. „Bordeaux! Großartig! Der passt hervorragend zum Coq au vin." Sie wies zur Garderobe, „Ihre Jacke können Sie dort aufhängen."

Daisy sprang um Kyle herum, während Jana die Haustür hinter ihm schloss.

„Normalerweise ist sie Fremden gegenüber sehr misstrauisch. Sie scheinen ihr ganz besonders sympathisch zu sein." Jana warf einen flüchtigen Blick zum Hundekorb, der in der Ecke des großzügigen Flures stand. „Gehen Sie schon mal ins Wohnzimmer, ich komme gleich nach." Jana zeigte geradeaus.

Als Kyle den Raum durch die offen stehende Doppelflügeltür betrat, blieb er zunächst überrascht stehen. Wenigstens zwanzig Kerzen sowie drei kleine Steinlampen verbreiteten ein warmes Licht. Das hätte Sophie gefallen. Sie liebte diese Salzkristalllampen und Kerzen sowieso.

„Ist es Ihnen zu dunkel?", fragte Jana „oder trauen Sie sich aus einem anderen Grund nicht rein?"

„Keines von beiden!" Kyle überlegte, ob er Jana nicht das Du anbieten sollte, er drehte sich grinsend zu ihr um. „Gemütlich haben Sie es hier!"

Jana seufzte. „Man hat viel zu wenig Zeit für solche Momente. Nehmen Sie Platz und dann müssen Sie mir unbedingt verraten, was Sie mit Daisy gemacht haben?" Sie stellte einen großen gläsernen Kochtopf in die Mitte des runden Holztisches.

Kyle setzte sich an den geschmackvollen gedeckten

Esstisch. „Ich vermute, das hängt mit Packo zusammen."

„Keinesfalls", sie schüttelte den Kopf, „wäre es so, hätte Daisy Sie weder gestern noch heute derartig begeistert begrüßt." Sie strich sich ihre dunkelblonden Locken aus dem Gesicht nach hinten.

Kyle sah sie an. „Eine andere Erklärung habe ich nicht." Obwohl Jana von der Augenpartie abgesehen, Sophie kaum ähnlich sah, charakterlich wenig mit ihr gemeinsam zu haben schien, faszinierte sie ihn mit ihrer Lebensfreude, die ihm ansteckend vorkam. „Um ehrlich zu sein, fände ich es entspannter, wenn wir das Sie weglassen."

„Das ist mir mehr als recht." Sie lächelte. „Ich hole nur noch das Brot."

Ein köstlicher Duft kroch unter dem Glasdeckel, der durch die Suppenkelle nicht ganz auflag, hervor. Die Kristallgläser der drei Gedecke glitzerten im Kerzenschein und machten Kyle deutlich, dass Jana mit einer Begleitperson gerechnet hatte. Hellgrüne Servierten lagen zu einer Blume gefaltet auf den weißen tiefen Tellern. Passend dazu funkelte ein gläserner Kerzenleuchter mit fünf grünen Kerzen. Grüne Platzdeckchen und Efeuranken auf dem Tisch verdeutlichten Kyle, wie sehr er diese liebevollen Kleinigkeiten, mit der Sophie ein einfaches Abendessen zu einem Festmahl gestaltet hatte, vermisste.

„Ich war mir nicht sicher, ob Sie, Entschuldigung, ob du wirklich kommen würdest." Jana stellte einen weißen Korb mit dunklem Baguette neben die

Glasschüssel.

„Ehrlich gesagt ..." Kyle lachte, „ich mir auch nicht." Unbewusst drehte er seinen Ehering am Finger.

Jana sah auf seine Hände. „Wollte sie nicht mitkommen?" Sie goss den Wein in die Gläser und setzte sich.

Erst mit dieser Frage wurde Kyle bewusst, dass sein Ring ihn verraten hatte. „Wir - leben getrennt."

„Das tut mir leid!" Die Situation schien ihr unangenehm zu sein, „aber manchmal ist eine Trennung unvermeidbar." Abermals strich sie sich ihre dunkelblonden Locken aus dem Gesicht nach hinten. Kyle nickte zustimmend. Jana hob ihr Weinglas, prostete Kyle zu. „Nochmals danke fürs Einfangen von Daisy."

Kyle stieß vorsichtig mit ihr an. „Gern geschehen."

„Darf ich fragen, ob du ein Nachbar von Packo bist?" Sie hob den Deckel vom Topf.

Kyle nahm seine Servierte vom Teller und reichte ihn ihr entgegen. „Ich würde mich eher als Untermieter bezeichnen."

„Wie praktisch! Ein Untermieter für alle Fälle." Jana tat ihm auf. „Offenbar kannst du gut mit Hunden umgehen."

„Sie sind weniger kompliziert als Menschen", grinste Kyle.

„Oh ja! Das ist wahr", seufzte Jana und befüllte dann ihren Teller mit diesem Huhn-Gemüse-Soßen-Mix. Ein Telefon klingelte. Jana legte den Glasdeckel auf den Topf und sprang auf. „Bitte entschuldige mich und fang schon an." Sie eilte zum Flur, wo sie das Gespräch annahm. „Graf?" - „Oh, nein! War das wirklich nötig?" Sie klang betroffen. „Und was war der Auslöser?" - „Verstehe." - „Ja ich weiß! Leider ist er dort schon ein Dauergast." - „Danke, Ihnen ebenso!"

Als Jana zum Tisch zurückkehrte, wirkte sie bedrückt.

„Ich wette, es ging nicht um einen Hund", versuchte Kyle die Situation aufzulockern.

Jana schüttelte den Kopf. „Wahrhaftig nicht." Sie ergriff den Brotkorb, hielt ihn Kyle entgegen, „aber nun guten Appetit! Ich hoffe, es schmeckt dir."

Kyle nahm sich ein Stück Baguette. „Danke, es duftet zumindest ganz köstlich."

„Für mich allein koche ich eher selten, das macht einfach keinen Spaß." Jana probierte ihr Gericht und Kyle ebenfalls.

„Ausgezeichnet!", stellte Kyle fest, „wirklich sehr lecker!"

„Dankeschön! Es freut mich, dass es dir zusagt", Jana lächelte.

Kyle wischte sich mit der Serviette seinen Mund sauber, um einen Schluck Wein zu trinken. „Die Sache mit dem Krankenhaus vorgestern, hat sich hoffentlich inzwischen entspannt?"

Jana schaute fast erschrocken auf. „Im Grunde", sie sah nachdenklich aus, „hat sich das Problem nur verlagert. Eigentlich betrifft es mich nicht persönlich, dennoch …" Sie atmete tief, es war ihr deutlich anzumerken, dass sie bewegt war. „Dazu sollte ich erklären, dass ich beim Jugendamt arbeite. Man kommt mit vielen Situationen in Berührung und auch, wenn man sich um Abstand bemüht, ist es unvermeidlich, dass das eine oder andere Schicksal einem näher geht, als man möchte. Gesetze und Bürokratie erschweren einem die Aufgaben obendrein."

„Ich weiß sehr gut, was du meinst", stimmte Kyle ihr zu.

„Vorgestern war wirklich ein außergewöhnlich chaotischer Tag. Gerade als ich nach Hause fahren wollte, erreichte mich die Nachricht aus dem Krankenhaus. Im Grunde hätte ich nicht hinfahren müssen, es war mir dennoch ein Bedürfnis, nach dem Rechten zu sehen. Deshalb wurde es viel später als üblich. Sofern ich Daisy nicht mitnehmen kann, ist sie bei gutem Wetter meistens im Garten, na ja, den Rest der Geschichte kennst du ja. Aber genug davon! Willst du mir verraten, wo du aufgewachsen bist?" Jana trank ein Schluck Wein, während sie Kyle gespannt ansah.

Kyle schmunzelte. „Hört man es so deutlich, dass ich nicht von hier bin?"

Jana nickte lächelnd, schob sich dabei ein Stück Brot in den Mund.

„Bis zu meinem zwanzigsten Lebensjahr habe ich in Wismar gelebt, danach in der Nähe von Rostock."

„Wismar?", Jana schluckte ihren Bissen herunter. „Das ist ja witzig! Meine Großeltern lebten in Zierow."

Kyle dachte sofort an die herrlichen Sommertage, die er dort am Strand verbracht hatte. „Im Ernst?"

Jana sah ihm in die Augen. „Als Kind war ich die

Ferien über viel bei meinen Großeltern. Sie betrieben eine kleine Pension, nur zweihundert Meter vom Strand entfernt."

„Womöglich sind wir uns früher schon mal über den Weg gelaufen", überlegte Kyle laut.

„Ich denke, ich würde mich erinnern, wäre ich einem so attraktiven jungen Mann begegnet."

Kyle fühlte sich geschmeichelt. Obwohl er das öfter zu hören bekam, hatte dieses Kompliment von Jana besonderes Gewicht. „Danke, aber als Jugendlicher war ich eher der Unscheinbare, den niemand wirklich beachtet hat."

Sie neigte leicht ihren Kopf, während sie Kyle intensiv ins Gesicht sah. „Das kann ich mir gerade nur schwer vorstellen." Sie trank einen Schluck Wein. „Verrätst du mir, was du beruflich machst?"

„Meistens bin ich auf der Autobahn unterwegs." Kyle zog es vor, sich zunächst mit Informationen über sich zurückzuhalten, überlegte, was er noch sagen könnte.

„Dann bist du LKW-Fahrer?", spekulierte Jana.

Er lachte kurz. „So was in der Art!"

„Warum hast du Rostock verlassen?" Jana aß von ihrem Gemüse. „Ich würde gern an der Küste wohnen."

Kyle schluckte. Von den zahlreichen Argumenten, mit denen Caro ihn überredet hatte, herzuziehen, gab es diesen einen Punkt, den er bereit war zu verraten. „Vor einem Jahr starb meine Mutter, nur wenige Wochen danach mein Vater."

„Oh, das tut mir sehr leid!", sagte Jana mitfühlend. „Gleich zwei geliebte Menschen so schnell hintereinander zu verlieren, muss ja arg belastend für dich gewesen sein." Sie legte zaghaft ihre Finger auf Kyles Hand, die neben seinem Teller lag.

Diese Annäherung gefiel Kyle. „Schlimmer war eigentlich ihr Zustand in den letzten Monaten, mit an zusehen, wie sie abgebaut haben." Jana zog ihre Hand zurück, was Kyle bedauerte. „Fast zeitgleich wurde bei meinen Eltern Lungenkrebs diagnostiziert. Bei den Mengen, die sie über Jahrzehnte geraucht haben, überraschte mich diese Diagnose ehrlich gesagt nicht. Die letzten Wochen haben sie sich furchtbar gequält und so war ihr Tod eher eine Erlösung."

Jana hörte ihm aufmerksam zu.

„Nach der Beerdigung drängte Caro, meine Cousine, darauf, dass ich mein ‚altes' Leben endlich hinter mir lasse und hier in ihrer Nähe ein Neues beginnen sollte. Thomas, ihr Mann hatte bereits angefangen, die Scheune auszubauen, um sie zu vermieten. Der Innenausbau war beinah abgeschlossen. Es lag somit in meinen Händen, Fliesen oder Laminat zu verlegen und Farbe an die Wände zu bringen. Die Küche ist noch eine Baustelle, aber Wohn- und Schlafzimmer sowie Badezimmer sind fertig."

„Das klingt ja spannend, in einer ausgebauten Scheune zu wohnen. Gehst du denn öfter mit Packo? Bisher habe ich ihn nur mit Caro oder Thomas getroffen."

Kyle nickte. „Ich springe nur hin und wieder ein.

Caro und ich sind wie Geschwister. Obwohl sie mit ihren drei Kindern bestimmt genug zu tun hatte, war sie stets für mich da, hat sich um mich gekümmert, wenn es mir nicht so gut ging." Kyle bemerkte, dass er damit viel über sich verraten hatte. Normalerweise war er viel zurückhaltender.

„Das hört sich nach einer sehr innigen Beziehung an", stellte Jana fest. „Verstehst du dich denn mit dem Ehemann deiner Cousine genauso gut?"

„Thomas ist ein Pfundskerl. Er und Caro geben in meinen Augen ein Traumpaar ab und sind großartige Eltern. Trotzdem", Kyle schüttelte kurz den Kopf, „ist es mir an manchen Tagen schleierhaft, wie es Caro gelungen ist, mich zu überreden hierherzuziehen."

„Das klingt, als wärst du hier gar nicht glücklich?" Jana sah ihn intensiv an.

Kyle fühlte sich plötzlich wie bei seiner Therapeutin, um dieses Gefühl zu überspielen, lachte er. „Alles hat eben seine zwei Seiten. Meistens bin ich dankbar, hier zu sein, dennoch will ich nicht ausschließen, irgendwann einmal wieder zurückzugehen." Er aß seinen Teller leer.

„Darf ich dir noch etwas auftun?", fragte Jana.

„Sehr gern!" Kyle hielt seinen Teller dicht an den Topf. „Und nun zum Thema ‚Ich würde gern an der Küste wohnen'. Was hält dich hier? So ein Haus lässt sich doch bestimmt gut verkaufen."

Jana starrte ihn für einen Augenblick fast erschrocken an, dann schluckte sie hart. „Also - um ehrlich zu sein, habe ich das nie ernsthaft in Betracht gezogen."

Kyle lachte. „In Ordnung, es klang vorhin nur so sehnsüchtig, als wäre es ein langersehnter Traum von dir."

Jana sah aus, als versinke sie in ihren Gedanken. „Irgendwie ist es das auch, nur …" Sie schüttelte langsam den Kopf.

„Es war nicht meine Absicht, dich durcheinanderzubringen."

Lächelnd sah Jana auf. „Mir ist nur gerade klar geworden, dass ich die Chance hätte ergreifen können, bevor ich hier das Haus meiner Tante gemietet und in Oranienburg die Stelle angenommen habe." Sie nahm sich ebenfalls vom Essen nach. „Meine Arbeit mit den Kindern und Jugendlichen bedeutet mir unendlich viel, obwohl sie kräftezehrend sein kann und im Augenblick versuche ich …", sie lachte kurz, offenbar über sich selbst, „mein Leben in gewisser Weise neu zu ordnen."

„Tatsächlich?" Kyle fragte sich, in welcher Hinsicht Jana etwas verändern wollte.

„Ich sehe schon, um eine Erklärung komme ich jetzt nicht herum!" Jana trank einen Schluck Wein. „Vorab muss ich zugeben, meine Eltern sind ein ganz spezielles Kaliber. Mein Vater hätte es gern gesehen, dass ich seine Firma übernehme, zumindest aber beruflich mich dorthin orientiere, um ihn zu unterstützen. Als ich mich dann gegen ihre Vorstellung entschied, Sozialpädagogik zu studieren, haben sie mich die ersten Semester noch unterstützt, vermutlich in der Hoffnung, ich würde mich umentscheiden."

Kyle hörte ihr gespannt zu.

„Mit dem Abschluss meines Studiums haben sie mich letztlich rausgeworfen", Jana lachte gekünstelt, „wahrscheinlich auch enterbt. Meine Tante hat mich zunächst bei sich aufgenommen und später hat sie mir das Haus hier zur Miete überlassen." Sie sah Kyle intensiv an. „Wenn du aus einem wohl behüteten Leben plötzlich auf der Straße sitzt, ist das wirklich heftig. Als du das mit der Küste vorhin angesprochen hast, ist mit klar geworden, dass ich offenbar unbewusst nicht zu weit weg von meinen Eltern wollte. Insgeheim habe ich vielleicht gehofft, dass sie sich eines Tages bei mir melden würden."

„Und … und du hast gar keinen Kontakt mehr zu deinen Eltern?", Kyle hatte sich, vom Thema Rauchen abgesehen, immer gut mit seinen Eltern verstanden und konnte sich einen derartigen Disput nur schwer vorstellen.

Jana schüttelte den Kopf. „Nein, seit drei Jahren ist Funkstille, wobei ich ihre Beweggründe heute noch weniger nachvollziehen kann als damals." Sie lächelte, „ich bin stolz darauf, dass ich ihnen die Stirn geboten habe, und meinen eigenen Weg gehe. Eine Tätigkeit in dieser Firma ist für mich einfach unvorstellbar."

„Was ist das für eine Firma?"

„Metallbau! Das hat nie mein Interesse wecken können. Ich wollte unbedingt mit jungen Menschen arbeiten."

„Metallbau? Da fällt mir als erstes ›Metallbau Graf‹ ein, die unten in Berlin Wannsee sitzen." Als Kyle den

Satz beendete, fiel ihm ein, dass Jana mit Familiennamen ebenfalls Graf hieß. Andererseits war das ein recht häufiger Name.

Leichte Röte überzog Janas Gesicht. „Dafür, dass du nicht aus der Region stammst, bist du gut informiert."

„Nein!", kam es Kyle über die Lippen, als er sich in seinem Verdacht bestätigt sah. „Sag nicht, dass ..."

Jana nickte. „Genau! Metallbau Graf gehört seit drei Generationen der Familie. Meine Eltern leben für ihre Firma. Ich bin nur von meinen Kindermädchen aufgezogen worden. Selbst am Wochenende habe ich meine Eltern kaum zu Gesicht bekommen. Versteh mich bitte nicht falsch, es hat nie an etwas gefehlt, ich hatte alles, was man sich nur wünschen konnte, außer eben Liebe und Zuwendung meiner Eltern." Jana spielte an ihrem rechten Ohrring, drei feine Ketten, die an einer Eidechse mit glitzerndem Steinchen hingen. „Ich denke, dadurch entstand auch mein Wunsch, für die Kinder zu arbeiten, die weder in ihren Spielsachen noch bei ihren Eltern Trost finden können."

Für einen Moment dachte Kyle an Milan, wie er ihn vorgestern die Treppe hintergerissen hatte. Ob Jana den Jungen kannte? Das wäre doch sicherlich ein zu großer Zufall. Mit dem nächsten Gedanken wurde Kyle deutlich, wie sehr Janas Bestreben, sich um benachteiligte Kinder zu kümmern, seine Sympathie für sie steigerte. Sie war seit drei Jahren die erste Frau, die sein aufrichtiges Interesse wecken konnte. Entgegen ihrem offenbaren ehemaligen Leben in Luxus stand sie mit beiden Beinen fest auf der Erde und wusste genau, was sie wollte.

Nach dem schmackhaften Essen saßen sie noch eine Weile beisammen und unterhielten sich angeregt. Alles in allem war es ein äußerst harmonischer Abend, den Kyle sehr genoss.

Die kommenden Tage verabredeten sich Jana und Kyle regelmäßig zum Laufen. Ihr Schritttempo war, trotz des Größenunterschiedes - Jana machte viel kleinere, aber dafür schnellere Schritte -, wie aufeinander abgestimmt, und sogar ihre tägliche Strecke von vierzehn Kilometern war für beide wie maßgeschneidert.

Nach genau einer Woche passierte es dann. Kyle verabschiedete sich wie üblich vor Janas Gartentor mit einem freundschaftlichen Kuss auf Janas Wange, um zu Hause zu duschen, als sie ihn am Arm zurückhielt. „Warte!", sagte sie außer Atem.

Kyle ergriff lächelnd ihre Hand, wandte sich ihr zu, gespannt, was sie ihm noch sagen wollte. „Du hast doch morgen frei, nicht wahr?" In ihrem Blick erschien ein Funkeln, welches Kyle nicht zu deuten wusste. „Warum duschst du nicht bei mir?", fragte sie leise.

Kyle lachte kurz. „Weil ich keine sauberen Sachen dabei habe."

„Und wenn du gar keine brauchst?", flüsterte Jana und drängte sich mit ihrem Körper dicht an Kyles heran. Kyle war zu überrascht, um etwas darauf zu erwidern. Er war sich darüber nicht im Klaren, ob Jana ihre Worte wirklich so meinte und ob er bereit war, diesen Schritt zu wagen. Was war mit Sophie? Jetzt berührte Jana mit ihren Fingern sein verschwitztes Gesicht, streckte sich und öffnete leicht ihre Lippen. Diese unmissverständliche Geste löste in Kyle eine unkontrollierbare Hitzewallung aus. Er beugte sich wie von selbst zu ihr, legte sanft seine Hand auf ihre Wange und küsste Jana. In seinem Inneren kamen prickelnde Gefühle in Wallung, die seinen Verstand auszuschalten drohten.

Für einen Augenblick löste sich Jana von ihm. „Kyle", hauchte sie und es klang so sehnsuchtsvoll. „Komm!" Sie nahm ihn an die Hand und zog ihn durch den Vorgarten. Für einen winzigen Moment keimten Zweifel auf und er blieb stehen. Jana schloss unterdessen die Haustür auf, Daisy kam den beiden schwanzwedelnd entgegen. Als Jana das Licht im Flur anknipste, dachte Kyle an den ersten Abend, wo Jana wie auch jetzt wie eine geheimnisvolle Lichtgestalt aussah.

„Worauf wartest du? Nun geh schon, Kyle!", hörte er im Geiste Sophie flüstern. Diese innere Stimme, war für ihn wie ihr Einverständnis.

Jana stand noch immer in der offen stehenden Flurtür, begann bedeutsam ihre Laufjacke auszuziehen, während sie intensiv zu Kyle schaute. „Kalte Füße?", lächelte sie.

Kyle schluckte seine Bedenken hinunter und folgte ihr mit Daisy im Schlepptau ins Haus.

„Ich kann es nicht glauben", hörte er ihre angenehme Stimme, spürte ihre warmen schlanken Beine zwischen seinen. „Dass es einen solchen Mann wie dich überhaupt gibt."

Langsam öffnete Kyle seine Lider und sah in diese vertrauten blaugrauen lebenslustigen Augen von Jana. Sie streichelte sein Gesicht, malte seine Augenbrauen nach und begann ihn sanft zu küssen. Genüsslich schloss Kyle erneut die Augen, erwiderte den Kuss so leidenschaftlich, wie er es sich nur vorstellen konnte. Zärtlich fuhr er mit seinen Lippen über ihr zartes Gesicht und knabberte einen Moment an ihrem Ohr. Entschlossen drehte er Jana auf den Rücken und beugte sich über sie. Mit seinen Lippen zupfte er vorsichtig eine Hautfalte von ihrem Hals. Jana war es am Vorabend beim Duschen gelungen, ein Verlangen in ihm zu wecken, welches er vollkommen verdrängt hatte. Nun war es zurück und forderte Befriedigung mit all seinen Sinnen.

Plötzlich klingelte sein Handy mit ‚Savin' Me' von Nickelback irgendwo in seiner Laufjacke, die auf dem Weg von der Dusche zum Bett verloren gegangen sein musste. „Shit!", stöhne er und rollte zur Seite, um aufzustehen. Ausgerechnet jetzt!

„Lass es klingeln!"

„Geht nicht, ist dienstlich!" Kyle folgte dem Klang der Musik, fand seine Jacke unter der Hose und holte sein Handy heraus. „Rieck?" - „Schon klar!", stöhnte er, „bin unterwegs." Er beendete das Gespräch.

„Was ist los?" Jana setzte sich auf, die Bettdecke

rutschte ihr vom Oberkörper. Sie sah Kyles Körper fast erschrocken an. Vermutlich sah sie erst jetzt seine Narben. Kyle sah auf ihre wohl geformten Brüste, die sich gestern Nacht in seinen Händen so verdammt gut angefühlt hatten.

„Ich muss für einen Kollegen einspringen", er begann sich seine Sachen überzuziehen.

„Aber du hast doch frei?" Jana stand auf, kam, wie Gott sie geschaffen hatte, auf ihn zu. „Muss Herr Rieck sich nicht auch an Ruhezeiten halten?" Sie streichelte seine breiten Schultern.

Kyle lachte, „den LKW-Fahrer hast du dir eingeredet!" Für einen Augenblick gab er sich hin, küsste Jana mit all der Liebe, die sich in den letzten Jahren in ihm aufgestaut hatten. Sich von Jana zu lösen, war unter diesen Umständen die reinste Folter. „Entschuldige! Ich muss los."

„Moment!", ergriff Jana seinen Arm. „Du hast mich belogen?"

Kyle befreite sich lächelnd. „Nein, nein! Ich habe nur gesagt, ich machte so was Ähnliches!" Er zog seine Jacke an. „Ich ruf dich an."

„Kyle!", versuchte Jana, ihn aufzuhalten. So gern auch Kyle mit Jana an diesem kalten Märztag wieder ins Bett gegangen wäre, seine berufliche Pflicht hatte jetzt Priorität.

ÜBERRASCHUNGEN

Endlich verließ Kyle das Büro und setzte sich in sein Auto. Unentwegt hatte er an Jana denken müssen, an diese fantastische Nacht, die hinter ihm lag. Ein heißes Vibrieren zog durch seinen Unterleib, und er sehnte sich in ihre Arme zurück. Er wählte Janas Handy an. Es klingelte fünf Mal, bis sie das Gespräch entgegennahm.
„Hast du Feierabend?", klang sie reserviert.
„Ja! Ich muss erst mal nach Hause duschen! Was hältst du davon, wenn ich dich danach zum Essen abhole?"
Zunächst blieb es still. „Jana?"
„Unter einer Bedingung!"
„Du stellst Bedienungen auf?", lachte Kyle.
„Du erzählst mir ein bisschen mehr von deiner Arbeit auf der Autobahn!"
„Und was, wenn du mich dann nie wieder sehen willst?"
Kyle wusste, dass er als Polizist nicht überall gern gesehen war, obwohl Jana bestimmt nicht zu diesen Menschen zählte, da war er sich sicher.
Jana atmete vernehmlich ein. „Kyle?" Hörbar suchte sie nach den richtigen Worten. „Ist das dein Ernst?"
„Ich mach nur Spaß! Bis später!" Er legte auf, weil er das am Telefon ungern erklären wollte. Auf der Fahrt nach Hause, wurde ihm bewusst, dass er tatsächlich begann, Sophie loszulassen, denn er konnte es kaum abwarten, Jana wiederzusehen. Für einen Moment kam ihm der schreckliche Unfall in den Sinn, Sophie - und das Baby! Caro hatte ihn hergeholt, damit er davon Abstand gewinnen konnte. Jana war seine Chance, in

diesem neuen Leben mit allem von vorn anzufangen. Als er auf den vertrauten Hof fuhr, war kein Bellen von Packo zu hören. Es war Samstagnachmittag, und da war die gesamte Familie häufig auf dem Fußballplatz anzutreffen, um den neunjährigen Luke bei seinen Spielen anzufeuern. Kyle parkte seinen Wagen direkt vor seiner Scheune, so verlor er keine kostbaren Minuten, konnte gleich nach dem Duschen zu Jana fahren.

Das warme Wasser lief seinen Körper herunter, als er meinte, ein leises Geräusch gehört zu haben. Kyle schloss den Hahn, horchte noch einmal und seifte sich ab. Als es dann still blieb, drehte er den Wasserhahn wieder auf und duschte sich ab. Sich mit dem Handtuch trocken rubbelnd trat er aus der Dusche auf die Fußmatte, die davor lag. Plötzlich ging die Badezimmertür langsam einen Spalt auf, ohne dass jemand zu sehen war. Sein Herzschlag wurde deutlich schneller. Er schlang sich das Handtuch um die Hüften und schlich auf den Flur. Niemand war zu sehen. Offenbar hatte er sich das eingebildet. Als er in sein Schlafzimmer kam, durchfuhr ihn im ersten Atemzug ein Schreck! „Jana!", blies er seinen Atem erleichtert aus. „Was machst du hier?"

Demonstrativ ließ sie sich rückwärts aufs Bett fallen. „Ich wollte mal sehen, wie du lebst und ob du eventuell Lust auf eine besondere Vorspeise hättest", grinste sie, während sie ihre Beine spreizte. Ihr Blick blieb für einen Moment auf seiner Narbe am Rippenbogen hängen, wanderte dann zu der am Schlüsselbein.

Kyle spürte, wie sich das Handtuch um seine Hüften an einer Stelle spannte.

Jana streckte den rechten Arm in die Höhe, schüttelte geräuschvoll den Schlüssel in ihrer Hand. „Steckt der eigentlich immer von außen in deiner Tür?"

„Wenn ich zu Hause bin!" Kyle fühlte sich plötzlich wie elektrisiert. Er ging auf Jana zu.

Hastig setzte sie sich auf, schob ihre Schenkel zusammen.

„Ich hätte vorher aufgeräumt, wenn ich gewusst hätte, dass du kommst."

Jana riss Kyle das Handtuch herunter und zog ihn stürmisch aufs Bett. „Damit du dein wahres Gesicht verbergen kannst?" Ihre Stimme hatte etwas Gebieterisches an sich, als sie sich über ihn beugte. Ihr Blick wirkte fast bedrohlich. Kyle konnte sie in diesem Augenblick schwer einschätzen. War sie sauer oder spielte sie ihm nur was vor? Jana begann ihn zu küssen, erst vorsichtig, als wolle sie testen, ob er das Gleiche wollte, schließlich wurde sie leidenschaftlicher. Mit gespreizten Schenkeln legte sie sich auf Kyles nackten Körper und küsste ihn weiter. Kyle spürte, wie ihm die nächste Ladung Blut zwischen die Beine schoss.

Plötzlich löste sich Jana von seinen Lippen, drückte ihren Unterleib gegen Seinen.

„Jana", hauchte Kyle und sah sich entwaffnet.

Sie packte seine Handgelenke, presste sie fest auf das Bett, dabei musste sie weiter hochrutschen, dass sie jetzt mehr auf seinem Bauch saß. „Und nun, Herr Kyle Rieck, werden Sie mir die Wahrheit über ihren

zwielichtigen Beruf verraten!"
Kyle grinste zuerst in sich hinein. „Niemals!" Dann auch äußerlich.
„Was hast du den ganzen Tag gemacht, während ich mich vor Sehnsucht nach dir verzehrt habe?" Sie leckte sich langsam die Lippen, derweil sie ihn intensiv ansah.
Für Kyle wäre es ein Leichtes gewesen, Jana von seinem Oberkörper zu werfen, aber er wollte ihr das Spiel nicht verderben. „Ich erzählte es dir, sobald du dich ausgezogen hast."
„Vergiss es, Gauner!" Sie unterstrich ihre Aussage mit einer finsteren Miene und das noch festere Zusammendrücken seiner Handgelenke.
Kyle setzte das grimmigste Gesicht auf, das er in seinem Inneren finden konnte. „Du treibst ein riskantes Spiel, mit mir! Das ist dir hoffentlich bewusst."
Durch Jana ging ein merklicher Ruck. „Was?" Sie löste ihren Griff und richtete sich auf. „Meinst du das ernst?"
„Und wie!", grinste Kyle. Jetzt packte er flink ihre Handgelenke, warf sie neben sich auf das Bett, dass sie unter ihm lag. „Was denkst du wohl, was ich den ganzen Tag über getan habe?"
„Ich weiß nicht, dein Gesichtsausdruck hat mir eben Angst gemacht", flüsterte Jana und sie schien das genauso zu meinen.
„Jana", sagte er entschuldigend und ließ von ihr ab. „Das war nicht meine Absicht." Er setzte sich auf, rieb sich das Gesicht in der Hoffnung, seine Emotionen würden seinen Verstand wieder freigeben.

Auch Jana richtete sich auf. „Bitte entschuldige, ich hätte hier nicht einfach hereinplatzen dürfen."
Kyle sah sie von der Seite aus an. „Ich fand … deine Überraschung ist dir gelungen."
„Kyle!" Sie kniete sich seitlich auf die Bettkante, dass sie ihn direkt ansehen konnte. „Ich meine es ernst. Ich konnte heute an nichts anderes denken als an dich."
Er legte seine Hand auf ihre Wange. „Mir ging es doch ebenso." Er küsste sie und drängte sie auf das Bett zurück.

Kyle kuschelte sich dicht an Janas Körper. Ihre Haut war so zart, so weich, so herrlich.
„Wenn ich es mir recht überlege", flüsterte Jana, als wollte sie ihn nicht stören. „Ist Daisy überhaupt für unser erstes Date verantwortlich."
„Stimmt", antwortete Kyle.
„Du hast mir", sie drehte sich auf die Seite, fuhr ihm mit den Fingern durchs Haar, „immer noch nicht verraten, wo du heute den ganzen Tag gesteckt hast."
„Auf der Autobahn", hörte er sich nuscheln. Die überwältigenden Gefühle des Liebesaktes waren noch so präsent, dass ihm seine Gedanken wie eine zähflüssige Masse erschienen.
„Und was tut Kyle Rieck auf der Autobahn?"
Kyle schluckte, bemühte sich, in die Realität zurückzukehren. „Unfallsicherung, Verkehrsüberwachung - blöden Papierkram!"
Jana zog ihre Hände zurück, setzte sich hastig auf. „Du bist Polizist?"

„Autobahnpolizist!" Endlich gelang es ihm, die Augen zu öffnen.

„Ehrlich jetzt?" Jana schüttelte den Kopf und seufzte tief. „Mein Freund ist ein Bulle?"

Kyle sah Jana ins Gesicht. „Es gibt schlimmere Berufe, oder?" Er grinste. „Ich könnte jetzt ein ganzes Schwein verdrücken.

„Dann lass uns was Leckeres zu Essen holen." Jana begann sich anzuziehen. „Ich muss nachher noch mit Daisy raus."

„Ich mache dir einen anderen Vorschlag!" Kyle richtete sich auf, „lass uns Daisy abholen und ich lade dich zum Essen ein." Unbewusst drehte Kyle an seinem Ehering, merkte es erst, als es bereits zu spät war.

Demonstrativ sah Jana auf den Ring. „Denkst du nicht, dass es an der Zeit ist, ihn abzulegen?"

„Das ist meine Entscheidung!", sagte er bestimmt.

Jana atmete tief. „Wie du meinst!"

Dieser merkwürdige Moment beherrschte ihre Beziehung nur für einen winzigen Augenblick - zumindest dachte das Kyle an jenem Abend.

Wie vorgeschlagen holten sie die Hundedame ab, fuhren dann zu Kyles Lieblingsitaliener in Hohen Neuendorf. Anschließenden machten sie einen nächtlichen Spaziergang mit Daisy. Auch der Sonntag verlief harmonisch. Kyle entführte Jana nach Templin in die Thermen, wo sie einen ausgiebigen Saunanachmittag verbrachten.

Am Montagmorgen verabschiedete sich Jana mit einem leidenschaftlichen Kuss zur Arbeit. Sie wollten am

Abend miteinander telefonieren. Kyle verließ Janas Haus erst gegen ein Uhr. Räumte, soweit er konnte das Geschirr weg und unternahm mit Daisy eine Hunderunde.

Weder am Montag noch am Dienstag oder Mittwoch rief Jana ihn an. Nur kurze WhatsApp-Nachrichten wie: „Habe die nächsten Tage einiges zu regeln. Melde mich bei dir, sobald ich den Kopf frei habe" oder „bitte habe Geduld, ich muss das persönlich mit dir klären", waren ihre Reaktion auf seine zahlreichen unterdrückten Anrufe.

Kyle begann zu zweifeln, ob Janas Gefühle für ihn nur gespielt waren oder ob sie Sache mit seinem Ehering verschreckt hatte? Bei aller Verliebtheit zu Jana, war er dennoch nicht bereit, das einzige Andenken an seine Ehefrau abzulegen. Er musste mit Jana über seine Andeutung an ihrem ersten gemeinsamen Abend reden: „Wir leben getrennt", hatte er gesagt. Bestimmt würde sie es verstehen und akzeptieren, dass Sophie und das Baby immer einen Platz in seinem Herzen haben würden.

Am Samstagvormittag kam Caro mit einer Wasserkaraffe und einem Glas auf Kyle zu. Schwer atmend ließ Kyle die Axt in den Hauklotz gleiten und wandte sich seiner Cousine zu.

„Was ist passiert?" Demonstrativ wies sie auf den riesigen Berg gehaktes Holz, welches sich in der Zeit, die Kyle hier aktiv war, um den Hackklotz herum aufgetürmt hatte.

„Ihr braucht doch Brennholz, oder?" Kyle nahm dankend das Wasserglas und leerte es in einem Zug.
Caro stellte die Karaffe neben die Axt. „Das reicht bis Weihnachten - nächstes Jahr!" Sie griff nach seinem Handgelenk. „Was ist los?"
„Alles bestens!", bemühte sich Kyle, nichts von seiner bitteren Enttäuschung nach außen dringen zu lassen.
„Gab es Streit?", vermutete sie.
„Nein!", drehte er an seinem Ehering. „Jana hat zu tun."
„Kyle!" Caro packte ihn am Unterarm. „Mir machst du nichts vor. Habt ihr euch getrennt?"
„Maamaa!", rief Nele in der Haustür stehend über den Hof.
„Einen Moment!", antwortete Caro, wandte sich Kyle zu. „Also sag schon!"
Kyle sah seine Cousine intensiv an. „Ich hab keine Ahnung. Sie drückt meine Anrufe weg, hält mich mit auffallend kurzen WhatsApp Nachrichten hin. Als ich am Mittwochabend bei ihr zu Hause war, hat niemand aufgemacht, allerdings brannte auch kein Licht. Vermutlich war sie mit Daisy unterwegs. Es ist nur, nach einem solchen Wochenende …" Wenn er den Gedanken jetzt aussprechen würde, konnte er für nichts mehr garantieren. Er vermisste Jana zu sehr. Überspielend trank er ein Glas Wasser und reichte Caro den Krug zurück. „Ich komm schon damit klar! Danke, dass Du immer da bist!"
„Wir sind nachher in Oranienburg im TURM. Willst Du nicht mitkommen?"

„Danke! Ich lege mich lieber noch mal hin, bevor ich zum Nachtdienst muss." Erst mit diesen Worten überlegte Kyle, ob Jana vielleicht von seinem Polizistendasein abgeschreckt war. Welche Überlegung er auch verfolgte, ohne mit Jana ein klärendes Gespräch zu führen, würde er ihr Verhalten nicht verstehen. Sie kam ihm nicht vor, wie eine Frau, die nur auf ein flüchtiges Abenteuer aus war. Wozu dann die Woche zuvor, als sie mit ihm joggen war? Die Mühe hätte sie sich sparen können. Tief einatmend legte Kyle ein Stück Holz neben die Axt, nahm sie in die Hand und schwang das scharfe Metall auf das Holzstück, dass es zu beiden Seiten zu Boden fiel.

Nach seinem Nachtdienst fuhr Kyle am Sonntagmorgen zuerst nach Bötzow in die Oststraße, allerdings parkte er vorn in der Friedhofstraße, wie bei seinem ersten Besuch bei Jana. Er sah auf die Uhr, es war halb sieben. Plötzlich durchfuhr ihn der Gedanke, dass er hier nicht mehr erwünscht war. Jana hätte sich gemeldet, hätte sie noch wirkliches Interesse an ihm. Dennoch war seine Sehnsucht nach ihr, das Bedürfnis sie dicht bei sich zu wissen enorm groß. Er nahm sein Handy, öffnete seine WhatsApp Mitteilungen. Jana hatte ihm jedoch keine Nachricht geschrieben. Er konnte nur sehen, dass sie zuletzt um 2:00 Uhr online gewesen war. Kyle schluckte hart.
War es vorbei?
Hatte sie nur mit ihm gespielt? Jetzt schämte er sich dafür, dass er seine Sophie betrogen hatte. Es war wie

ein Messerstrich, der sein Herz durchbohrte. Endlich hatte er sich durchgerungen, eine andere Frau in sein Leben zu lassen, und wurde so bitter enttäuscht. Nein! Jana hatte ihm nichts vorgespielt und doch, genau danach sah es aber aus. Sie ließ ihn fallen, als wäre nie etwas gewesen, als habe sie nie Gefühle für ihn gehegt. Ihm kam der letzte Samstag in den Sinn, ihre Worte: „Ich meine es ernst. Ich konnte heute an nichts anderes denken, als an dich." Kyle spürte, wie die Enge in seinem Hals immer größer wurde. Er fühlte sich fast schlimmer verletzt, als nach dem Unfall. Heftig zuckte er zusammen als sein Handy sich mit ›Bad Company‹ von ›Five Finger Death Punch‹ meldete. Sarah! „Hey!", nahm er das Gespräch an. „Welche Ehre, dass du dich meldest!" - „Was? Jetzt?" - „Klar, ich bin auf dem Weg nach Hause." - „Dann hole ich dich ab! Warte dort!" Kyle legte überrascht sein Handy in die Mittelkonsole. Mit diesem Besuch hätte er im Leben nicht gerechnet und doch war das die beste Ablenkung, die ihm im Augenblick widerfahren konnte.

Endlich hatte Jana am Montagfrüh die Möglichkeit, Kyle aufzusuchen. Das war längst überfällig, weshalb sie das unbedingt persönlich machen wollte. Bestimmt würde er es verstehen, wenn sie ihm die neue Situation erklärte. Die letzte Woche war einfach zu chaotisch gewesen und ihr Leben stand im Grunde von einem Moment zum anderen auf dem Kopf. Keine freie Minute hatte sie seit Montagabend mehr für sich allein gehabt. Obwohl sie glaubte, sich gut auf ihre Aufgabe vorbereitet zu haben, war es schwieriger, als sie sich vorgestellt hatte, zumal es alles wesentlich schneller auf sie zukam, als ursprünglich geplant.

Sie parkte den Wagen schräg gegenüber der offen stehenden Einfahrt zum Grundstück Schmiedeweg 57. Weiter hinten nah bei der Scheune sah sie den dunklen SUV stehen. Kyle war also zu Hause. Ihr Herzschlag verdoppelte sich nur bei dem Gedanken an ihn. Sie stieg aus, warf gerade die Autotür zu, als sie eine junge Frau mit blonden langen Haaren beobachtete, wie sie aus der Scheune kam und in Kyles Wagen einstieg. Sie fuhr das Fahrzeug rückwärts mit riskant hoher Geschwindigkeit vom Grundstück auf die Straße, wo sie dann mit quietschenden Reifen vorwärts davonbrauste.

Jana fühlte sich, als habe Kyle ihr eine kräftige Ohrfeige verpasst. Er hatte keine Woche verstreichen lassen, um sich mit einer Anderen zu trösten. Ihr kam die Überlegung, ob das vielleicht seine Ex war? Als er neulich zu ihr sagte, „wir leben getrennt", hatte es so merkwürdig geklungen, als meine er seine Worte nicht wirklich ernst. Auch die Reaktion auf seinen Ehering, an dem er ständig herumdrehte, „das ist meine Entscheidung!", klang nicht ehrlich danach, dass er in Trennung lebte. Die wenigen Informationen, die er über sich preisgegeben hatte, waren keine Fassade der Zurückhaltung, wie sie bisher geglaubt hatte. Jana standen die Tränen in den Augen. Kyle hatte zwar nicht wie der Mann für eine Nacht auf sie gewirkt, aber offenbar war er für eine aufrichtige Beziehung nicht

geschaffen. Sie war eine blöde Kuh, dass sie Kyle nicht durchschaut hatte. Sie setzte sich hinter das Lenkrad und dachte an den vergangen Montagabend zurück:
Anfangs hatte sie keine Vermutung gehabt, warum sie nach Dienstschluss in die Kinder- und Jugendpsychiatrie gebeten wurde. Als sie auf dem Krankenhausflur wartete, rief gerade Kyle an. Doch ihre Anspannung war zu groß, weshalb sie den Anruf wegdrückte. Später wollte sie sich bei ihm melden. Natürlich hatte sie Sehnsucht nach Kyle, denn sie war gern mit ihm zusammen und konnte sich ihn auch gut als festen Partner vorstellen - sogar für ihre Pläne schien er perfekt zu sein.
Obwohl sie hier in der Klinik schon einige Male beruflich gewesen war, fühlte sie sich heute besonders unwohl. Das Gegröle aus dem Gruppenraum erschien ihr wie ein Hohngelächter. Die Sekretärin von Dr. Klawe hatte lediglich behauptet, es ginge um ein dringendes persönliches Gespräch, wahrscheinlich benötigte der Psychiater einen Rat zu einer Rechtsfrage oder Ähnliches. Sie schreckte auf, als neben ihr die Tür aufging und eine Krankenschwester aus dem Zimmer an ihr vorbeieilte.
„Frau Graf?", fragte ein schlanker junger Mann aus der offenstehenden Tür.
Jana nickte. „Freut mich, Sie kennenzulernen, Dr. Klawe."
Er steckte ihr die Hand entgegen und als Jana zugriff, drängte er sie mit dem festen Händedruck in sein Behandlungszimmer. „Ich danke Ihnen, dass Sie meiner

dringenden Bitte hierherzukommen, Folge geleistet haben. Bitte setzen Sie sich." Er wies auf einen der zwei Stühle, die vor seinem Schreibtisch standen. Er nahm dahinter auf einen gemütlich aussehenden Schreibtischstuhl aus schwarzem Leder platz. „Ich habe am Telefon absichtlich nicht sagen wollen, um was es geht. Um ehrlich zu sein, brauche ich zunächst ihre Einschätzung."

Jana spürte, wie sich ihre Stirn von ganz allein in Falten legte. Sie strich sich ihre dunkelblonden Locken aus dem Gesicht nach hinten. „Meine Einschätzung zu was, bitte?"

Dr. Klawe lächelte und damit sah er sehr sympathisch aus. „Eher zu wem!" Er lehnte sich in seinem Sessel zurück, tippte seine Fingerspitzen aufeinander. „Wenn meine Informationen stimmen, haben Sie für einen meiner Patienten das Sorgerecht beantragt."

„Milan?" Jana schluckte „Was hat er jetzt wieder angestellt?"

Dr. Klawe schüttelte den Kopf. „Fangen wir am besten von vorn an. Wann sind Sie ihm das erste Mal begegnet?"

„Das weiß ich noch gut. Es war vor einem Jahr, der 13. März. Ich wurde ins Krankenhaus nach Oranienburg gerufen, weil Milans Körper Anzeichen von schwereren Misshandlungen aufwiesen." Der blauschwarze Abdruck einer Gürtelschnalle auf Milans Rücken war Jana dabei besonders unangenehm im Gedächtnis geblieben.

„Und was genau ist mit seinen Stimmbändern

passiert?"

Jana atmete tief durch. „Milans Vater hatte bei der Polizei angegeben, er habe Milan zwangsernähren wollen, weil der Junge seit dem Tod der Großmutter, Mitte Dezember, sein Essen häufig verweigerte. Er hatte versucht, Milan einen abgeschnittenen Gartenschlauch einzuführen." Sie spürte ihr Zittern. Etwas Vergleichbares hatte sie bisher zum Glück nicht noch einmal erleben müssen. „Die Verletzung war vermutlich zwei bis drei Tage alt und irreparabel. Zum Glück hatte die Lehrerin das Jugendamt informiert, als Milan länger unentschuldigt gefehlt hatte. Wer weiß, was Milan sonst hätte noch ertragen müssen."

Mit einem Anflug von Entsetzten im Gesicht nickte Dr. Klawe.

„Nach seinem Krankenhausaufenthalt kam Milan zu seinem Onkel nach Friedrichsthal, wo er auch die Schule besuchte."

Der Psychiater betätigte eine Taste an seinem Laptop. „Gut, alles Weitere habe ich hier. Am 20. Juni verprügelte Milan einen Mitschüler, kam aufgrund seines anhaltenden gewaltsamen Verhaltens in die Psychiatrie, musste sogar fixiert werden. Am 17. Juli fiel das Inventar eines Klassenzimmers seinem Wutanfall zum Opfer, erneut musste Milan infolge seiner Aggressivität fixiert werden. Dann am 29. November letzten Jahres …"

„Brach bei den Jansens ein Feuer aus, und ich habe Milan vorübergehend zu mir geholt", warf Jana ein.

Dr. Klawe sah kurz auf seinen Bildschirm. „Am 10.

Dezember haben Sie Milan dem Onkel übergeben und noch am selben Abend kam es abermals zu einem Vorfall. Ich hätte jetzt gern von Ihnen eine Einschätzung zu dem Jungen."

„Solange er bei mir war, gab es keinerlei Anzeichen von Gewaltbereitschaft. Ich fand ihn umgänglich, habe ihn zu Spaziergängen mit meinem Hund mitgenommen und das schien ihm sehr zu gefallen. Ich habe mich bemüht, meine Fragen so zu stellen, dass er mit Ja, also mit Kopfnicken, oder mit einem Kopfschütteln antworten konnte. Mir gelang es nicht, ihn zu überreden das Tablet zum Schreiben zu benutzen. Auch Papier und Bleistift ließ er unberührt."

Der Psychiater tippte seine Fingerspitzen aufeinander. „Wir haben hier folgendes Problem: Sobald meine Kollegen oder ich eine brauchbare Diagnose für Milans Zustand aufgestellt hatten, verhielt er sich derart untypisch, dass wir jede Mutmaßung verwerfen mussten. Das Schwierigste ist jedoch, dass sich Milan allem und jedem gegenüber verschließt, vor allem, wie sie eben selber beschrieben haben, dass er nicht kommunikationsbereit ist."

„Ich weiß, ich würde es durchaus für hilfreich erachten, wenn er Gebärdensprache lernen könnte." Jana hatte angefangen, einen Kurs zu besuchen, weil sie das schon immer interessiert hatte.

„Im Grunde liegt es nun in Ihren Händen, was mit Milan passieren soll!"

„Wie bitte?" Jana meinte, sich verhört zu haben.

„Sein Onkel will Milan auf keinen Fall mehr bei sich

aufnehmen. Er weigert sich, weiter für ihn verantwortlich zu sein. Ich denke, für Milan wäre es am besten, wenn er irgendwo mal zur Ruhe kommen könnte, und da Sie das Sorgerecht beantragt haben, würde ich es befürworten, wenn Sie ihn mitnehmen."

„Jetzt gleich?" Jana hatte weder Milans Zimmer fertig, noch war sie auf einen Überfall dieser Art vorbereitet.

Grinsend tippte Dr. Klawe auf dem Laptop herum, drehte dann den Bildschirm um, damit Jana das Video sehen konnte, welches er gestartet hatte. Es handelte sich offenbar um eine Überwachungskamera der Klinik. Die Notbeleuchtung ließ anfangs nur erahnen, dass es Milan war, der sich nachts über den Flur schlich. Er verschaffte sich mit einem undefinierbaren Stück Draht in seiner Hand Zutritt zu einem Büro.

„Das sind aufgebogene Büroklammern, die er benutzt hat", erklärte Dr. Klawe lächelnd und zog den Laptop wieder zu sich. „Das war die einzige Kamera, die an jenem Abend funktioniert hatte, vermutlich weil es ein relativ altes Model ist. Die anderen sind mit einer Frequenz gestört worden. Milan hat den Computer in dem Büro zum Laufen bekommen. Er hat nach Schizophrenie gegoogelt, sich verschiedene Videos zum Thema Gebärdensprache angesehen. Er war pfiffig genug, den Verlauf zu löschen - unser IT Spezialist ist allerdings noch cleverer."

Jana saß nur kopfschüttelnd da und wusste plötzlich nicht, was sie von Milan halten sollte.

Der Psychiater seufzte tief. „Nach dieser Beobachtung, die ich absichtlich nicht unterbrechen wollte, habe mit drei Kollegen die Krankenhausberichte von Milan durchgearbeitet, seine Verletzungen verglichen und mir einen Zeitplan erstellt."

Jana war zu überrascht, um irgendetwas zu sagen. Milan war fast neun! Woher sollte er das Wissen für das Ausschalten von Kameras haben?

„Entweder der Onkel oder seine beiden Söhne müssen Milan derart Angst einjagen, dass er vorgibt gewalttätig zu sein, wahrscheinlich in der Hoffnung in der Psychiatrie vor ihnen sicher zu sein. Ich sah mich in meiner Theorie bestätigt, als Milan neulich weggelaufen war und auf der Autobahnbrücke die Aufmerksamkeit der Polizei auf sich gezogen hat. Obwohl es ihm niemand gesagt hat, wusste er, dass er am Nachmittag wieder seinem Onkel übergeben werden sollte. Irgendwie muss er das herausgefunden haben."

Jana fühlte sich furchtbar. Die ganze Zeit, wo sie Milan in guten Händen glaubte, wurde er weiter misshandelt? Betroffen legte sie ihre Hand auf ihre Brust. „Dann war seine Flucht vor der Polizei, seine Gehirnerschütterung - gewollt?"

„So weit würde ich jetzt nicht gehen, Frau Graf. Ich will sie nur vorwarnen, dass es Milan faustdick hinter den Ohren hat, und sie ihn nicht unterschätzen sollten. Seine Gewalt-Attacken sind, so wie ich es inzwischen beurteile, nur gespielt gewesen."

Jana schüttelte gedankenverloren den Kopf. Was musste in dem Jungen vorgehen, dass er sich absichtlich in die Psychiatrie einweisen, ja sich freiwillig fixieren ließ? Warum hatte er sich ihr die Tage im November, die er

bei ihr war, nicht anvertraut?
„Ich würde ihn jetzt gern darauf vorbereiten, dass er bei Ihnen wohnen wird und möchte dazu auch unbedingt seine Reaktion beobachten." Dr. Klawe sah Jana erwartungsvoll an. „Milan braucht wirklich dringend ein geregeltes Umfeld. Sie stehen doch noch zu ihrer Entscheidung, oder?"
„Ja!", sagte Jana automatisch. „Ja, natürlich!"
Der Psychiater nahm sein Telefon zur Hand und drückte auf einen Knopf. „Bitte bringen Sie ihn in mein Büro!" - „Danke!" Er wandte sich Jana wieder zu. „Ich bin sehr gespannt, wie er auf die Neuigkeit reagieren wird."
Jana hörte ihr Herz schneller schlagen. Sie mochte Milan von der ersten Begegnung an, hatte den Eindruck, als würde es ihm genauso ergehen. Da gab es eine unsichtbare Verbindung, die sie sich nicht erklären konnte, und dennoch war sie spürbar. Es schmerzte sie, den Jungen in der Psychiatrie zu wissen, vor allem, dass er seit einem Jahr offenbar um Hilfe rief, ohne dass sie es bemerkt hatte. Hinter ihr ging die Tür auf.
Dr. Klawe lächelte. „Komm herein, Milan, und setzt dich."
Zögernd kam Milan näher und sah Jana von der Seite interessiert an.
„Hallo Milan! Geht es dir gut?", begrüßte sie Milan.
Milan schüttelte langsam den Kopf, während er neben Jana Platz nahm. Natürlich ging es ihm nicht gut. Was für eine blöde Frage.
„Ich würde wirklich zu gern wissen, wozu ein Junge wie

du, nach dem Begriff ›Elektroschocktherapie‹ googelt?", begann Dr. Klawe. „Denkst du vielleicht, dass wir hier Derartiges durchführen?"
Jana warf Milan einen überraschten Blick zu.
Milan sah Dr. Klawe entsetzt an, öffnete den Mund. Plötzlich sah er auffallend blass aus. Sein Atem wurde flacher, hektischer, er schüttelte sacht den Kopf.
„Ich finde es bemerkenswert, dass ein Neunjähriger überhaupt mit dieser Bezeichnung etwas anzufangen weiß." Dr. Klawe tippte seine Fingerspitzen aufeinander, während er Milan intensiv ansah. „Keine Sorge, deshalb habe ich dich nicht herholen lassen. Ich möchte dich heute entlassen, Milan. Frau Graf wird sich von nun an um dich kümmern."
Milan sah zur Seite, blickte Jana ins Gesicht, und es kam ihr vor, als drückten seine Augen einen stillen Schrei der Freude aus.
Jana lächelte ihn an. „Aber nur, wenn du versprichst, keine spektakulären Nummern mehr wie neulich auf der Autobahnbrücke abzuziehen."
Milan nickte heftig.
Jana hätte gern ihr Haus, ja ihr Leben besser auf Milans Anwesenheit vorbereitet. Sie war mit seinem Zimmer nicht ganz fertig, andererseits, wollte sie ihn nur noch bei sich haben, wissend, dass es ihm bei ihr gut geht. Die Andeutungen des Psychiaters bezüglich Milans nächtlicher Aktivitäten, schob sie zunächst von sich. Das passte einfach nicht zu dem Bild, was sie von dem Jungen hatte.
„Wenn Sie einverstanden sind, erstelle ich seine

Entlassungspapiere, unterdessen können Sie mit ihm seine Sachen zusammenpacken", schlug Dr. Klawe vor.
Milan schien es plötzlich sehr eilig zu haben. Er erhob sich und packte mit beiden Händen Jana am Arm, dass sie mit ihm hinausgehen möge.
„Sieht so aus, als ob Ihr Vorschlag positiv aufgenommen wurde." Jana folgte dem Drängen ihres Schützlings und verließ das Behandlungszimmers des Psychiaters.

VERÄNDERUNG

Jana sah während der Fahrt nach Hause immer wieder in den Rückspiegel zu Milan, der entspannt auf dem rechten Rücksitz saß und aus dem Fenster schaute.

„Ich bin ein wenig aufgeregt, dass wir jetzt zusammenwohnen werden."

Milan suchte Blickkontakt über den Spiegel zu ihr und nickte.

„Dein Zimmer ist nicht ganz fertig. Bis vor Kurzem sah es ja aus, als würde sich das mit dem Sorgerecht noch eine Weile hinziehen." Sie überlegte, ob er wusste, dass sein Onkel ihn nicht mehr wollte, entschied sich jedoch, es ihm zunächst nicht zu sagen. „Aber ich denke, wir beide bekommen das schon irgendwie hin. Du hilfst mir bestimmt dabei, nicht wahr?"

Erneut nickte Milan.

„Zuhause müssen wir zuerst mit Daisy raus. Möchtest du wieder die Leine nehmen?"

Milans Gesicht verriet Begeisterung. Dass der Junge sich bereits im November ausgezeichnet mit der Labradordame verstanden hatte, gab Janas Überlegungen, sich um Milan zu kümmern, den letzten Schubs. Es schien fast, als suchte Daisy die Gesellschaft für ihr Frauchen aus. Mit Kyle, der ihr auf Anhieb sympathisch gewesen war, verhielt es sich ja ähnlich.

„Jetzt muss ich natürlich schnellsten zusehen, dass ich dich in Bötzow an der Grundschule anmelde", kam Jana in den Sinn, als sie am Ortsschild vorbeifuhr.

„Oder würdest du gern in deine alte Klasse nach Hennigsdorf zurück? Der Weg ist ja sogar mit dem Rad zu bewältigen, wenn wir das vorher zusammen üben." Damit wäre Milan wenigsten an einem Ort, der ihm vertraut war. Vor einem Jahr musste er nicht nur sein Zuhause, sondern auch seine Schule verlassen. Dass man Milan aufgrund seiner fehlenden Sprache möglicherweise hänseln würde, konnte ihm ebenso gut in einer fremden Klasse passieren, deshalb wollte sie ihm die Entscheidung überlassen. Milans Augen schienen bei dem letzten Vorschlag zu leuchten.

Nach der Runde mit Daisy, die sich in ihr Körbchen zurückzog, wollte Jana Milan das Haus zeigen. Der Junge stand jedoch zitternd im Flur, krampfhaft seine Reisetasche in der rechten Hand haltend. „Möchtest du sie nicht abstellen?" Milan schüttelte den Kopf, ohne sie dabei anzusehen. Seine Reaktion kam für Jana überraschend. Sie hockte sich zu ihm, wobei sie zu ihm aufschauen musste. Zunächst berührte sie ihn nicht. „Möchtest du nicht hierbleiben?" Milan reagierte nicht, er zitterte, als sei ihm furchtbar kalt. „Vielleicht hast du Lust auf ein warmes Bad?" Jana wusste mit seiner Starre nicht umzugehen. War er verängstigt? Sie konnte ja nur ahnen, was er hinter sich hatte, was seine Kinderseele zu verarbeiten hatte. „Sicherlich ist dir das hier alles noch fremd." Wenn Milan auf ihre einladenden Vorschläge nicht einging, war jetzt wohl ein anderer Weg gefragt. Ihr kam die Vermutung des Psychiaters in den Sinn, dass Milan auch bei seinem Onkel unschöne Erfahrungen gemacht haben könnte. Deshalb sah sie ihm intensiv ins Gesicht, als sie ihre provokative Frage stellte: „Willst du zu deinem Onkel zurück?" Ein sichtbarer Ruck ging durch den Jungen, seine Nasenflügel begannen zu beben, sein Atem wurde schneller. Zuerst schüttelte er sacht, dann heftig den Kopf.

„Tut er dir weh?"

Mit einem Ruck sah Milan zur Seite.

„Oder seine Söhne? Sie sind ja wesentlich älter als du?"

Es war Jana wie ein Stich ins Herz, als sie beobachtete, wie Milan seine Maske der Gleichgültigkeit aufsetzte. Jana überlegte, wie sie zu ihm durchdringen konnte. Ihr kam ihr letzter Kursabend in den Sinn. Mit der neu gelernten Gebärde, hoffte sie ihn für diese Art Unterhaltung, begeistern zu können. Sie sprach die Worte aus, die sie mit den entsprechenden Bewegungen untermalte. „Vertraust du mir nicht?"

Milan sah auf. ‚Doch! Doch, dir vertraue ich!', antworte Milan rasch, als habe er nur sehnsüchtig darauf gewartet, dass endlich jemand mit ihm auf diese Weise kommunizieren würde.

„Nicht so schnell, Milan! Ich bin blutiger Anfänger!", lachte Jana. Mit ihrem Vorhaben, Milan Gebärdensprache beizubringen, kam sie definitiv zu spät. „Wann hast du das gelernt und von wem?"

Abermals schaute Milan zur Seite. Sein Zittern hatte nachgelassen.

„Na schön", seufzte Jana. „Ich denke, du solltest

wissen, dass du von nun an hier zu Hause bist. Ich bin für dich verantwortlich und werde auf dich achtgeben, dass dir niemand mehr wehtut." Sie wartete bis Milan sie ansah. Das dauerte einen Moment. „Ich möchte, dass du versprichst, nicht wegzulaufen, keine Wutanfälle vorzutäuschen und keine riskanten Nummern abzuziehen, wie neulich auf der Autobahnbrücke!" Milan sah bei den letzten Worten zu Boden. Die Griffe seiner Tasche glitten endlich aus seiner Hand.

„Bitte, versprich es mir!"

Milan nickte, ohne Blickkontakt.

„Nein!", sagte Jana entschieden. „Du kannst auf deine Weise reden, wie ich nun weiß. Ich möchte, dass du es mir schwörst, Milan!"

Jetzt schaute Milan auf, zeigte die Wörter ‚ich schwöre es'. Als Nächstes deutete er auf sich, kreuzte die Handgelenke vor der Brust, die er zu sich heranzog und wies dann auf Jana.

„Milan!" Diese Erklärung trieb Jana die Tränen in die Augen. „Ich hab dich auch lieb, Milan." Ihr war danach den Jungen zu umarmen, da sie aber nicht wusste, wie er darauf reagieren würde, unterdrückte sie ihr Bedürfnis.

„Was wollen wir beide machen, Abendbrot oder eine Hausführung?"

Milan entschied sich für die Hausführung.

„Vermutlich erinnerst du dich ja noch an das meiste." Jana erhob sich, bot Milan die Hand an, die er sofort ergriff. „Das ist die Küche, dort das Gäste-WC und geradeaus das Wohnzimmer." Jana ging mit ihm von Tür zu Tür und ließ ihn einen Blick in die Räume werfen. Erkunden würde er das später allein. „Das ist mein Arbeitszimmer." Ihr entging dabei nicht, wie interessiert Milan den PC in Augenschein nahm. Sie lächelte in sich hinein. „Lass uns jetzt nach oben gehen, ja?" Milan stimmte mit einer Kopfbewegung zu. Oben angekommen zeigte Milan das Wort Badezimmer und wies auf die entsprechende Tür.

„Richtig, daneben ist mein Schlafzimmer und hinter dieser Tür", Jana hoffte, dass ihre vielen Gedanken zu Milans Zimmereinrichtung nun gut ankamen, „sah es bei deinem letzten Besuch ganz anders aus." Sie öffnete die Tür. Die drei aufrechten Wände hatte sie in einem Hellbraun gestrichen, die Decke und die Schräge in Weiß. Der blaue Teppich sollte dann zu den noch fehlenden blauen Vorhängen und der blauen Tagesdecke harmonieren. Das Jugendzimmer in Erle-Optik war zwar gebraucht aber in einem sehr guten Zustand. Eine Kommode sowie ein Regal lagen auseinandergenommen auf dem Boden. Sogar ein paar Spielsachen hatte sie günstig erstanden. Den 70 cm großen braunen plüschigen Teddybär, der auf der kahlen Matratze saß, hatte sie neu gekauft. „Der Teddy ist mein Begrüßungsgeschenk für dich." Milan stand starr in der Tür. Jana hörte, wie er erschrocken einatme. Sie sah ihn an, sein Mund war leicht geöffnet, sein Gesicht zeigte keine Regung. Jana fragte sich, ob ein Gegenstand aus diesem Zimmer ihn vielleicht an eine unschöne Begebenheit erinnerte. Vermutlich musste sie ihm Zeit geben.

Nach langen Minuten hockte sie sich zu ihm. „Ich habe wohl nicht deine Lieblingsfarbe getroffen." Er ließ seinen Kopf hängen. „Bist du enttäuscht, weil ich nicht alles fertig habe?" Jana bemerkte, dass etwas auf Milans Socken tropfte. Weinte er? Jana zweifelte, ob sie wirklich der richtige Umgang für ein Kind wie Milan war. Hatte sie sich da nicht doch zu viel vorgenommen? Unten im Flur hörte sie ihr Handy klingeln. Kyle! Unmöglich konnte sie Milan hier einfach stehen lassen. Er hatte jetzt Priorität, Kyle konnte sie das später erklären. „Weißt du Milan, ich brauche von dir schon ein bisschen Hilfe, wenn wir uns beide zusammenraufen wo…" Plötzlich hatten sich die dünnen Kinderärmchen um ihren Hals geschlungen, und innerhalb von ein paar Sekunden war ihr Kragen nass. Milan weinte tatsächlich. Still, in sich hinein, und das war für sie ungewöhnlich und verdeutlichte ihr, wie wichtig es war, dass Milan endlich jemand zuhörte. Sanft drückte sie den schlanken Körper an sich, strich ihm wiederholt über den knochigen Rücken, bis ihr Knie anfing wehzutun. Um Milan nicht loszulassen, der sich auffallend an sie klammerte, hob sie ihn kurzerhand auf den Arm, als sie aufstand. Im selben Augenblick löste Milan die Umarmung, er wandt sich panisch, dass sie Mühe hatte, ihn zu halten. Schnell beugte sich Jana mit ihm hinunter. „Entschuldige, Milan!" Mit dem Berühren der Füße schien er sich auch schon wieder beruhigt zu haben. „Du magst es nicht, hochgenommen zu werden, richtig?"

Milan sah zu Boden, entschuldigte sich mit der

entsprechenden Bewegung.

„Das ist dein gutes Recht, wenn es in dir schlechte Erinnerungen hervorruft. Genau deshalb ist es wichtig, dass wir uns viel mehr unterhalten."

Milan nickte, schaute dann auf und begann auf seine Weise zu erzählen. ‚Das Zimmer, ist das wirklich für mich allein?'

„Aber ja", lachte Jana erleichtert, dass er offenbar gerührt war. Sie überlegte, ob sie ihm den ebenfalls gebrauchten Computer zeigen sollte, der unter dem Schreibtisch im Karton einpackt auf ihn wartete, oder ob es vielleicht besser wäre, noch eine Überraschung für später übrig zu lassen.

‚Für wie lange darf ich hierbleiben?', wollte Milan wissen.

„Ich hoffe sehr, sehr lange!"

Milan schluckte und in seinen Augen quollen Tränen hervor.

Zum Abendbrot gelang es Jana, Milan eine Banane und einen halben Apfel mit einem Glas Milch anzubieten, und das hatte schon viel Überredungskunst gefordert. Der große Esser schien er wirklich nicht zu sein. In seiner Reisetasche, die ihm sein Onkel in die Klinik gebracht hatte, gab es zwar ein paar Kleidungsstücke, aber zum einen waren sie zu klein und zum anderen rochen sie muffig und obendrein auch nach Zigarettenrauch. Weder Bücher noch Spielsachen oder Stofftiere hatte Milan bei sich. Nach dem Baden wurde Jana erst bewusst, dass sich weder der Onkel noch in der Klinik jemand um seine Körperpflege gekümmert hatte. Seine Zehen- und Fingernägel waren lang, seine Haut auffallend trocken, sodass Jana ihm eine Nagelpflege verpasste und nach dem Bad erstmal eincremte. Dabei kam sie mit jeder Narbe seiner Misshandlungen in Berührung, was ihr enorm viel Kraft abverlangte, sich möglichst normal, ohne Gefühlsausbruch zu verhalten. Natürlich hätte sie ihn sich selber eincremen lassen können, doch sichtlich genoss er diese Zuwendung und so blieb es nicht nur beim Rückeneincremen.

Mit seinem Schlafanzug bekleidet ging er nun auf sein offen stehendes Kinderzimmer zu, hielt an der blauen Teppichkante an, als wäre es eine verbotene Zone. Jana stand ein paar Schritte hinter ihm. Plötzlich drehte er sich um, umschlang ihre Taille und drückte sie fest an sich. In diesem Moment wurde es ihr bewusst, dass die Zeit mit Milan ihr viel geben und wenigstens das Gleiche von ihr abverlangen würde. Als Milan seine Umarmung löste, griff er nach Janas Hand und zog sie in ihr Schlafzimmer.

„Was hast du denn?"

‚Ich möchte heute Nacht nicht allein sein', gestikulierte er.

Jana sah zur Uhr, halb zehn. „Na gut. Komm!" Sie legte sich auf ihr Bett und Milan schüttelte den Kopf.

‚Du hast keine Zähne geputzt und kein Nachthemd an. Sobald ich schlafe, schleichst du dich davon', behauptete Milan in Gebärdensprache, unterstrich seine Aussage mit ernster Miene.

„Erwischt!" Jana lachte. „Ich muss unten noch Licht ausmachen. Ich komme gleich wieder." Die Angelegenheit mit Kyle musste sie damit erneut verschieben.

Die erste Nacht verlief somit ganz anders, als Jana sie sich vorgestellt hatte. Milan kuschelte sich dicht an sie heran. Er schlief zwar auch schnell ein, war aber derart unruhig, dass Jana bei jeder Bewegung, die sie machte, befürchtete, er wachte auf. Schützend hielt sie ihn im Arm, streichelte sein Gesicht, was ihn merklich beruhigte. Davon abgesehen, konnte sie bisher wirklich kein auffälliges Verhalten feststellen, womit er in der Psychiatrie besser als bei ihr aufgehoben wäre. Dr. Klawe hatte vermutlich recht mit seiner Theorie, und es lag nun in ihren Händen, dem Jungen endlich ein geborgenes Zuhause zu geben. Natürlich konnte sie nicht jedes benachteiligte Kind, mit dem sie während ihrer Arbeit in Kontakt kam, bei sich aufnehmen, doch Milan war für sie etwas ganz Besonderes und er verdiente eine Chance, einmal auf der Sonnenseite des Lebens zu stehen.

Um für Milan, die Angelegenheit mit der Schule zu regeln, nahm sich Jana drei Tage frei. Ihr war es wichtig, Milan das Gefühl zu vermitteln, dass er bei ihr willkommen war. Es tat ihr leid, Kyle mit unpersönlichen Nachrichten zu vertrösten, sah aber keine Möglichkeit, Kyle ohne Milan aufzusuchen.

Die kommenden Nächte blieben sehr anstrengend, denn obwohl Milan ab der dritten Nacht endlich in seinem Bett mit dem Teddybär zusammen schlief, wurde Jana mehrmals in der Nacht durch ungewohnten Geräusche geweckt. Meist lag Milan dann nassgeschwitzt mit trommelnden Fäusten auf dem Boden oder trat mit den Füßen gegen das Bett. Manchmal fand sie ihn auch in seiner Bettdecke eingewickelt, völlig verkrampft und nach Atem ringend vor. Jedes Mal schlug er zuerst wild um sich, bevor er aus seinem Traum erwachte und Jana ihn sanft in den Arm nahm. Ihn nach einem solchen Albtraum wieder zum Schlafen zu bewegen war eine Herausforderung. In diesen Momenten fühlte sich Jana überfordert und überlegte, ob er nicht doch in ärztliche Behandlung gehörte. Obwohl Jana häufig nachfragen musste, schließlich kannte sie längst nicht alle Gebärdenzeichen, bemerkte sie, wie hilfreich die praktische Umsetzung war, wie viel sie in dieser Zeit dazulernte.

Am Samstagmorgen schreckte Jana hoch. Es war halb neun! Sie hatte durchgeschlafen und das kam ihr nach den letzten Nächten, wo sie Milan wenigstens drei Mal hatte beruhigen müssen, verdächtig vor. Sie setzte sich hastig auf und lauschte, denn die Türen standen einen guten Spalt offen. Unheimlich still war es und so eilte sie ins Kinderzimmer. Auffallend entspannt lag Milan unter seiner Bettdecke und neben ihm lag Daisy.

„Daisy!", sagte Jana empört. Diese Etage war eigentlich für die Hundedame tabu. Die Hündin hob kurz den Kopf, hielt ihn leicht schräg, als würde sie sich damit entschuldigen wollen, und legte ihn dann wieder ab.

„Raus hier!" Jana zeigte zur Treppe. Daisy drehte

sich demonstrativ auf die Seite, dicht an Milan heran. Da erschienen plötzlich Milans dünne Ärmchen und schlangen sich um Daisy Hals.

Resignierend atmete Jana aus. Ob es Zufall war, dass sie endlich mal hatte durchschlafen können? Hatte die Labradordame, die bisher noch nie hier oben gewesen war, Milan beim Schlafen bewacht? Langsam tauchte hinter dem Hundekörper Milans Kopf auf. Seine braunen welligen Haare standen nach allen Seiten ab, das sah sehr lustig aus. Er setzte sich mit erwartungsvollem Blick auf. Daisy sprang derweil vom Bett und rannte Frauchen ignorierend, aus dem Zimmer die Treppe hinunter.

„Daisy hat unten ihren Platz, Milan. Hier oben hat sie nichts zu suchen", sagte Jana streng.

Milan sah sie mit traurigen Augen an. ‚Aber sie hat meine bösen Träume vertrieben!'

Jana musste nachfragen, weil ihr zwei Gesten seiner Aussage unbekannt waren. „Du meinst, dass du heute Nacht keine Albträume hattest?"

Milan nickte und dabei lächelte er.

Jana seufzte. Entweder hielt sie an ihren Prinzipien fest, dass ein Hund nichts im Bett verloren hatte, womit sie vermutlich weitere schlaflose Nächte vor sich hatte, oder sie akzeptierte Daisy als Therapiehund im Kinderzimmer.

„Hast du sie hochgeholt?"

Milan schüttelte den Kopf. ‚Sie lag irgendwann einfach neben mir', gab er mit seinen Gesten zu verstehen. ‚Ehrlich! Ich schwöre es!'

„Schon gut, Milan!"
‚Bringst du mich jetzt zu Onkel Mario zurück?'
Milans Augen weiteten sich unnatürlich.
Sie schämte sich fast ein wenig für ihre Reaktion. „Nein, Milan!" Sie setzte sich zu ihm auf die Bettkante, nahm ihn bei den Schultern und sah ihn an. „Dein Zuhause ist hier bei mir!" Was machten schon ein paar Hundehaare im Bett, wenn damit Milans Albträume verschwanden.

Milan hatte Janas Alltag grundlegend verändert. Es gab für sie keine freie Minute, zumindest nicht in dieser ersten Woche, wobei ihr klar war, dass sich das ändern würde und auch zu ihrem Wohlergehen musste. Die wundervollen Tage mit Kyle schienen gefühlte Monate her zu sein. Inständig hoffte sie, dass sie spätestens am Montagmorgen vor ihrem Dienst, wenn sie Milan in Hennigsdorf in der Schule abgeliefert hatte, endlich Kyle persönlich aufsuchen und ihm alles erklären konnte. Den Jungen unbeaufsichtigt zu lassen, kam ihr verantwortungslos vor, denn immer wieder gab es Situationen, wo sich Milan sehr auffällig zeigte. Aus unerkennbarem Grund erstarrte er oder begann plötzlich zu zittern. Obwohl Jana mit der Gebärdensprache einen großen Fortschritt in der Kommunikation mit Milan sah, konnte sie den Auslöser dieser Anomalien nicht ermitteln. Dr. Klawe hatte ihr mit den Entlassungspapieren eine Adresse für einen Psychotherapeuten gegeben, wo sie Milan vorstellen sollte. Doch einen Termin hatte sie erst für Ende Juni bekommen, was schon ungewöhnlich schnell war, auch wenn es jetzt erst März war.

Und nun saß sie an diesem Montagmorgen benommen in ihrem Wagen und versuchte, diese bittere Pille zu schlucken, dass sie ihr Urteilsvermögen in Bezug auf ihre Mitmenschen, auf welches sie sich bisher hatte verlassen können, so getäuscht hatte. Tränen rannen ihr die Wange herunter und darüber ärgerte sie sich. Kyle war es nicht wert, auch nur eine Träne für ihn zu vergießen. So schwer es ihr nun fiel, so heftig es in ihrem Inneren schmerzte, sie musste dieses Kapitel abschließen.

Womöglich war es für Milan ohnehin besser, wenn sie sich nur auf ihn konzentrierte. Jana startete den Motor und fuhr zur Arbeit.

Bereits in den ersten Tagen der neuen Woche entspannte sich die Lage wie von selbst. Nachmittags holte sie Milan aus dem Hort. Er bestand darauf, Daisy allein auszuführen, was Jana Zeit gab, den Haushalt zu machen und Abendbrot vorzubereiten. Da Daisy bei Milan schlief, waren sogar die Nächte für Jana wieder erholsam. Der Junge taute langsam auf und so erfuhr Jana, dass Milan sich die Gebärdensprache aus dem Internet über verschiedene Seiten, meist über Youtubevideos, selbst beigebracht hatte. Zunächst konnte sie sich das nicht vorstellen, andererseits gab es aber keine andere Erklärung, woher Milan sonst diese Kenntnisse hatte. In seiner alten Klasse schien er sehr positiv aufgenommen worden zu sein, was die

Angelegenheit enorm erleichterte. Am Mittwochabend fuhr Jana mit Milan nach Friedrichsthal in den Tannenweg, wo sie die restlichen Sachen von der Familie Jansen abholte. Milan zeigte sich Tante Gaby und Onkel Mario gegenüber kein bisschen auffällig, was die Theorie von Dr. Klawe von eventuellen Misshandlungen eigentlich widerlegte. Die beiden Söhne waren an diesem Abend nicht zu Hause.

„Wir sind Ihnen dankbar, dass sie Milan zu sich genommen haben." Herr Jansen stellte einen Karton in Janas Kofferraum. „Wissen Sie, wir fühlen uns mit dem Jungen einfach überfordert. Dario und Sandro sind 15 und 17, ein schwieriges, aufsässiges Alter und dann noch ein solches Problemkind dazu …"

Jana nickte, während sie den nach Zigarettenrauch riechenden zweiten Karton dazustellte. „Milan hat mich gefragt, ob wir seine Sachen aus dem Elternhaus holen könnten. Haben Sie einen Schlüssel?"

Herr Jansen sah sie erstaunt an. „Nein, den hat, so weit ich weiß die Nachbarin meines Bruders. Der Junge sollte nicht in das Haus zurück."

Frau Jansen strich Milan über den Kopf, als sie sich verabschiedete, sie wirkte ihm gegenüber allerdings recht reserviert.

Wie selbstverständlich setzte sich Milan auf die Sitzerhöhung nach hinten und schnallte sich an. Er winkte den beiden kurz zu, als Jana mit dem Wagen losfuhr.

„Nun haben wir auch deinen restlichen Hausstand zusammen", lachte Jana und schaute in den Rückspiegel zu Milan. Er sah auffallend gelöst aus. „Am besten lassen wir deine Sachen aber ein wenig auslüften oder was meinst du?"

Milan nickte. Bereits die letzten Tage hatte Milan immer wieder nach seinem Elternhaus gefragt, ob Jana mit ihm dort hinfahren könne. Da sie nun wusste, dass ein Nachbar den Schlüssel hatte, fuhr sie gleich im Anschluss in den Marderweg nach Hennigsdorf und klingelte einfach bei dem Nachbarn.

„Mein Name ist Jana Graf und …"

„Hallo Milan! Wie geht es dir denn?", fragte der ältere Herr, als er den Jungen an Janas Hand erkannte. Milan winkte ihm kurz zu.

„Milan möchte unbedingt ein paar Sachen aus seinem Zimmer holen. Verwalten Sie den Hausschlüssel seines Vaters?", hoffte Jana.

„Nein, der liegt bei der Schmidt, aber die ist zur Zeit bei ihrem Enkel", erklärte der Nachbar.

„Wäre es möglich, dass mich Frau Schmidt anrufen könnte, sobald sie wieder hier ist. Ich würde Ihnen meine Handynummer aufschreiben." In diesem Moment löste sich Milans Hand aus ihrer und er eilte zum Auto.

„Selbstverständlich - wie war noch mal Ihr Name?" Er rückte seine Brille zurecht.

„Jana Graf! Ich arbeite beim Jungendamt, Milan lebt jetzt bei mir."

„Ach so! Ja, ja natürlich sage ich der Schmidt Bescheid."

Plötzlich stand Milan neben ihr und reichte dem

Nachbarn ein Stück Papier, welches Milan offenbar aus seiner Schultasche hatte. Als der Nachbar die Nummer laut vorlas, wunderte sich Jana, woher Milan ihre Handynummer kannte.

„Du hast die Zahlen extra groß geschrieben, Milan! Danke schön!", lächelte der Nachbar.

Als Jana mit Milan wieder im Auto saß, bedankte sich der Junge für die Mühe, die Jana angeblich mit ihm hatte. „Das mache ich gern für dich. - Ich vermute mal, du hattest damals nicht viel Zeit, deine Sachen für Onkel Mario zusammenzusuchen, stimmts?" Milan nickte. „Kannst du meine Handynummer auswendig?" Erneut nickte er. „Ich habe sie dir aber gar nicht gegeben. Woher kennst du sie?" Hastig sah er zur Seite und Jana verstand nicht, warum Milan über gewisse Dinge einfach nicht reden wollte. Sie erinnerte sich an die Worte von Dr. Klawe, „Ich will sie nur vorwarnen, dass es Milan faustdick hinter den Ohren hat, und Sie ihn nicht unterschätzen sollten." Tatsächlich schien er wesentlich mehr zu wissen, als sonst ein Neunjähriger.

Dies bestätigte sich dann auch am übernächsten Montagabend; Milan war inzwischen drei Wochen bei Jana. „Na ihr beiden? Hat sich Daisy austoben können?", fragte Jana, als Milan mit der Hundedame ins Haus zurückkam.

Milan gestikulierte mit seinen Händen: ‚Ich war mit ihr bis zum Höllensee!'

Kyle! Für einen Moment wurde ihr ganz warm ums Herz. Dort hatten sie sich immer zum Laufen verabredet. „Und? Hast du jemand getroffen?"

‚Nur Tina, diese Fußhupe', erklärte Milan ernst.

Jana lachte über den treffenden Ausdruck dieses kleinen Hundes. Milan verschwand für einen Moment auf dem Flur und Jana hörte Daisys Korb knistern. Sie stellte die Abendbrotteller auf den Küchentisch.

„Milan? Komm Abendbrot essen."

Folgsam kehrte er in die Küche zurück und setzte sich auf den Küchenstuhl. Er biss von dem Teewurstbrot ab. Mit einem Trick hatte Jana endlich eine Methode gefunden dem Jungen das Essen schmackhaft zu machen. Sobald ein Cornichon oder ein Radieschen auf dem Brot lag, weckte sie damit Milans Interesse. Sie nahm ihm gegenüber auf den Stuhl Platz und schmierte sich ein Frischkäsebrot.

‚Wann kommen die Babys?'

„Wie bitte? Welche Babys?" Jana überlegte, ob sie die Geste missverstanden hatte.

‚Daisys Babys?'

Jana lachte. „Daisy bekommt keine Babys", und noch während dieser Worte musste sie zugeben, dass die Hundedame wirklich ein klein wenig runder und besonders anhänglich geworden war.

Milan sah sie ungläubig an, wandte sich ohne weiteren Kommentar seinem Abendbrot zu.

Jetzt kam Jana ins Grübeln. Vermutlich wünschte sich Milan Hundewelpen.

WEITER

Jana stand geplättet am Untersuchungstisch.

„Soweit ich das erkennen kann, sind es fünf", schloss der Tierarzt seine Untersuchungen ab.

„Ich fass es nicht! Ich weiß nicht mal, wann das passiert sein könnte!" Jana grübelte.

Der Tierarzt lachte. „Tja, Frau Graf, das kann ich Ihnen nicht sagen, schätzungsweise irgendwann Anfang März wird es gewesen sein." Er sah auf den Kalender. „Bis zum 6. Mai sollten Sie sich spätestens eine Wurfkiste organisiert haben."

„6. Mai", murmelte Jana. Sie hatte keine Ahnung von der Aufzucht von Welpen und Urlaub konnte sie zur Zeit sowieso nicht nehmen. Abgesehen von den zahlreichen Überlegungen, was mit dieser neuen Erkenntnis alles auf sie zukam, fragte sie sich, woher Milan das gewusst hatte. Im Grunde war Jana nur hergekommen, weil Milans Frage nach Daisys Baby sie nachdenklich gemacht hatte. Jedoch sie hatte nicht wirklich geglaubt, dass an seinen Worten auch nur einen Hauch Wahrheit zu finden sein würde.

Jana stand an der Rezeption der Tierarztpraxis und bezahlte die Rechnung. Was würde da wohl alles noch auf sie zukommen?

„Sie können uns jederzeit anrufen, Frau Graf", bot die Arzthelferin an.

In diesem Moment klingelte Janas Handy. „Danke!" Eine unbekannte Nummer. Jana steckte ihre Geldbörse ein und ging mit Daisy an der Leine vor die Tür.

„Graf?"

„Das ist aber schön, dass ich Sie erreiche Frau Graf, hier ist die Klassenlehrerin von Milan."

„Hallo, Frau Keller!" Jana schloss kurz die Augen und betete, dass Milan nicht irgendetwas angestellt hatte.

„Wäre es Ihnen möglich, in nächster Zeit zu einem Gespräch in die Schule zu kommen?"

„Natürlich!" Jana fühlte plötzlich eine riesige Last auf ihren Schultern. „Ich bummle heute gerade ein paar Überstunden ab und könnte gleich vorbeikommen, wenn Sie Zeit haben."

„Wirklich? Das wäre großartig! Sie finden mich im Lehrerzimmer", beendete Frau Keller das Telefongespräch.

Kurz darauf saß Jana mit Frau Keller in einem leeren Klassenzimmer.

„Ich weiß natürlich, dass ich Milans Mitarbeit im Unterricht nicht an normalen Maßstäben messen kann, aber das ist eigentlich auch gar nicht das Problem. Ein ähnliches Gespräch habe ich seinerzeit mit Milans Vater schon geführt, nur den interessierte das ja nicht und dann kam ja alles anders." Frau Keller schaute in ihr Notizbuch. „Nur die paar Tage, die Milan wieder hier ist, wurde deutlich, Milan passt einfach nicht in die Klasse."

„Wie bitte?", fragte Jana überrascht und dachte sofort an Diskriminierung, weil Milan stumm war.

„Seine Aufmerksamkeit im Unterricht ist …" Sie schien nach den passenden Worten zu suchen. „…

mangelhaft."

„Was - was schlagen sie denn vor?", wollte Jana wissen. Mit derartigen Dingen fehlte ihr die Erfahrung.

„Eine Vorstellung beim Schulpsychologen wäre ein Anfang. Im Grunde muss man zunächst herausfinden, ob Milan eine Lernstörung hat, sich deshalb nicht am Unterricht beteiligt oder ob er sich langweilt, weil er unterfordert ist."

„Unterfordert?", wiederholte Jana perplex. Ihr fiel das Überwachungsvideo aus der Klinik ein, als Dr. Klawe erklärt hatte: „Er hat nach Schizophrenie gegoogelt. Er war pfiffig genug, den Verlauf zu löschen." Jana musste grinsen. Wer sich selbst Gebärdensprache beibrachte, sollte keine Lernstörung haben. „Ich habe mit Milan im Juni einen Termin beim Psychologen, da werde ich das Thema am besten gleich zur Sprache bringen."

„Das ist großartig. Dies hier, hat uns nämlich sehr überrascht." Sie schob Jana einen Vordruck mit vielen Zahlen darauf zu. „Diese Arbeit hat mein Kollege Milan vorgelegt, um seine Mathematikkenntnisse einzuschätzen." Sie räusperte sich. „Er ging jedoch davon aus, dass Milan in der fünften Klasse ist."

Jana sah sich die Arbeit an. Sämtliche Lösungen schienen richtig zu sein, soweit sie das auf die Schnelle sehen konnte. „Das sieht doch gut aus!"

„Ja eben! Und dafür, dass Milan im letzten Jahr offenbar viele Fehlzeiten hatte, ist diese Arbeit einer fünften Klasse schon recht schwierig. Merkwürdigerweise schaut Milan aber meist aus dem

Fenster und scheint dem Unterricht gar nicht zu folgen."

Jana nickte und musste erneut an den Psychiater denken.

Vom Schulgebäude war es nur ein kurzer Fußweg an der Schwimmhalle vorbei bis zum Hort, wo sie Milan heute früher als sonst abholte. Er freute sich, warf sich Jana an den Hals, als sie sich zu ihm an den Schreibtisch hockte. „Hallo, Milan. Wie war dein Schultag?"

‚Können wir gleich nach Hause fahren?', wollte Milan wissen.

„Hey? Ich hab dich was gefragt", grinste Jana. „Warum hast du es so eilig?"

Milan zuckte die Schultern und sprach mit seinen Händen. ‚Ich möchte mit Daisy spazieren gehen.'

„Woher wusstest du das mit Daisy?"

‚Was denn?', deutete Milan.

„Dass sie trächtig ist?"

Und mal wieder sah Milan zur Seite.

„Das machst du jedes Mal."

Verstohlen sah Milan sie von unten her an, schüttelte den Kopf.

„Na komm schon!" Jana beschloss, dieses Gespräch zu verschieben. Diesmal würde sie Milan und Daisy begleiten. Beim Laufen ergab sich bestimmt eine Gelegenheit, Milan zu befragen.

„Langweilst du dich in der Schule?", begann Jana zu fragen, als sie mit Daisy in Richtung Wald gingen.

‚Manchmal', zeigte Milan.

„Frau Keller sagt, du siehst aus dem Fenster, statt am Unterricht teilzunehmen."

‚Was die Lehrer erzählen, steht doch alles in den Büchern', behauptete Milan.

Jana musste lachen. „Klar, aber verstehst du die Themen in den Büchern denn auch?"

Milan nickte. ‚Ich muss nicht allen auf die Nase binden, dass ich so schlau bin, hat Mama immer gesagt.'

Diese Aussage brachte Jana erneut zum Lachen. „Das ist natürlich wahr." Sie wurde ernst, das erste Mal in ihrem Beisein, hatte er seine Mutter erwähnt. „Magst du mir verraten, warum du unbedingt in das Haus deiner Eltern möchtest?"

Mal wieder setzte er die Maske der Gleichgültigkeit auf.

„Hast du da ein Foto deiner Mama?" Durch Milan ging ein sichtbarer Ruck. „Weißt du noch, als ich dich das erste Mal hochgehoben habe und du dich dagegen gewehrt hast? Milan, es ist wichtig, dass wir uns unterhalten, dass ich lerne, was dich glücklich macht, was dich verletzt." Jana wartete ein paar Schritte ab, bevor sie weiter bohrte. „Vermisst du deine Mama?"

Milan schüttelte den Kopf. ‚Oma hat behauptet, sie ist immer da' Er zeigte auf sein Herz. ‚Hier drin!'

„Das stimmt Milan, da gehört ein Mensch auch hin, den man lieb hat." Die Hündin lief ein Stück voraus. „Ich muss mir jetzt etwas überlegen, wo ich Daisy unterbringen kann."

‚Du willst sie weggeben?'

„Nein, Milan! Aber wenn die Welpen kommen, muss man sich intensiv um die kleinen Hunde kümmern. Ich muss arbeiten und du in die Schule. Du hast schon letztes Jahr so viel Unterricht versäumt."

Milan war stehen geblieben. Mit großen Augen sah er Jana an. ‚Bitte gib sie nicht weg. Ich hab sie doch so lieb.'

Jana hockte sich zu ihm, nahm ihn bei den Schultern. „Das weiß ich und das wäre nur vorübergehend, bis die Welpen aus dem Gröbsten raus sind und vermittelt werden können."

Milan warf sich Jana an den Hals, drückte sie an sich. Plötzlich fegte Daisy an den beiden vorbei den Weg zurück, dicht hinter ihr folgte Packo. Jana hielt den Atem an. Hoffentlich kreuzte Kyle nicht hier auf. „Milan - lass mich los. Du erdrückst mich!" Milan hielt sie fest umschlungen und Jana wagte nicht, mit ihm am Hals aufzustehen, da sie seine Abneigung, hochgehoben zu werden, kannte.

Einen Moment später stand tatsächlich Kyle vor ihr. „Jana?", sagte er erstaunt und voller Sehnsucht.

Sofort spürte sie dieses heftige Prickeln in ihrem Bauch. Kyle brachte mit seiner umwerfenden Anwesenheit ihre Gefühle durcheinander. „Hallo - Kyle", wusste Jana nur zu erwidern und ärgerte sich über ihre Einfältigkeit.

„Wie geht es dir?", klang er ehrlich interessiert.

„Wie du siehst, bin ich in festen Händen." Über diese Antwort triumphierte sie innerlich. Milan löste endlich seine Umarmung und drehte sich zu Kyle um.

„Du?", wunderte sich Kyle.

„Ihr - ihr kennt euch?" Das überraschte Jana. Sie war versucht, sich erneut auf ihn einzulassen, sich nach seinem Befinden zu erkundigen.

„Kennen ist zu viel gesagt." Kyle wechselte seine Blicke zwischen Milan und Jana. „Ich hatte neulich Dienst auf der A 111, als er auf dem Geländer der Fußgängerbrücke herumturnte." Er zwinkerte Milan zu. „Na wenigstens hast du heute Schuhe an."

„Ach du warst das?" Jana erhob sich. Der chaotische Tag, als Milan mit der Gehirnerschütterung ins Krankenhaus kam und Daisy weggelaufen war. Genau zu diesem Zeitpunkt war sie läufig gewesen.

„Bist du mit dem Jungen verwandt?", wollte Kyle wissen.

„Nein, aber er lebt jetzt bei mir!", sagt Jana stolz, dass sie bisher alles gut managte.

Kyle klang ein wenig vorwurfsvoll. „Das - das hast du mir gar nicht erzählt."

„Bis zu jenem Montag war das alles zunächst nur geplant und dann …" Sie dachte an die Blondine, die mit seinem Wagen davongesaust war. Kyle war vermutlich zu jeder Frau so charmant, gab ihr das Gefühl von ihm geliebt zu werden. Sie wollte das Kapitel doch eigentlich abschließen. Sie hielt Milan die Hand hin. „Wollen wir weiter, Milan?" Er nickte.

„Wenn es euch recht ist, begleite ich euch ein Stück", schlug Kyle vor. Daisy und Packo spielten miteinander, rannten den Weg hinauf und hinunter.

„Tu was du nicht lassen kannst", gab Jana kühl von

sich, ging mit Milan an der Hand den Weg entlang.

„Bist du verärgert?", fragte Kyle leise. „Hast du meine Anrufe deshalb nicht angenommen?"

Jana blieb stehen, lachte gekünstelt und sah Kyle ins Gesicht. „Warum sollte ich verärgert sein?" Jana spürte, wie die Wut der Enttäuschung erneut in ihr hochkochte. „Ich bin allerdings nur an ernsthaften Beziehungen interessiert, Kyle Rieck, und stehe für ein flüchtiges Abenteuer nicht zur Verfügung!" Jana hob den Kopf, damit er nur keinesfalls auf die Idee kam, seine Gegenwart würde sie herunterziehen. Dann setzte sie ihren Weg mit Milan fort.

Kyle war wie erstarrt. Er folgte den beiden nicht, was Jana nur recht war, denn seine Anwesenheit tat ihr mehr weh, als sie sich eingestehen wollte. Die fantastischen Tage mit ihm zusammen waren so unglaublich schön gewesen. Sie ärgerte sich abermals, dass sie diesen treulosen Kerl so gänzlich falsch eingeschätzt hatte. Milan zog an ihrer Hand und zeigte den Weg zurück. Daisy war nicht weitergegangen, verharrte bei Kyle und bellte. Ein Verhalten, was für sie ganz untypisch war.

Jana drehte sich für einen Augenblick um. „Komm, Daisy!" Die Hündin bellte erneut, eilte aber dann auf sie zu.

Eine Weile gingen die beiden wortlos nebeneinander her. Jana dachte noch immer an Kyle, was er mit ihrem Gefühlsleben angestellt hatte. Nur mit Mühe schob sie diese Emotionen von sich. Sie begann sich zu überlegen, was sie mit Daisy und den Welpen machen konnte. Sie brauchte einen umsetzbaren Plan, mit dem sich möglichst auch Milan anfreunden konnte. Er würde keine Woche auf seine pelzige Freundin verzichten wollen, das hatte Milan ihr eben deutlich gemacht.

Wieder zu Hause suchte Jana im Netz nach dem Begriff „Wurfkisten" und fand dabei sogar eine, die wie ein kleines Gehege zusätzlich den Welpen später Auslauf bot. Die meisten kosteten unter 100 €, waren allerdings nur für kleine Hunde gedacht. Daisy zählte als Labrador zu den großen Hunden.

Plötzlich tippte Milan sie von der Seite an. ‚Wonach suchst du?'

Jana rutschte ein Stück vom Computertisch, klopfte auf ihre Oberschenkel, worauf Milan sich zu ihr auf den Schoß setzte. „Wenn Daisy ihre Welpen bekommt, braucht sie zuerst eine Kiste, wo die Welpen geschützt aufwachsen können. In einem Haushalt lauern sehr viele Gefahren für kleine neugierige Hunde und davon wollen wir sie beschützen. Sobald sie größer sind, können sie unter Aufsicht auch herausklettern, dafür gibt es eine Art Tür, so wie hier. Siehst du?"

Milan drehte sich, so gut es auf ihrem Schoß ging zu ihr um. ‚Dann darf Daisy bleiben?' Seine Augen sahen aus, als leuchteten sie.

„Das weiß ich noch nicht genau, Milan. Jemand muss ja nach den Welpen sehen. Ich denke, ich kann Daisy nicht den ganzen Tag mit ihrem Wurf alleinlassen."

‚Ich kann nach der Schule nach Hause fahren und

mich um alles kümmern', erklärte Milan.

„Ach du bist lieb!" Sie strich ihm über den Kopf.

‚Ich muss nicht in den Hort. Da ist es ohnehin langweilig. Du wolltest mir doch den Weg mit dem Fahrrad zeigen!'

„Dafür brauche ich erstmal ein Fahrrad und jemand, der am Vormittag mal nach dem Rechten sieht."

‚Deine Nachbarin kann das machen, die schaut sowieso andauernd zu uns rüber.'

Jana lachte. „Bis Anfang Mai werden wir schon eine Lösung gefunden haben."

Am Samstag ging Jana mit Milan ins Schwimmbad nach Hennigsdorf, unter anderem um seine Schwimmfähigkeiten einzuschätzen, an denen jedoch nichts auszusetzen war. Milan war ein sicherer Schwimmer und hatte sichtlich viel Spaß im feuchten Element. Ein Ausflug am Sonntag nach Germendorf in den Tierpark, in den Daisy mitdurfte, bereitete Milan ebenfalls große Freude. Jana musste zwischendurch immer wieder an die Begegnung mit Kyle denken. Milan, der nun langsam begann alles zu hinterfragen, hatte merkwürdigerweise nicht eine Frage zu Kyle gestellt, worüber Jana sehr dankbar war. Sie wollte versuchen, den Jungen mit ihren Problemen nicht zu belasten.

Am Montagnachmittag war sie gerade dienstlich nach Sachsenhausen unterwegs, als ihr Handy sich mit der Nummer aus dem Hort meldete. Sie nahm das Gespräch über die Freisprecheinrichtung an. „Graf?"

„Hallo Frau Graf, hier ist Mareike, Milans Hort-Betreuerin. Milan ist nach der Schule nicht hergekommen."

Jana spürte, wie ihr die Knie weich wurden. Sie suchte eine Möglichkeit, mit dem Wagen rechts ranzufahren. „Einen Augenblick bitte!" Jana versuchte, ihre Gedanken zu ordnen. Es war Montag. Milan hatte um Viertel vor zwei Schulschluss. Jetzt war es fast halb drei. Endlich fand sie eine Einfahrt, in der sie zunächst anhielt. „Milan müsste doch längst da sein. Haben Sie in der Schule nachgefragt?"

„Einige seine Mitschüler meinten, er wäre nach der Essenspause verschwunden. Andere wollen ihn aber noch zur fünften Stunde gesehen haben. Hat Milan ein Handy?", fragte Mareike. Jana bemerkte, wie ihr Magen rebellierte.

„Nein! Ich - ich fahre gleich nach Hause und sehe dort nach", beschloss Jana.

„Ich habe schon zwei Schulkameraden zur Schule rübergeschickt, sie wollten den Weg absuchen und im Klassenraum nachsehen. Bestimmt hat er nur etwas Interessantes entdeckt und darüber die Zeit vergessen", hoffte Mareike.

„Ich war am Samstag mit ihm Schwimmen, vielleicht steht er an den großen Fenstern, wo man in die Halle schauen kann", fiel Jana ein.

„Ich kümmere mich darum, Frau Graf! Keine Sorge, wir finden ihn."

Mit viel Mühe erledigte Jana noch den dringenden Termin in Sachenhausen, meldete sich im Büro ab und fuhr anschließend gleich nach Hause. Milan war jedoch nicht da und so machte sich Jana auf den Weg zum Hort. Mareike kam Jana mit angespanntem Gesicht am Eingang entgegen. „Sie haben ihn gefunden!"

„Gott sei Dank. Wo war er denn?" Jana fühlte, wie die schwere Last der Sorge von ihr abfiel.

Mareike schluckt hart. „Er war wohl eingesperrt."

Jana eilte sofort zur Schule. Sie wollte Milan jetzt mit eigenen Augen sehen, sich überzeugen, dass es ihm gut ging. Bereits beim Betreten des Schulgebäudes drang Stimmengewirr aus dem Gang rechts, dem sie folgte.

„… im Krankenhaus behandeln."

„Jetzt warten wir erst mal, bis die Erziehungsberechtigte hier ist." In der offen stehenden Tür zu den Jungentoiletten standen zwei Frauen.

„Milan?", fragte Jana mit schnellem Herzschlag.

„Sind Sie die …", wollte die eine Frau wissen, verstummte, als sich Jana hastig an ihr vorgedrängte. Jana wusste augenblicklich, dass dies kein Versteckspiel aus einer Laune heraus war. Es war etwas passiert! Sie betrat den Vorraum, eilte an den Waschbecken und Pissoirs vorbei, zu den zwei Toilettenkabinen weiter hinten. Vor der einen hockte der Hausmeister.

„Milan?", wiederholte Jana aufgeregt.

Der Hausmeister erhob sich. „Ich konnte ihn zwar befreien, aber seitdem schlägt er wie wild um sich."

Der Anblick, der sich ihr bot, war für Jana nur schwer zu ertragen. Milan kauerte neben der Toilette auf dem Boden, zitterte am ganzen Körper. Sein linker

Wangenknochen, seine Lippe war blutig aufgeplatzt, auch an der Stirn war Blut heruntergelaufen, allerdings schon angetrocknet.

„Von der Schulleitung sowie von den Lehrern ist niemand erreichbar", entschuldigte sich der Hausmeister.

„Milan!" Langsam kniete sich Jana zu ihm. „Ich bringe dich nach Hause, in Ordnung?" Sie reichte ihm die Hand. Er schien sie gar nicht zu sehen. Sein Gesicht sah trotz der Verletzungen erschreckend gleichgültig aus.

„Die Tür war von innen abgeschlossen. Die Putzfrau hat ihn mit seiner eigenen Jacke am Rohr festgebunden vorgefunden", erklärte der Hausmeister.

Jana wusste nicht, ob Milan sich in diesen Zustand von ihr auf den Arm nehmen lassen würde, da er auf nichts reagierte, sah sie keine andere Möglichkeit. „Ich bin jetzt für dich da, Milan." Sie wartete einen Augenblick, aber ihre Worte erreichen ihn offenbar nicht. Apathisch lag er da und starrte auf einen Punkt in der Unendlichkeit. „Milan? Ich setzte dich auf, in Ordnung?" Jana packte ihn unter den Achseln. Es war furchtbar, denn Milan wirkte wie tot, wie eine leblose Puppe, ließ er alles mit sich geschehen, ohne die geringste Muskelanspannung. Fest drückte sie ihn an sich, als sie mit ihm aufstand, weil sie mit seiner Gegenwehr rechnete. Doch dafür hatte Milan an diesem Nachmittag wahrscheinlich keine Kraft mehr. Der Hausmeister legte Jana Milans Jacke über, als sie an ihm vorbeiging. Jana war zu bewegt, als einen klaren

Gedanken in ihrem Kopf zu finden. Sie war so entsetzlich wütend, wie jemand einem Kind Derartiges antun konnte, noch dazu, weil Milan sich ja nicht bemerkbar machen konnte. „Ich muss wissen, wer das war, Milan? Ich will einen Namen!", sagte sie erregt. Am liebsten wäre sie mit Milan nach Hause gefahren, aber nach einem solchen Übergriff, musste sie ihn bei einem Arzt vorstellen, zumal ihr Milans teilnahmsloser Zustand Angst machte.

Jana dachte an Daisy, die vermutlich sehnsüchtig auf einen Spaziergang wartete, zur Not musste sie den Flur aufwischen. Milan hatte jetzt Vorrang. Apathisch hatte er die Untersuchung des Arztes über sich ergehen lassen, lag auf der Liege unter einer Decke und Jana streichelte ihn.

„Den Blutergüssen zu urteilen, wurde er an den Armen festgehalten, sehen sie", der Arzt deutete auf die dunklen Flecken an Milans Unterarmen, die eine kräftige Hand erahnen ließen. „Während ein anderer ihm drei Rippen gebrochen hat, dem Abdruck nach mit dem Schuh. Ich habe von allen Verletzungen Fotos gemacht, das kann im Nachhinein in solchen Fällen sehr hilfreich sein."

Jana standen vor Mitgefühl die Tränen in den Augen.

„Ich würde Milan gern für ein paar Tage hierbehalten, dann …"

„Nein!" Jana schluckte, „zu Hause in seiner vertrauten Umgebung ist er am besten aufgehoben. Ich lasse ihn auf keinen Fall hier allein."

Der Arzt zeigte sich einverstanden, verordnete Milan ein Schmerzmittel sowie eine Salbe für seine Hämatome und riet dringend, einen Psychologen hinzuzuziehen.

„Schlauberger!", murmelte Jana, derweil sie mit Milan auf dem Arm das Krankenhaus in Hennigsdorf verließ. „Als wüsste man schon ein halbes Jahr im Voraus, dass man einen Psychologen bräuchte." Jana seufzte tief. Sie setzte Milan auf die Rücksitzbank. Beim Anschnallen sah sie ihm in sein gleichgültiges Gesicht, in seine Augen, die irgendwo hinsahen, nur nicht auf einen Punkt in dieser Welt. Sie fühlte sich überfordert. Hätte sie Milan besser doch im Krankenhaus gelassen? Zweifelnd sank sie auf den Fahrersitz. Ein Gedanke schoss ihr durch den Kopf. Sie durchsuchte ihre Telefonanrufe vor vier Wochen und fand den entsprechenden Eintrag. Sie hatte Glück, denn laut der Sekretärin war Dr. Klawe gerade im Begriff Feierabend zu machen, ließ sich für das Telefongespräch mit besonderer Dringlichkeit aber noch breitschlagen. Jana berichtete von dem Vorfall in der Schule, beschrieb Milans Zustand und bat um Rat.

„Wenn Sie wollen Frau Graf, können Sie Milan sofort herbringen, allerdings halte ich es tatsächlich für das Beste, wenn Milan in einer vertrauten Umgebung bleibt. Sie können ihm wesentlich mehr Zeit und Aufmerksamkeit schenken, als wir hier in der Klinik. Sollte sich sein Zustand nach zwei Tagen nicht bessern, dann müssen wir uns ohnehin sehen. Um eine medikamentöse Behandlung kommen wir in diesem Fall nicht drumherum."

Zunächst ließ Jana Milan im Auto sitzen, sie hoffte, dass Daisy, die ihn freudig durch die offenstehende Autotür begrüßte, ihn aus seiner Starre herauslocken konnte. Aber Milan blinzelte nicht mal. Ihn so zu erleben, ihm nicht helfen zu können, war schmerzhafter als alles, was sie bisher erlebt hatte. „Milan? Ich muss mit Daisy erst mal vor die Tür, ja? Ich bin gleich zurück, du kannst mir ja hinterherkommen, in Ordnung?" Jana ließ die Tür offen und schnallte Milan ab. Während sie mit der Hündin den Feldweg entlang ging, sah sie immer wieder zum Auto. Natürlich regte sich dort nichts. Als sie zurückkam, fand sie Milan unverändert vor. Sie trug ihn ins Haus, wo sie ihn als Erstes auszog und badete. „Ich werde mich morgen krankschreiben lassen, dass ich bei dir sein kann. Milan du musst mir sagen, wer dich so zugerichtet hat? Das werde ich nicht ungestraft hinnehmen, verstehst du?"

Milan war ja nicht schwer, dennoch war es enorm anstrengend den Jungen zu waschen, durch die Gegend zu tragen und ihm mühsam ein Glas Wasser einzuflößen. Das Belastendste jedoch war, Milan in dieser Apathie erleben zu müssen, ohne die geringste Veränderung bewirken zu können. Jana saß völlig fertig auf der Couch. Von oben her drang ein leises Winseln von Daisy zu ihr herunter. Die Hundedame hatte sich, wie jeden Abend, zu Milan ins Bett gelegt. Natürlich spürte sie, wie schlecht es Milan ging, und litt vermutlich nicht weniger als Jana selbst. Diese bedrückende Stille im Haus, die Jana mit ihren Gedanken zu übertönen versuchte, wurde auf einmal mit einem Klingelton unterbrochen. Fast erschien es ihr in dieser Situation ein wenig wie der rettende Strohhalm. Mit ihren Überlegungen bei Milan stand Jana auf, zog aus ihrer Jackentasche das Handy heraus ohne auf den Anrufer zu schauen. „Ja?", sagte sie kraftlos.

„Ich muss mit dir reden!", hörte sie eine vertraute Stimme.

„Kyle?" Nein! Für diese Angelegenheit hatte sie jetzt so gar keine Kraft.

„Seit vier Wochen zermartere ich mir den Kopf, was dich an mir so abgeschreckt hat und als du letzte Woche …"

„Kyle!", gebot sie ihm Einhalt. „Milan ist heute übel in der Schule zusammengeschlagen worden. Er … er ist …" Jana begann bitterlich zu weinen und merkte erst einen Moment später, dass Kyle aufgelegt hatte. Bis eben hatte sie alles gut wegstecken können, bis dieser Mistkerl angerufen und ihr den letzten Nerv rauben musste. Sie genierte sich, dass sie am Telefon zu heulen angefangen hatte, und ärgerte sich noch mehr über ihn, dass er nicht mal zuhören wollte, was sie bewegte. Ihr war danach, ihre Freundin Lisa anzurufen, aber was konnte sie über die Telefonleitung für sie schon tun? Nach dem Studium hatte sich ihre Freundin in einen Franzosen verliebt und war mit ihm Hals über Kopf nach Nates gegangen. In ihrem Freundeskreis fiel ihr gerade niemand ein, der für derartige Probleme der passende Ansprechpartner war.

Jana trocknete ihre Tränen, betrat die Küche, um ein Glas Wasser zu trinken. Milan! Sie musste nach ihm sehen, bei ihm bleiben, ihm zeigen, dass sie für ihn da war. Sie ging nach oben ins Kinderzimmer, wo der Junge genauso unter seiner Decke lag, wie sie ihn vorhin abgelegt hatte. Daisy stupste ihn am Hals und fiepte, ohne dass es Milan registrierte. Jana setzte sich neben Daisy und strich Milan sanft über die Wange, vorsichtig an seiner mit Strips zugeklebten Verletzung vorbei. „Es tut mir so leid, dass du so viel Schmerz in deinem jungen Leben erfahren musst. Aber es gibt auch Schönes, Milan. Unser Ausflug ins Schwimmbad, unsere langen Spaziergänge …" Jana sah erschrocken auf, als Daisy unerwartet hochfuhr, vom Bett sprang und nach unten eilte. „Sieh mal, Daisy leidet furchtbar darunter, dass du nicht mit ihr spielst, und denk mal an die kleinen Babys, die bald das Licht der Welt erblicken. Das möchtest du doch bestimmt nicht verpassen?"

Die Hündin bellte und einen Moment später klingelte es.

Jana seufzte, wischte sich erneut das Gesicht trocken und ging hinunter, um nachzusehen. Daisy tanzte schwanzwedelnd vor der Eingangstür herum und schaute sie ungeduldig an. Sie schien genau zu wissen, wer dort vor der Tür stand.

WENDUNG

Jana erschrak, als sie die Eingangstür aufmachte. Sie hatte nicht damit gerechnet, dass jemand statt am Gartentor schon vor der Tür wartete. „Kyle?"

„Entschuldige! Ich musste herkommen, als ich dich weinen hörte. Bitte lass mich rein." Er drängte sich mit einer Selbstverständlichkeit ins Haus, dass Jana nur noch die Haustür hinter ihm schließen konnte. Daisy begrüßte Kyle freudig, so wie bei ihrem ersten Date. „Es ist mir egal, was du von mir hältst. Ich bin jetzt für dich da, Jana."

„Ich denke, das ist kein guter Zeitpunkt, um Beziehungsprobleme zu besprechen." Jana war versucht sich ihm an den Hals zu werfen. Allein seine Anwesenheit fühlte sich so gut, so tröstlich an.

„Ich will keine Probleme besprechen." Er warf einen Blick in die Küche. „Was kann ich für dich tun? Hast du was gegessen?"

„Ich will, dass du gehst", protestierte sie leise.

„Und dich in deinem Kummer allein lassen? Das kannst du vergessen!"

„Kyle!" Sie atmete tief resignierend aus.

„Also, was ist passiert?"

Jana sah zu Boden, als sie merkte, wie ihr die Tränen in die Augen schossen. „Milan ist verprügelt, an einem Rohr festgebunden und auf der Jungentoiletten eingesperrt worden. Er konnte ja nicht um Hilfe rufen." Fast unbemerkt fand sie sich in den starken Armen von Kyle wieder. „Seitdem ist er vollkommen apathisch", schluchzte sie. „Er reagiert auf gar nichts. Er hat sogar die Untersuchung im Krankenhaus ohne jede Regung über sich ergehen lassen. Hat nicht mal gezuckt, als der Arzt ihm die Platzwunden mit Strips zusammengezogen hat." Daisy rannte die Stufen nach oben. Jana schaute auf, „ich habe meine Prinzipien, dass Daisy nicht nach oben darf, über Bord geworfen. Sie ist irgendwie zu einem Therapiehund geworden." Ein leises Wimmern war von oben zu hören. „Sie leidet, weil es ihm so schlecht geht." Jana löste sich aus der Umarmung und ging zu Milan hoch. Sie kniete sich zu ihm ans Bett. Streichelte sein Gesicht, seine offen stehenden Augenlider, ohne eine Reaktion zu ernten. Hinter ihr knarrte eine Diele.

Kyle setzte sich neben sie auf den blauen Teppichboden. „Ich habe mich damals auf der Autobahnbrücke gefragt, was in einem Kind wohl vorgeht, dass es sich in eine solche Gefahr begibt." Er lachte kurz, „ich war von seiner Schnelligkeit ohne Schuhe beeindruckt. Als ich ihn erwischte und mit ihm die Treppe heruntergestürzt bin, fühlte ich mich schuldig." Kyle machte eine kleine Pause. „Er war unterkühlt, trug ja kaum was am Leibe und dann sah ich die Male seiner Misshandlungen. Das bewegte mich noch Tage später. Jedes Mal, wenn ich mit Derartigem in Berührung komme, frage ich mich, was Eltern dazu treibt, ihre Kinder, ihr eigen Fleisch und Blut zu quälen."

„Mit dieser Frage setze ich mich tagtäglich auseinander", sagte Jana, bemerkte dabei, wie ihre tiefe

Traurigkeit etwas nachließ, so als habe Kyle mit seiner Anwesenheit ihr wieder Hoffnung gegeben. Sie streichelte Milans unversehrte Stirn. „Sein Unglück begann drei Tage vor seinen fünften Geburtstag, als seine Mutter an einem geplatzten Aneurysma starb. Da der Vater auf Geschäftsreise war und erst zwei Tage später nach Hause kam, fand er seinen stark dehydrierten Sohn an der Seite der toten Mutter vor. Zunächst hat sich Milans Oma um ihn gekümmert, der Vater trauerte auf seine Weise, ertränkte seinen Kummer im Alkohol und verlor seine Arbeit. Ein paar Tage vor Weihnachten vorletztes Jahr erlitt die Oma einen tödlichen Herzinfarkt. Milans Vater war nach den Schicksalsschlägen vermutlich mit seinem eigenen Leben schon überfordert. Er hat versucht, Milan mit einem abgeschnittenen Gartenschlauch zwangszuernähren und dabei hat er ihm unter anderem seine Stimmbänder durchtrennt."

„Wie furchtbar", flüsterte Kyle.

„Was er sonst noch in seinem Suff mit Milan gemacht hat, hast du ja wahrscheinlich gesehen." Jana schluckte. „Als ich ihn damals das erste Mal begegnete, war es, als würde uns etwas verbinden. Zunächst kam er zu seinem Onkel, aber ich habe bis heute nicht herausbekommen, was da vorgefallen ist. Auf jeden Fall glaubte ich, bei mir wäre er sicher." Jana sah in Milans Augen, die weiterhin ins Nichts zu starren schienen. Ob Milan in Bötzow auf der Schule besser aufgehoben gewesen wäre? Bestimmt hätte sie damit diesen Vorfall verhindert. Bei dieser Überlegung wurde ihr ganz elend zu Mute. „Ich hatte geglaubt, ihn beschützen zu können!" Erneut drängten sich Tränen an die Oberfläche.

Sanft legte Kyle seine Arme um Jana. „Natürlich ist Milan bei dir in guten Händen! Solche Chaoten, die Milan verprügelt haben, findest du überall - und davor kannst du niemand schützen, Jana." Sie lauschte für einen Atemzug seinem kräftigen Herzschlag, der dicht an ihrem Ohr zu hören war. „Wichtig ist, dass du für ihn da bist. Diese Prügelschüler müssen identifiziert und angezeigt werden."

Kyles dunkle Stimme beruhigte sie. Sie wischte sich das Gesicht trocken und löste sich aus seiner Umarmung. In diesem Moment war es ihr egal, mit wie vielen Frauen er zusammen war, seine Anwesenheit tat ihr so unglaublich gut.

„Wenn es dir hilft, kann ich mir ein paar Urlaubstage nehmen und bei Milan bleiben."

„Was?" Sie richtete sich überrascht auf.

„Sag mir einfach, wie ich dich und deinen Pflegesohn unterstützen kann?"

„Pflegesohn?", wiederholte Jana. Dieses Wort war ihr bisher noch gar nicht in den Sinn gekommen.

„Ist er doch, wenn ich dich richtig verstanden habe, oder?"

„Ja, das ist er!" Sie sah Milan ins reglose Gesicht.

„Ich finde es sehr beeindruckend, was du leistest, Jana." Kyle lächelte.

„Danke!" Es war fast zu schön, um wahr zu sein, dass Kyle sich für sie, für ihre Probleme Zeit nahm.

„Sag mir, wie ich Dir sonst helfen kann?"

Jana begann ihre Gedanken zu sortieren. „Für Milan brauche ich ein Fahrrad, damit er selbstständig nach Hause fahren kann und für Daisy eine Wurfkiste."

Kyle lachte. „Eine Wurfkiste? Was soll das denn sein?"

Jana atmete tief ein. In Kyles Angebot lag vermutlich die Lösung zu diesem Problem. „Anfang Mai habe ich wenigstens fünf Hunde mehr zu versorgen und noch keinen Plan, wie ich das alles stemmen will." Daisy lag an der Wand neben Milan, ihre Pfoten auf seiner Brust, als überprüfe sie seinen Herzschlag.

Kyle sah sie erwartungsvoll an. „Also das mit dem Fahrrad sollte sich regeln lassen, aber wieso willst du ein Rudel Hunde bei dir aufnehmen?"

„Weil Milan Daisy nicht missen will." Jana stand auf, ihre Gedanken wurden langsam klarer. Sie wollte Milan ein Glas Milch holen, damit bekam er wenigsten ein paar Nährstoffe.

Kyle ging ihr nach. „Magst du mich mal bitte aufklären, was eine Wurfkiste ist?"

Jana blieb auf halber Treppe stehen und drehte sich zu ihm um. „Danke, dass du da bist."

Kyle sah sie einen Moment an, als suche er eine Antwort in ihrem Gesicht.

Jana wandte sich um und ging in die Küche, wo sie ein Glas Milch eingoss. „Eine Wurfkiste ist eben eine Kiste, wo eine Hündin ihre Welpen zur Welt bringt."

„Scheiße!", fluchte Kyle in der Küchentür stehend.

Er sah auffallend blass aus, als Jana sich zu ihm umdrehte. „Könnte das neulich passiert sein, als ich Daisy eingefangen hatte?" Er schluckte hart. „Es war so verdammt dunkel an dem Abend und Daisy mit ihrem schwarzen Fell verschmolz ja fast mit der Finsternis. Sie tobten so herrlich miteinander über das Feld, dass ich sie gelassen habe."

Jana lachte kurz, schüttelte den Kopf. „Glückwunsch Packo! Zumindest bekomme ich nun eine Vorstellung, wie die Welpen aussehen werden. Ich bin dafür verantwortlich, nicht du. Ich weiß ja nicht wo sie an jenem Abend noch war."

„Jana, es tut mir Leid …"

„Du kannst nichts dafür. Ich muss versuchen, das Beste draus zu machen." Sie wollte sich mit dem Glas Milch an ihm vorbeidrängen. Als er sich ihr in den Weg stellte, schaute sie zu ihm hoch. „Bis heute Morgen war das mein größtes Problem, jetzt ist es Milan."

Kyle ließ sie wortlos vorbei.

Jana hatte unruhig geschlafen. Vermutlich hätte sie sich ohne Kyle nicht mal ins Bett gelegt. Er hatte darauf bestanden, bei ihr zu bleiben, und im Grunde war sie dankbar für seine Anwesenheit, die ihr überraschenderweise viel Kraft schenkte. Als sie sich aufsetzte, fiel ihr Blick auf Kyle, der neben ihr, im respektvollen Abstand so gut es in diesem Ehebett möglich war, schlief. Bei dem Anblick seines entspannten, ansprechenden Gesichts wurde ihr bewusst, dass sie ihn immer noch anziehend fand.

Es war kurz vor sechs und sie hatte das Bedürfnis nach Milan zu sehen. In diesem Augenblick polterte nebenan etwas, woraufhin sie hochschoss und ins Kinderzimmer eilte. Daisy stand schwanzwedelnd neben Milan, der mit einem schmerzverzerrten Gesicht auf dem Boden lag. Er atmete stoßweise, als würde er schwer Luft bekommen. „Milan!" Jana hockte sich zu ihm. „Ruhig, Milan!" Sie nahm seine Hand, wagte jedoch nicht, ihn hochzunehmen, aus Angst ihm wehzutun, ihn zu bedrängen. Einerseits war sie enorm erleichtert, dass die Apathie ihn endlich verlassen hatte, anderseits sorgte sie sich, dass ihm wahrscheinlich seine gebrochenen Rippen Beschwerden verursachten. Ihr war vollkommen unklar, warum er vor und nicht in seinem Bett lag. War er herausgefallen oder hatte Daisy sich zu breit gemacht? „Du hast Schmerzen, nicht wahr", vermutete sie. Er bewegte seine Lippen, zeigte dann ganz langsam das Wort „Wasser". „Ich hole dir etwas zu trinken." Jana lief in die Küche, ergriff den Wasserkrug und ein Glas und kehrte damit ins Kinderzimmer zurück. Milan saß mit hängendem Kopf, den Rücken gegen sein Bett gelehnt und hielt die Arme vor den Brustkorb verschränkt. Sie setzte sich vor ihn hin und reichte ihm das Glas Wasser. Ohne sie anzusehen, nahm er es und trank es leer. Sie befüllte es nochmal und erneut trank es Milan aus. „Der Arzt hat mir ein Schmerzmittel für dich mitgegeben. Wenn du …" Er schüttelte den Kopf. Jana atmete tief durch. „Gebrochene Rippen tun verdammt weh, du musst mir nicht beweisen, dass du besonders tapfer bist, das weiß ich auch so." Milans Blick war weiterhin auf den Boden gerichtet, als würde er sich für das, was vorgefallen war, schämen. „Möchtest du dich wieder hinlegen?" Jana strich ihm zärtlich über den Oberarm. Daisy lag dicht neben ihm, als wolle sie auf ihn aufpassen. „Milan - ich kann mir vermutlich nicht im Entferntesten vorstellen, wie du dich jetzt fühlst, aber du sollst wissen, dass ich für dich da bin. Wenn du willst, wechseln wir die Schule." Milan schüttelte nur den Kopf, ohne aufzuschauen. „Du musst mir ihre Namen aufschreiben." Er wiederholte das Kopfschütteln. Jana fühlte sich ratlos. Sie befühlte seine Füße, die eiskalt waren, deshalb nahm sie die Bettdecke und wollte ihn damit zudecken. Hastig riss er die Decke zur Seite. Seine Nasenflügel bebten, sein Atem ging schneller. „Du erkältest dich noch!" Jana setzte an, ihn aufs Neue zuzudecken, doch Milan strampelte energisch mit den Füßen, dass Jana sich in Sicherheit bringen musste. Auch Daisy sprang auf. Milans Handeln verdeutlichte ihr, dass seine vergangenen Wutausbrüche offenbar die Reaktionen auf seine Misshandlungen waren. Er war wütend über seine Hilflosigkeit, mit der er seinen Peinigern ausgeliefert war. Jana beobachtete, wie Tränen auf seine Oberschenkel klatschten. Sie griff nach seiner Hand. „Bitte, Milan …" Er schlug ihre Hände zur Seite, zeigte deutlich, dass er keine Berührung wünschte. „Entschuldige", sagte Jana und fragte sich, welches Verhalten sie mehr bewegte, diese Aggression oder seine Teilnahmslosigkeit. Ihm nicht helfen zu können, ihn nicht mal in den Arm nehmen zu dürfen, fühlte sich für sie sehr schmerzlich an. „Milan, sag mir bitte, was ich für dich tun kann?" Einen Moment blieb Jana bei ihm sitzen, dann erhob sie sich, machte das Fenster zu und drehte die Heizung an. „Ich geh Frühstück machen, vielleicht magst du ja später nachkommen."

Jana kochte Kaffee und deckte den Frühstückstisch, obwohl ihr überhaupt jeglicher Appetit vergangen war. Die Situation belastete sie enorm. Genaugenommen stand sie mit Milan nicht einmal mehr da, wo sie vor vier Wochen mit ihm angefangen hatte. Er war in dieser Zeit so aufgetaut, so zugänglich geworden. Und jetzt dufte sie ihn nicht mal berühren. Was für ein Rückschlag! Dabei sollte sie eigentlich damit umgehen können, erlebte sie doch tagtäglich diese Rückschritte! Daisy kam die Treppe herunter, trottete zu ihrem Napf, um zu sehen, ob er schon gefüllt war.

Kurz darauf erschien Kyle in der Küche, lediglich mit einem T-Shirt und einer Unterhose bekleidet. „Guten Morgen!" Er wirkte schläfrig und damit ein wenig neben sich.

„Guten Morgen, Kyle!" Jana goss einen Becher Kaffee mit einem Schuss Milch ein, so wie er seinen Kaffee bevorzugte, und reichte ihm Kyle.

„Fantastisch! Danke!" Er sank auf einen Küchenstuhl und trank einen Schluck. „Wie fühlst du dich?"

Jana seufzte tief, setzte sich mit ihrem Kaffeepott zu Kyle an den Tisch. „Ich weiß nicht, welcher Zustand von Milan mich mehr bewegt. Im Augenblick lässt er mich nicht mal an sich ran und ist mir gegenüber aggressiv. So habe ich ihn bisher noch nicht erlebt. Das tut richtig weh!"

Kyle legte seine Hand auf ihre. „Was glaubst du, könnte ihm helfen?"

Jana schüttelte den Kopf. „Wenn ich das nur wüsste! Vor vier Wochen, als ich ihn zu mir holte, waren wir uns viel näher als heute. Ich bin ratlos!" Sie pustete über den Kaffee und nahm einen kleinen Schluck. „Ich habe gestern Milans Psychiater angerufen und er meinte, hier wäre er besser aufgehoben als in der Klinik." Janas Gefühle waren zu bewegend. Sie konnte die Tränen, die jetzt folgten, unmöglich zurückhalten. „Ich käme mir wie ein Verräter vor, würde ich ihn in die Klinik zurückbringen. Da stopfen sie ihn ja nur mit Chemie voll. Aber ich weiß nicht, ob ich wirklich die Kraft habe, für ihn da zu sein."

„Was hältst du davon, wenn ich mich um Daisy kümmere, dann hast du den Kopf für Milan frei", schlug Kyle vor.

„Kyle", Jana erhob sich, befüllte Daisys Napf mit dem Hundefutter. „Ich weiß, dass du es lieb meinst." Der Gedanke an den Morgen, als sie die Blondine mit Kyles Wagen hatte wegfahren sehen, war plötzlich sehr präsent. „Du führst dein eigenes Leben und das hier, sind nicht deine Probleme." Jana stellte den Hundenapf auf den Boden.

„Jana!" Unerwartet war Kyle hinter sie getreten. Sie drehte sich um und sah in zweifelnd an. „Lass mich dir doch helfen!" Sein Angebot klang ehrlich.

Für einen Moment ließ sie sich von ihm in den Arm nehmen und genoss seine schützenden Arme um ihren Körper, seine ruhige Ausstrahlung, die sich auf ihre Situation enorm erleichternd auswirkte. „Danke", flüsterte sie.

„Ich zieh mich nur noch an, dann gehe ich mit Daisy eine Runde raus, in Ordnung?"

Jana löste sich aus der Umarmung und lächelte, „aber nicht, ohne vorher zu frühstücken."

Nachdenklich lief Kyle mit Daisy Richtung Wald. Er dachte an die Begegnung vom letzten Dienstag zurück, wo Jana ihn hier auf dem Weg so kühl abserviert hatte. Fast eine Woche lang hatte er sich darüber den Kopf zerbrochen, was Jana mit ihren Worten von flüchtigen Abenteuern und ernsthaften Beziehungen hatte andeuten wollen. Wie gut, dass er sich gestern Abend endlich durchgerungen hatte, sie dennoch anzurufen, sonst wäre Jana mit ihrem Kummer ganz allein gewesen. Er bewunderte sie für ihren Mut und ihre Kraft, sich eines fremden, traumatisierten Kindes anzunehmen. Obwohl ihm Milan seit dem Zusammentreffen auf der Fußgängerbrücke auch nicht mehr aus dem Sinn gegangen war, hätte er sich eine solche Aufgabe als Alleinerziehender niemals zugetraut. Er holte sein Handy hervor und bat auf seiner Dienststelle darum, drei Tage frei zu bekommen, genug Überstunden hatte er. Hauptsache war, dass er für Jana, für ihre Sorgen ein Ohr hatte, sich Zeit für sie nahm. Die Augenblicke, die er sie hatte tröstend in seinen Armen halten dürfen, hatte er mit jeder Faser seines Körpers genossen. Dabei war ihm deutlich geworden, dass er ihr mit allen seinen zur Verfügung stehenden Mitteln zeigen musste, wie wichtig sie ihm war und dass er bereit war, um sie zu kämpfen.

Auf dem Rückweg überlegte er, wie er Jana am besten unterstützen konnte. Diese Wurfkiste, zu der er sich im Internet schlaumachen wollte, wäre vermutlich ein guter Anfang. In dem Schuppen, neben seiner Scheune in der er wohnte, gab es reichlich Materialreste vom Scheunenausbau. Da sollte sich doch was Nettes für Daisys Welpen zimmern lassen. Die Hündin lief schnuppernd mal rechts mal links vom Weg, dann hob sie plötzlich den Kopf und setzte an, nach Hause zu rennen. „Daisy!", rief Kyle energisch. „Hierher!" Sie blieb zunächst zögernd stehen, sah zu Kyle zurück, um erneut loszurennen. „Daisy!" Diesmal ließ sie sich nicht beirren. Kyle eilte ihr nach. Als er vom Feldweg in die Oststraße einbog, sah er Daisy Richtung Friedhofstraße abhauen. „Daisy!", versuchte Kyle die Labradordame zurückzurufen. So schnell er konnte, rannte er dem Tier hinterher. Jana hatte genug Probleme. Ein vermisster Hund würde da gerade noch fehlen. Daisy hatte einen enormen Vorsprung, zum Glück verlief die Friedhofstraße relativ geradlinig, dass Kyle zumindest Sichtkontakt zu ihr behielt. Nach gut 300 Metern, er überquerte bereits die Marwitzer Straße, klingelte Kyles Handy. Wie er am Klingelton hörte, war es Jana. Unmöglich durfte er ihren Hund aus den Augen

verlieren, er musste ihren Anruf ignorieren. „Daisy!",
brüllte er, doch das interessierte die Hündin nicht. Sie
war inzwischen schon nach links auf die Hauptstraße
abgebogen, wo der Hauptverkehr durch Bötzow lief.
Kyle ärgerte sich, Daisy abgeleint zu haben, schließlich
kannte sie ihn nicht gut genug, um auf seine
Kommandos zu hören. Obwohl er in den vergangenen
vier Wochen besonders gut trainiert hatte, spürte er
gemächlich seine Grenzen. Jana zuliebe, um die nächste
Katastrophe zu verhindern, musste er dranbleiben.
Abermals meldete sich Jana über sein Smartphone. Kyle
rannte die Hauptstraße weiter runter, um die
Hundedame nicht zu verlieren. Mit der Zeit wurde
Daisy langsamer, der Abstand zwischen Kyle und ihr
verringerte sich und endlich sah er den Grund für
Daisys Verhalten.

Milan!

Wieder war er barfuß, nur im Schlafanzug bekleidet
unterwegs. Nun war auch klar, was Jana von ihm wollte.
Kyle wunderte sich, woher er nach der Strecke noch die
Kraft nahm, um auf den letzten Metern einen
beeindruckenden Sprint hinzulegen. Er überholte Daisy,
dann Milan. „Bleib stehen!", rang Kyle nach Atem.
Milan versuchte, an ihm vorbeizulaufen. Kyle packte
ihm am Arm. „Wo willst du in dem Aufzug denn hin?"
Milans Gesichtsausdruck wirkte erschreckend
gleichgültig und es schien, als würde er durch Kyle
hindurchsehen. „Komm mit nach Hause! Jana macht
sich große Sorgen um dich!" Daisy hechelte auffallend,
sprang Milan vor die Füße und bellte. „Ich möchte dir

nicht wie bei unserer Begegnung auf der Fußgängerbrücke wehtun Milan, aber ich werde dich zu Jana zurückbringen. Notfalls mit Gewalt." Bei dem letzten Wort zog Leben in Milans Miene, er schüttelte wild den Kopf, öffnete den Mund, verzog sein Gesicht, als wollte er laut schreien, dabei probierte er, sich aus Kyles festem Griff zu befreien. Sogar Daisy brachte sich vor seinem Gezappel bellend in Sicherheit. Erneut kündigte Kyles Handy Jana als Anrufer an. Unmöglich konnte er Jana weiter hinhalten. Mit einem geübten Handgriff zog Kyle nun beide schmalen Handgelenke von Milan auf den Rücken, die er mit seiner Linken mühelos festhielt. Mit der Rechten angelte er nach seinem Smartphone und rief Jana zurück, weil das Klingeln bereits verstummt war.

„Kyle!", sagte sie mit zitternder Stimme. „Milan ist …"

„Hab ihn - keine Sorge", schnaufte Kyle, „wir machen uns gleich auf den Rückweg."

„Wie?" Jana klang irritiert.

„Daisy ist plötzlich abgehauen und ich natürlich hinterher." Kyle spürte, wie Milan versuchte, sich zu befreien. Sein Griff verstärkte sich deshalb. „Hab zuerst nicht kapiert, dass sie Milan nachjagte!"

„Gott sei Dank!"

„Bis gleich!" Kyle beendete das Telefonat, steckte sein Handy in die Hosentasche und zog seine Jacke aus. Das war schwierig, denn er wollte Milans Hände ungern loslassen. „Weißt du Milan, ich hab keine Ahnung, wie du das siehst, aber ich für meinen Teil, habe Jana sehr gern. Sie ist für mich was ganz Besonderes und sie traurig zu sehen, ist für mich schwer zu ertragen." Er biss in seinen Ärmel, um seinen Arm aus der Jacke zu ziehen. „Vielleicht hast du es bisher ja nicht bemerkt, Jana hat dich lieb. Wegzurennen, um wieder über Fußgängerbrücken zu balancieren, ist für keines deiner Probleme eine Lösung." Flink wickelte Kyle seine Jacke um Milan. Für einen Augenblick keimte der Widerstand in dem Jungen auf, doch als Kyle die Jackenärmel um den Körper schlang und festknotete, schien Milan sich zu beruhigen. Kyle hockte sich zu ihm. „Und du würdest Jana mächtig wehtun. Magst du sie?" Milan sah ihn jetzt sogar an. „Verletzte sie nicht, indem du wegläufst. Das hat Jana bestimmt nicht verdient! Sie versucht, dir zu helfen." Zum Glück war es heute nicht so kalt, wie an dem letzten Februartag, wo er Milan das erste Mal begegnet war. Allerdings musste sich Milan am Fuß verletzt haben - zum Teil lag noch der Streusplitt auf den Gehwegen -, denn kleine Blutspuren hörten genau bei seinen Füßen auf. Kyle umschlang Milan und erhob sich mit ihm. Milan strampelte wild. „Beruhige dich!", forderte Kyle ihn auf, während er den Jungen fest an sich drückte. „Ich trage dich nach Hause, ob du willst oder nicht. Also reg dich ab." Daisy bellte kurz und lief neben Kyle her. „Das hast du gut gemacht!", sagte er zu der Hündin und warf ihr einen anerkennenden Blick zu. „Und ich dachte schon, in dich ist sonst was gefahren. Brave Daisy", lobte er sie. Auf den nächsten Metern ebbte Milans Gestrampel ab. Ob seine Wut verflogen war? „Ich kann dir ein paar

Tricks beibringen, mit denen du dich auch gegen große Gegner verteidigen kannst." Milan wirkte desinteressiert, weshalb Kyle beschloss, seinen Mund zu halten. Mit jedem Schritt, den er zurückging, sackte Milans Körper in sich zusammen, bis der Kopf des Jungen sich schließlich auf Kyles Schulter schmiegte. Sein Atem wurde so ruhig und gleichmäßig, dass er vermutlich eingeschlafen war. Kaum war Kyle in die Oststraße eingebogen, rannte Daisy die Straße hinunter, durch das offenstehende Gartentor. Jana begrüßte ihre Hündin flüchtig und kam Kyle entgegen. „Ich bin so erleichtert, dich mit Milan zu sehen."

Kyle wusste, dass sich ihre Aussage mehr auf Milan bezog, trotzdem fühlte er sich geschmeichelt. Er lächelte. „Ohne deine schlaue Daisy wäre der Lütte hier bereits auf dem Weg nach Hennigsdorf oder wo auch immer er hinwollte!"

Jana strich Milan über den Rücken. „Ich versteh nicht, was in ihn gefahren ist!"

„Schon mal was von blinder Wut gehört? Jedenfalls kam er mir genauso vor, als ich ihn mit Daisy endlich eingeholt hatte."

Jana betrachtete Kyles Jacke. „Wie du ihn eingepackt hast!" Spürbar war sie gelöst. „Er mag es eigentlich nicht hochgenommen zu werden."

„Hab ich gemerkt. Er hat einen ziemlichen Aufstand gemacht. Ich schätze, er ist unterwegs eingenickt, scheint reichlich fertig zu sein", sagte Kyle leise, während er mit Milan ins Haus ging.

„Am besten, du legst ihn …" Jana sah zum

Wohnzimmer, „auf die Couch. So bekomme ich wenigstens mit, wenn er nochmal abhauen will."

Jana breitete eine weiche Decke auf das Sofa aus und knotete die Ärmel auf. Milan blinzelte zuerst, sah sich dann erschrocken um. Augenblicklich begann er heftig zu zappeln.

„Leg ihn ab!", forderte Jana Kyle auf und wandte sich an den Jungen. „Ruhig, Milan. Wir tun dir doch nichts!" In dem Moment, wo Kyle ihn abgelegte, beruhigte sich Milan.

Jana befreite ihn aus der Jacke, die sich für Milan wie eine Zwangsjacke anfühlen musste. „Ich weiß, dass es dir nach dem Vorfall gestern nicht gut gehen kann, Milan, aber du erinnerst dich sicherlich noch an dein Versprechen, welches du mir am ersten Tag hier gegeben hast, oder?" Milan warf seinen Kopf zur Seite, starrte die Sofalehne an. Jana hockte sich zu ihm neben die Couch. „Wenn ich jemand mein Ehrenwort gebe, halte ich mich daran." Sichtbar wurde Milans Atem flacher, Janas Worte gingen nicht spurlos an ihm vorbei. „Zum einen musst du dich nicht wie ein Dieb aus dem Fenster hangeln und zum ..." Milan sah auf, schnelle mit dem Oberkörper in die Höhe und hing plötzlich an Janas Hals. Jetzt atmete er stoßweise und Kyle sah, wie dem Lütten Tränen über die Wange liefen. Er weinte leise, ohne das geringste Geräusch zu verursachen.

Kyle war von der Szene gerührt, denn hier erlebte er den Jungen mal von einer anderen Seite, vor allem zeigte sich nun die bedeutende Beziehung zwischen Jana und Milan. Entgegen Janas Bemerkung, sie würde keinen Zugang mehr zu Milan haben, sah es doch nun bestens aus.

Jana streichelte Milans Rücken und war so unendlich erleichtert, dass er sie wieder an sich heranließ. Sie genoss seine Umarmung, weil sie damit das Gefühl hatte, dass er ihr vertraute. Seine Atmung wurde gemächlich ruhiger, dennoch klammerte er sich fester an ihren Hals, als habe er Angst, Jana loszulassen. Einige Augenblicke gab Jana ihm Zeit. Ohne Kyle wäre sie echt aufgeschmissen gewesen. Er war wie ein Engel plötzlich einfach da, als sie ihn am Meisten gebraucht hatte. Er wäre eigentlich der perfekte Mann.

„Ich vermute, du hast dir da was eingetreten, darf ich mir mal deine Füße ansehen, Milan?", hörte sie Kyle nach einer Weile fragen. Langsam löste Milan seine Umklammerung, sah prüfend Jana ins Gesicht.

„Erlaubst du es ihm?", wollte Jana wissen. Mit seinen Verletzungen an Lippe, Stirn und Wangenknochen sah er richtig mitleiderregend aus.

Bisher kam keine Reaktion von Milan, er schien mit sich zu ringen. Kyle hockte sich, seine Hände hochhaltend, zu Milans Füßen. „Soweit ich das bei dem Schmutz erkennen kann, sieht es aus, als hättest du dir durch das Granulat zahlreiche winzig kleine Schnitte zugezogen." Er sah grinsend auf. „Warum läufst du nicht mal einfach mit Schuhen, das ist echt angenehmer." Er sah ernst zu Jana: „Das muss desinfiziert werden."

Jana erhob sich und versuchte ein Lächeln. „Danke,

Kyle!"

Kyle machte eine wegwerfende Handbewegung. „Ich will keinen Stress verursachen, deshalb überlasse ich das dir."

Jana bereitete Milan ein Fußbad, desinfizierte dann die zerschnittenen Fußsohlen und wickelte Milan in die Decke, was ihm sichtlich gefiel, denn ein sanftes Lächeln zog über sein Gesicht.

Unterdessen hatte Kyle für alle Kakao gemacht und stellte drei große Becher auf den Couchtisch. „Weißt du, Milan", begann Kyle, als er sich neben Milan in den Sessel setzte, „es gab mal eine Zeit, da ging es mir richtig dreckig. Ich wollte mein Bett gar keinesfalls mehr verlassen, wollte nichts von der Welt um mich herum wissen." Kyle pustete über sein Getränk. „Aber ich habe eine sehr energische Cousine, und die hat nicht lockergelassen", lachte er kurz, „bis ich erkannt habe, dass es nur schlimmer wird, wenn man sich verkriecht."

Milan wirkte, als höre er ihm zu, während er an seinem Kakao nippte.

„Was mir immer hilft, gewisse Dinge zu verarbeiten, ist viel Sport zu treiben. Ich laufe gern - sonst hätte ich vorhin wohl kläglich versagt. Vielleicht hättest du ja mal Lust mitzukommen, wenn deine Fußsohlen verheilt sind." Milan schaute Kyle an. „Allerdings nehme ich dich nur mir, sofern du Schuhe anziehst!"

Ein Hauch eines Lächelns erschien in Milans Gesicht. Kyle wandte sich an Jana, die dicht bei Milan saß. „An deiner Stelle würde ich mich heute zuerst mit der Schulrektorin zusammensetzen, ob sie eine Untersuchung eingeleitet hat. Eine Anzeige bei der Polizei wäre dann der zweite Schritt."

„Das möchte ich Milan jetzt nicht zumuten." Jana sah Kyle an.

„Das musst du ja auch nicht. Ich habe mir ein paar Tage freigenommen. Ich bleibe also hier." Er zwinkerte Jana zu.

„Nein, Kyle! Das kann ich …"

„Jana!", fiel ihr Kyle dazwischen. „Ich mache das echt gern."

„Ich weiß nicht", überlegte Jana und sah zu Milan, „ob ich euch beide allein lassen kann?"

Milan schaute auf.

„Das mit der Schule sollte ja keine Ewigkeit dauern und die Anzeige kannst du ja online machen." Kyle trank seinen Kakao aus.

„Wie bitte?", lachte Jana. „Ist das dein Ernst?"

„Natürlich!"

Jana musste unbedingt in die Schule, nur wollte sie Milan auf keinen Fall mitnehmen. Im Grunde hatte sie keine Wahl und konnte dankbar sein, dass Kyle ihr dieses Angebot machte.

Bisher hatte sich noch keine Gelegenheit ergeben, den Computer im Kinderzimmer aufzustellen. Jana war es zunächst wichtiger gewesen, sich viel mit Milan zu beschäftigen. Womöglich könnte sie aber jetzt die beiden ‚Herren' ein wenig näherbringen. Sie sah zu Milan. „Vielleicht kennt sich Kyle ja ein bisschen mit Technik aus, dann könntet ihr beide", sie warf einen kurzen Blick zu Kyle, „den Karton auspacken, der unter deinem Schreibtisch steht."

„Was für ein Karton?", fragte Kyle.

Milan sah nachdenklich aus, als er sich mit seinen Gesten an Jana wandte: ‚Muss ich heute gar nicht in die Schule?'

„Nein!" Jana strich über seine unversehrte Wange. „Ich lasse dich erst wieder in die Schule, wenn ich weiß, dass es dir besser geht und die Schlägertypen identifiziert sind und bestraft wurden."

Milan senkte abrupt seinen Blick.

„Sagst du mir ihre Namen?", bohrte Jana.

Milan schüttelte den Kopf. ‚Ich dachte, der Karton wäre leer.' Er stand vorsichtig auf.

Jana hielt ihn am Arm zurück. „Milan! Wenn die Jungs nicht bestraft werden, dann werden sie so was immer wieder tun."

Milan wand sich aus Janas Griff, machte eine Bewegung die so etwas wie ‚lass mich' heißen könnte und humpelte über den Flur die Treppe hinauf.

„Gebärdensprache? Wow! Du steckst voller Überraschungen", sagte Kyle bewundernd. „Fahr zur Schule, ich kümmere mich um Milan." Mit diesen Worten ging er ebenfalls nach oben.

SPRACHE

Nach ihrer Rückkehr ging Jana gleich nach oben. Fasziniert blieb sie in der offen stehenden Tür zum Kinderzimmer stehen. Daisy, die sie an der Eingangstür begrüßt hatte, war ihr gefolgt und legte sich vor das Bett. Milan saß an seinem Schreibtisch, vor ihm der aufgebaute Computer und neben ihm auf einem Hocker saß Kyle, der sich ein Video „Einführung in die Gebärdensprache" ansah und eifrig mitmachte. Milan klickte zwischendurch auf „Pause", verbessere Kyles Geste und ließ den Film weiterlaufen. Abermals wurde Jana deutlich, wie sehr sie sich Kyle, der sichtlich mit Kindern umzugehen wusste, an ihrer Seite wünschte. Plötzlich bemerkte Kyle sie. Lächelnd wandte er sich an Milan: „Ich gebe zu, das macht Spaß, aber ich brauche eine Pause, in Ordnung?" Milan nickte.

Kyle kam auf Jana zu und flüsterte, während er sie auf den Flur drängte: „Das hat er nicht zum ersten Mal gemacht. Ich habe im Grunde nur die Geräte hingestellt, den Rest hat Milan übernommen." Er sah sie fragend an. „Was ist in der Schule herausgekommen?"

Jana ging mit Kyle in die Küche, wo sie sich ein Glas Wasser eingoss. „Die Schulrektorin hat sich anfangs ziemlich stur gestellt, meinte, aus einem kleinen Jungenstreich sollte man nicht so einen Zirkus veranstalten. Als ich sie dann aufklärte, dass man Milan nicht nur einfach irgendwo festgebunden hatte, sondern dass man auf ihn eingeprügelt und ihm unter anderem drei Rippen gebrochen hatte, fiel sie fast aus allen Wolken." Sie trank ihr Wasserglas leer. „Keine Ahnung, was der Hausmeister und die Putzfrauen da für Mist erzählt haben."

„Hat sie denn eine Vermutung, wer das war?", wollte Kyle wissen.

„Es gibt da wohl zwei Jungs aus der Sechsten, denen sie das zutrauen würde. Sie wird sich umgehend melden, sobald sie mehr weiß."

„Lass uns die Anzeige bei der Polizei aufgeben, damit das Ganze hoffentlich bald zum Abschluss kommt."

Am Nachmittag fuhren Jana und Milan nach Hennigsdorf in den Marderweg. Die Nachbarin hatte sich am Vormittag endlich bei Jana gemeldet, und so durfte Milan in sein Elternhaus. Als Jana die Haustür des Einfamilienhauses aufschloss, schlug ihr ein merkwürdig muffiger, fast fauliger Geruch entgegen. Seit über einem Jahr war vermutlich niemand mehr hier gewesen.

„Soll ich mal lüften?", fragte Jana, als Milan die Treppe hochwollte.

Er schüttelte den Kopf, ‚ich will nur was holen', gestikulierte er. Jana ging ihm langsam hinterher. Überall lagen Kleidungsstücke herum, dazwischen fanden sich hier und da eine leere Wodkaflasche, Chipstüten, Papier und Verpackungskartons. „Der Junge sollte nicht in das Haus zurück", hörte Jana in Erinnerung den Onkel sagen - und jetzt wusste sie auch warum. Es war ein vollkommen verwahrloster, verschmutzter Haushalt, wo man sich nicht länger als nötig aufhielt. Zum Glück waren Milans Wünsche schnell erledigt.

Aus dem Schrank des Elternschlafzimmers suchte er sich eine Sweatjacke seiner Mutter heraus, sowie eine Keksdose, die zwischen ihrer ordentlich zusammengelegten Unterwäsche versteckt war. Es sah aus, als sei nach dem Tod der Mutter niemand mehr an diesem Teil des Schrankes gewesen. Vermutlich war auch der Rest des Hauses früher gepflegter gewesen.

Milan drückte beide Gegenstände so innig an sich, dass Jana deutlich wurde, wie sehr er sich seit einem Jahr danach gesehnt haben musste. Auf dem kurzen Heimweg hatte sich Milan an die hellgelbe Jacke geschmiegt und die Augen dabei geschlossen. Deshalb fragte Jana erst, als sie den Motor vor dem Haus abstellte. „Verrätst du mir, was in der Dose ist?"

Erschrocken sah Milan, wie aus einem Traum gerissen, auf. ‚Das Geheimnis dieser Dose hat Mama nur mir anvertraut.'

„Verstehe! Du möchtest es für dich behalten?" Jana schnallte sich ab, drehte sich zu ihm um.

Milan nickte und Jana respektierte das.

Unterdessen war Kyle einkaufen gewesen, stand nun in der Küche, und kochte etwas Leckeres in der Hoffnung, bei Jana damit zu punkten. Er hatte beschlossen, sie nicht zu bedrängen, sie keinesfalls nach den Bemerkungen von neulich über ernsthafte

Beziehungen zu fragen, denn eigentlich ahnte er, dass sie auf den Ehering anspielte. Für ihn war das ohnehin ein heikles Thema, das er nur allzu gern mied. Jana brauchte Unterstützung, das war seine Chance, ihr zu beweisen, wie wichtig sie für ihn geworden war und dass sie sich trotz des Ringes an seinem Finger auf ihn verlassen konnte. Natürlich war ihm klar, dass das Verhältnis zu Jana durch den Jungen mit vielen Herausforderungen verbunden war. Allerdings hatte Kyle nun an Milan auch diese sanfte Seite entdeckt und begann für ihn große Sympathie zu entwickeln.

Er hörte, wie die Haustür aufgeschlossen wurde. „Oh - wonach duftet es hier so verführerisch?", klang Jana überrascht vom Flur. Jemand rannte hörbar, die Treppe nach oben, vermutlich Milan. Einen Moment später kam Jana in die Küche. „Was machst du denn hier?" Sie sah auf den gedeckten Küchentisch.

„Ich hoffe, ihr habt Hunger mitgebracht", Kyle sah sie erwartungsvoll an.

Jana legte ihre Hand auf den Bauch und sagte leise: „Bis eben dachte ich eigentlich, mir sei der Appetit vergangen."

„So schlimm?" Kyle wandte sich dem Herd wieder zu, probierte seine Soße.

„Furchtbar! Freiwillig würde ich dort nicht nochmal reingehen." Jana stellte sich neben ihn. Sie wirkte nervös. „Ich wollte zuerst Milan fragen, der sich einverstanden erklärt hat, bevor ich mit meiner Bitte an dich herantrete …" Merklich suchte sie nach den passenden Worten. „Ich … es ist mir unangenehm …"

„Jana! Ich bin erwachsen", lachte er, „also raus damit!"

„Ich habe morgen einen wichtigen Gerichtstermin und ..."

„Kein Problem. Ich muss erst Freitagnachmittag zum Dienst und bleibe gern bei Milan", Kyle war erleichtert, ja fast glücklich, dass er Jana auf diese Weise helfen konnte.

„Wirklich? Und dir wäre das auch nicht zu viel?"

„Jana!" Kyle legte den Löffel zur Seite und nahm sie bei den Schultern. „So ganz unbeleckt im Umgang mit Kindern bin ich durch Caros Bande ja nun nicht. Ich gebe zu, mit Milan ist es ein wenig anders, aber er ist in Lukes Alter, und heute Vormittag haben wir uns gut verstanden."

„Danke! Du hast keine Ahnung, wie sehr du mir damit hilfst." Sie lächelte. „Milan meinte, du bist in Ordnung."

„Da habe ich ja Glück!" Er ließ Jana los und wandte sich dem Herd zu. „Holst du ihn zum Essen herunter?"

Am Mittwochmorgen, während Jana zur Arbeit fuhr, überkamen sie Zweifel, ob sie Milan wirklich zwei Tage mit Kyle alleinlassen konnte. Der Gerichtstermin heute Mittag war allerdings zu wichtig, und Milan zu dieser Anhörung mitzunehmen, wäre definitiv für den Jungen nur belastend, schließlich ging es hier um Kindesmisshandlung. Für weitere Gedanken bekam Jana an diesem Arbeitstag nur wenig Gelegenheit. Es war wie immer viel zu tun, und durch den fehlenden gestrigen Tag, wo sie sich wegen Milan hatte krankmelden müssen, hatte sich so einiges aufgestaut, was es nun abzuarbeiten galt.

Vom Gerichtsgebäude machte sich Jana direkt auf den Weg nach Lehnitz, wo sie sich ein Bild über eine Pflegefamilie machen wollte. Ihr Handy meldete sich mit Kyle als Anrufer über ihre Freisprecheinrichtung. „Hallo, Kyle?", nahm sie das Gespräch an.

„Nett von dir, dass du meinen Anruf nicht wieder wegdrückst." Sie hörte sein Grinsen. „Liegt aber vermutlich nur an Milan. Bei uns ist alles in Ordnung."

„Wie geht es Milan?", fragte Jana.

„Er hält seinen Daumen hoch."

„Hat er seine Schmerztabletten genommen?", erkundigte sich Jana.

„Nein. Er schüttelte immer mit dem Kopf, wenn ich damit ankomme."

Jana lächelte. „Das klingt nach meinem Milan! Danke fürs Melden!"

„Pass auf dich auf!" Kyle beendete das Telefongespräch.

Am Nachmittag, Jana war dabei ihre Sachen einzupacken, den PC herunterzufahren, erhielt sie eine SMS einer unbekannten Nummer. „hallo jana, ratemal wer dir schreibt?" Jana überlegte einen Moment. „Bist du das Milan?", tippte Jana in die SMS-Nachricht und schickte sie ab.

Sie setzte sich gerade ins Auto und stellte ihre Tasche neben sich auf den Beifahrersitz, als sie eine weitere SMS bekam. Es war eine Art Bild aus verschieden Buchstaben sowie Sonderzeichen, die einen Hundekopf darstellten. Kam diese Nachricht wirklich von Milan? Hatte Kyle ihm bei dieser Darstellung geholfen?

Während der Autofahrt nach Hause fragte sich Jana, wieso Kyle sie derart unterstützte, sich merklich Mühe gab, ihr zu imponieren, wie zum Beispiel gestern mit dem Essen. Warum nur gab er sich überhaupt noch mit ihr ab? Sie war sich unsicher, ob sie ihn darauf mal ansprechen oder alles so belassen sollte, wie es war. Auch wenn Kyle heute Nacht wieder neben ihr geschlafen hatte, was sich so wunderbar, so großartig angefühlt hatte, konnte sie diese Blondine und die Vorstellung, wie Kyle vielleicht mit ihr im Bett lag, nicht gänzlich verdrängen. Sie sollte sich Klarheit verschaffen.

Milan begrüßte Jana gleich an der Eingangstür, zeigte voller Stolz sein Smartphone.

„Wo hast du das her?", wunderte sich Jana.

„Das hatte ich übrig. Ist nicht das neuste Modell, aber um Milan zu erreichen, reicht es vollkommen aus", behauptete Kyle.

„Und den Hund? Wer hat den kreiert?", fragte Jana.

„Na Milan!" Kyle zwinkerte dem Jungen zu.

Beim Abendessen wollte keiner der beiden verraten, was sie den Tag über gemacht hatten. Auffallend war jedoch, dass sich Milan und Kyle bedeutende Blicke zuwarfen, als hätten sie etwas angestellt. Jana war nach dem anstrengenden Tag, vor allem nach dem Anruf am Mittag aus der Schule, nicht in der Stimmung, dem Geheimnis auf den Grund zu gehen. Erst als Milan eingeschlafen war, und sie mit Kyle noch auf ein Glas Wein im Wohnzimmer saß, spürte Jana das Bedürfnis die bewegenden Tatsachen anzusprechen. „Die Rektorin der Schule hat mich angerufen."

„Und?", fragte Kyle interessiert.

Jana atmete zuerst tief durch. „Milan wurde gesehen, wie er gegen zwölf Uhr auf die Toilette ging. Auch wenn ein paar Schüler meinten, er wäre danach noch beim Unterricht gewesen, sieht es ganz so aus, als sei er wirklich am Mittag zusammengeschlagen und gefesselt worden." Jana schluckte. Der Gedanke, dass Milan über vier Stunden verletzt an ein Klo gebunden hatte ausharren müssen, schnürte ihr die Kehle zu." Ihre Stimme klang fremd.

„Wann hat man ihn erlöst?", erkundigte sich Kyle.

„Kurz nach vier", flüsterte Jana.

Kyle legte seine Stirn in Falten. „Und das ist keinem aufgefallen? Ich meine, die Lehrer müssen doch wissen, wie viel Schüler an dem Tag da sind!" Kyle stand auf. „Der Arme!" Er lief hin und her. „Diesbezüglich ist aus ihm ja nichts herauszubekommen. Da schaltet er einfach auf Durchzug."

Jana seufzte tief. „Ich weiß! Leider!"

„Laut den bisherigen Untersuchungen an der Schule waren es vier Jungen aus der sechsten Klasse."

„Wie feige!", tuschelte Kyle.

Genau wie den Tag zuvor, zimmerten an diesem Donnerstag Kyle und Milan in Marwitz weiter an der Wurfkiste, während Daisy und Packo über den Hof tobten oder sich zwischendurch zu ihnen gesellten.

Caro versorgte die beiden Handwerker mit einem Obstteller und etwas zu trinken. „Hier ist die Telefonnummer von den Krügers!" Caro schob Kyle einen Zettel zu. „Du kannst dir das Fahrrad morgen Vormittag anschauen. Es soll wenig gebraucht und in gutem Zustand sein."

„Caro! Du bist ein Schatz!", Kyle ließ den Schraubendreher sinken und schaute seine Cousine freudestrahlend an. „Was will Familie Krüger dafür haben?"

„Herr Krüger hatte was von 50 € erzählt. Aber bestimmt kannst du den Preis noch ein bisschen drücken." Mit einem Augenzwinkern ging Caro dann ins Haus zurück.

Kyle steckte die Notiz ein. „Wenn das mit dem Rad klappt, ist Jana eine weitere Sorge los."

‚Sie war gestern böse mit mir!', deutete Milan. Kyle wusste seine Gebärden nicht alle zu deuten, deshalb tippte Milan die Worte in die WhatsApp und zeigte sie Kyle.

„Nein!" Kyle sah Milan an. „Jana war sehr traurig. Sie hat erfahren, dass es vier Jungs waren, die dich …"

Milan legte seine Hand über Kyles Mund und schüttelte den Kopf. Anschließend nahm er den Schraubendreher und befestigte die Winkel, an den vorgebohrten Löchern.

„Ich zeige dir ein paar Tricks, wie du dich wehren kannst. Das geht natürlich erst, wenn deine Rippen wieder in Ordnung sind."

Milan nickte, wirkte dabei eher desinteressiert.

„Du willst darüber nicht reden, ist schon klar." Kyle musste ihm deutlich machen, dass seine Unterstützung wichtig war. „Aber, Milan, die Täter müssen bestraft werden, sonst wiederholt …"

Milan ließ das Werkzeug falle, hielt sich die Ohren zu und schüttelte beharrlich den Kopf. Kyle sah sich das einen Augenblick mit an, dann erhob er sich und ging auf den Jungen zu. „Milan!" Er fasste ihn an den Schultern. „Ich halte meinen Mund, nur hör auf damit!" Milan setzte sein heftiges Kopfschütteln fort. Sofort dachte Kyle an die erste Begegnung mit Milan. Mit seinen kräftigen Armen drückte er den Kopf, den Oberkörper mit den Oberarmen fest an sich. „Ruhig, Milan", flüsterte Kyle. „Ganz ruhig! Scht!" Milan versuchte, Kyles Arme wegzuziehen, jedoch reichte seine Kraft dafür nicht aus. Sein Widerstand keimte für einen Atemzug erneut auf und Kyle verstärkte den Druck. „Bitte, Milan! Beruhige dich!" Kyle senkte seine Stimme. „Es tut mir sehr leid!" Prüfend lockerte er seine Umarmung nach einem Moment ein wenig. „Ich habe bisher nicht viel Erfahrung mit Kindern, vielleicht bist du mit mir etwas nachsichtig und gibst mir heute noch eine Chance?" Kyle spürte, wie Milans schneller Herzschlag und sein aufgebrachtes Atmen gemächlich abebbte. „Ein paar Dinge habe ich über dich schon gelernt, aber um dich besser kennenzulernen, brauche ich deine Hilfe." Kyle war überrascht, doch Milan schien sich wahrhaft beruhigt zu haben, als er ihn losließ. Ohne eine weitere Reaktion nahm Milan den Schraubendreher in die Hand, um die Winkel festzuschrauben. Eine Weile gingen Kyle einige Gedanken durch den Kopf; der Lütte versuchte auf seine Weise, mit den Erlebnissen fertigzuwerden, verdrängte einfach die Tatsachen. War nicht genau das auch seine Strategie?

Milan und Kyle schafften die vorgefertigten vier Wände ins Auto und fuhren nach Bötzow. Im Flur, wo Daisys Körbchen stand, schraubten sie die Wurfkiste zusammen.
„Hey! Das haben wir gut hinbekommen!" Kyle hielt Milan seine Handfläche entgegen, damit er einschlagen konnte. Dabei wirkte Milan richtig zufrieden - die Angelegenheit vom Vormittag war vergessen.
„Was macht ihr denn da?" Plötzlich war Jana unbemerkt hinter die beiden getreten.
„Jana!" Kyle sprang erschrocken auf. „Ich ... ich hab noch gar nicht eingekauft!", fiel ihm gerade auf und sah zur Uhr. Es war schon halb sechs.
Verwundert kam Jana auf die gezimmerte Kiste zu. „Das ist also Euer Geheimnis gewesen!"
Milan tippte sie an. Mit einem sichtbaren Stolz in seinem Blick zeigte er ihr: ‚Ich habe Kyle geholfen!'
„Milan!" Sie hockte sich zu ihm und drückte ihn an

sich. „Die ist fantastisch geworden."

„Was sagt Milan über mich?", wollte Kyle wissen.

Jana wandte sich ihm zu. „Er meint, er habe dir geholfen."

„Das ist reichlich untertrieben, er ist ein begabter Handwerker, ohne ihn hätte ich das nicht so schnell geschafft", gab Kyle zu. „Ich muss dringend weiter Gebärdensprache lernen, wenn ich mich mit euch unterhalten möchte."

Jana lachte. „Das ist eine gute Einstellung, Kyle Rieck."

Kyle fragte sich, warum sie seinen Namen so merkwürdig betonte. „Ich fahre zum Supermarkt und hole uns was zu essen."

An diesem Freitag machte Jana früher Feierabend, damit Kyle pünktlich zu seinem Spätdienst aufbrechen konnte. Am Vormittag hatte er Milan ein Fahrrad gekauft. Jana war so überwältigt von seiner Hilfsbereitschaft, dass sie ihm als Dank um den Hals fiel. Sanft hatte Kyle sie an sich gedrückt und es hatte nicht viel zum Kuss gefehlt. Die vergangenen Tage drehten sich lediglich nur um Milan und so hatte Jana keine Gelegenheit gefunden, das Thema in Bezug auf die Blondine anzusprechen. Vermutlich wusste Kyle auch ohne weitere Erklärung, spätestens durch ihre Bemerkung neulich im Wald, wie enttäuscht sie von ihm war. Diese Woche hatte er allerdings deutlich gezeigt, wie wichtig sie ihm war. Er hatte sich rührend um Milan gekümmert, mit ihm die Wurfkiste für Daisy gebaut und ihm ein Handy, ein Fahrrad geschenkt – und sogar für sie gekocht. Mit Kyle schienen sich alle Probleme in Luft aufzulösen.

Besonders in der Nacht zum Samstag bemerkte Jana, wie sehr ihr Kyles Nähe fehlte. Aufgrund seines Spätdienstes blieb Jana die kommenden Tage allein mit Milan. Das Wochenende nutzte sie dazu, mit Milan die Strecke von Bötzow nach Hennigsdorf zur Grundschule mit dem Rad abzufahren. Es waren knapp sechs Kilometer und es gab nur zwei große Landstraßen zu überqueren, von denen eine mit einer Ampel versehen war. Auf dem Weg konnte Milan, solange er aufpasste, eigentlich nichts passieren.

In der folgenden Woche entspannte sich die Lage deutlich. Milan fuhr morgens selbstständig zur Schule und anschließend nach Hause, wo er Jana über das Handy eine Nachricht zukommen ließ, dass er gut angekommen sei. Er ging mit Daisy eine kleine Runde, setzte sich dann an seine Schulaufgaben. Jana war es fast unheimlich, wie reibungslos alles funktionierte. Durch das Smartphone hatte sie stets Kontakt zu Milan, was sie beruhigte. Auch Kyle schrieb ihr regelmäßig, erkundigte sich nach Milans Befinden und ob Jana zurechtkam. Nur vorbei kam er nicht.

Es war Freitagnachmittag, Milan und Jana waren mit Daisy zum Supermarkt gelaufen, um einzukaufen. Als sie mit den gefüllten Einkaufstaschen zum Einkaufswagenhäuschen zurückkehrten, wo Daisy wartete, parkte gerade ein VW-Bus daneben ein und

Caro stieg aus. „Hallo Frau Graf! Hallo Milan!" Caro wandte sich an Jana. „Ich hoffe, Sie sind uns nicht böse - ich meine wegen Packo und dem Nachwuchs."

Jana machte eine wegwerfende Handbewegung. „Wir können eh' nur versuchen, das Beste daraus zu machen. Milan freut sich schon sehr auf die Welpen."

„Ich hoffe, wir können uns dann zu gegebener Zeit nützlich machen. Eventuell hätten wir in der Nachbarschaft Interessenten für zwei der Welpen."

Jana sah flüchtig zu Milan, der sich an sie heran schmiegte. „Hilfe werden wir auf jeden Fall brauchen." Sie legte schützend ihren Arm um seine Schultern.

„Wenn es Ihnen recht ist, kann ich mich vormittags ein paar Stunden um den Wurf kümmern." Caro schaute zu Daisy.

„Das klingt großartig!" Jana sah sich damit wieder einen Schritt weiter.

„Am besten ...", Caro durchsuchte ihre Taschen, „... blöd, ich habe mein Handy nicht dabei und die Nummer natürlich nicht im Kopf. Ach egal, lassen Sie sich von Kyle meine Handynummer geben, dann können wir in Kontakt bleiben."

Jana nickte. „Ja, gern."

Caro wirkte unruhig, zögerlich blieb sie stehen, suchte offenbar nach den passenden Worten. „Bitte entschuldigen Sie, mich geht das im Grunde ja nichts an." Sie presste die Lippen aufeinander, als müsse sie Mut sammeln. „Ich kenne ja meinen Cousin recht gut. Deshalb mache ich mir so meine Gedanken. Sie müssen wissen, Sie sind seit drei Jahren endlich ein Lichtblick für ihn. Wenn Sie von seinem Ehering abgeschreckt sind, fragen Sie ihn nach Sophie!" Sie sah flüchtig zu Milan. „Ich wünsche Ihnen ein schönes Wochenende."

Jana versuchte, Caros Andeutung zu verstehen. „Danke, Ihnen ebenso!", warf sie ihr verblüfft hinterher. Sie machte Daisy von der Leine, die Milan ihr abnahm, und ergriff ihre Einkaufstaschen. Während Milan mit seiner pelzigen Freundin vorweglief, dachte Jana an den Abend zurück, als sie Kyle hier auf dem Parkplatz begegnet war, und an seine Zurückhaltung. Warum war es Caro so wichtig, die Sache mit dem Ring anzusprechen? War Sophie Kyles Ex-Frau? Aber gerade dann sollte doch Kyle einen Schlussstrich ziehen, bevor er eine neue Beziehung einging. Diese Bemerkung mit dem Lichtblick widersprach dem Vorfall mit der Blondine. Oder sollte das einfach nur ein blöder Zufall gewesen sein? War die Blondine Sophie, die sich vielleicht nur das Auto ausborgen wollte, und Kyle hatte gar nicht mit ihr die Nacht verbracht, so wie sich Jana das in ihrer Vorstellung ausgemalt hatte?

Kyle! Er ging ihr nicht aus dem Kopf, nicht aus dem Sinn und sie sehnte sich danach, in seinen Armen einzuschlafen.

Nach den Tagen Spätdienst fand Kyle erst am Freitag wieder Zeit, nach Bötzow zu fahren. Obwohl Janas Auto unter dem Carport stand, war niemand zu Hause. Vermutlich war sie mit Daisy und Milan unterwegs. Er überlegte zu warten, als sein Smartphone sich mit einem bekannten Anrufer meldete. „Hallo

Kyle! Wir sind gerade auf den Weg nach Marwitz und wollen in die Beat-Fabrik", begrüßte ihn Thorsten, ein Kollege der Autobahnpolizei. „Du wohnst doch da, stimmt's?"

„Ja!"

„Dann komm, wir treffen uns dort!"

„Bis gleich", sagte Kyle zu seiner eigenen Überraschung. Seit dem Unfall war er nicht mehr ausgegangen und diese Einladung erschien ihm die Rettung vor einem einsamen Abend. Er fuhr nach Hause, parkte den Wagen auf dem Hof und lief den Schmiedeweg entlang, bis zur Berliner Straße. Er blieb kurz stehen, und überlegte dann, wieder umzudrehen, da er sich plötzlich nicht für die Art Gesellschaft bereit fühlte. Ein vorbeifahrendes Motorrad hupte charakteristisch neben ihm. Es war Lena, seine Partnerin. Für einen Rückzieher war es nun zu spät, und so gab sich Kyle einen Ruck und ging die restlichen hundert Meter, wo ihn Lena gut gelaunt begrüßte. Auch die anderen Kollegen, die Kyle nicht mal alle kannte, steckten ihn mit ihrer überschwänglichen Fröhlichkeit an.

Erst mitten in der Nacht verließ Kyle die Beat-Fabrik. Wie gut ihm diese Abwechslung getan hatte, bemerkte er auf dem Weg zu seiner Scheune. Seit Stunden hatte er einfach nur Spaß gehabt, weder an Sophie noch an den Unfall gedacht. Mit einem Lächeln auf den Lippen, den Gedanken an Jana, schlief er ein.

Ein lautes Klopfen drang in sein Bewusstsein. Kyle benötigte einen Augenblick, bis ihm klar wurde, dass er nicht mehr träumte und dass das Geräusch aus der Wirklichkeit kam. Erneut klopfte jemand gegen die Tür. „Moment!", rief er verschlafen und setzte sich auf. Es war neun Uhr, vermutlich Caro, deshalb trottete Kyle lediglich mit seiner Unterhose bekleidet zur Eingangstür, um diese aufzumachen. Doch statt Caro stand Milan vor ihm.

„Milan?! Ist was passiert?" Sofort dachte Kyle an Jana. Ging es ihr gut?

Milan hielt ihm sein Handy entgegen: ‚du wolltest mir ein paar Tricks beibringen.'

„Tricks? Wofür?" Kyle rieb sich zum Wachwerden das Gesicht, „na komm erst mal rein."

Milan machte zwei Schritte, blieb vor ihm stehen und fuhr mit dem Finger über seine Narbe am Rippenbogen. Mit einer fragenden Miene sah Milan ihn an. Für Kyle war das eine merkwürdige Situation. „Ist von einer Operation." Um weiteren Erklärungen aus dem Weg zu gehen, schloss Kyle schnell die Tür und zog sich T-Shirt und Jeans über. „Ein Autounfall!" Um sich abzulenken, fragte er: „Ist mit Jana alles in Ordnung?"

Milan nickte, dann tippte er in sein Handy einen Text ein und zeigte ihn Kyle. ‚du wolltest mir zeigen, wie man sich verteidigt.'

Kyle lachte. „Du bist ja lustig. Ich hab noch nicht mal gefrühstückt und deine Rippen sind bestimmt …" Milan riss ihm sein Smartphone aus der Hand und gab eine neue Nachricht ein: ‚war die ganze woche mit deinem fahrrad in der schule. mir gehts gut.'

„Weiß Jana, dass du hier bist?"

Milan schrieb wieder über sein Handy. ‚habe ihr gesagt bin rad fahren. sie muss nicht alles so genau wissen.'

Kyle musste erneut lachen. „Verstehe!" Er sah Milan an. „Unser Geheimnis, ja?"

Milan nickte.

„Gib mir fünf Minuten." Im Badezimmer schaufelte Kyle sich kaltes Wasser ins Gesicht, putze sich schnell die Zähne. Er fand es interessant, dass sich Milan beide Male, wo Kyle ihm das Angebot gemacht hatte, so gleichgültig gegeben hatte und nun offenbar darauf brannte, die Verteidigungstricks zu lernen.

Nach gut zwei Stunden meldete sich Milans Handy mit einer Nachricht. „Wo bist du? Wir wollten doch zur Gärtnerei. Jana."

„Dann ab nach Hause!", entschied Kyle. „Montagnachmittag habe ich noch frei. Wenn du magst, zeige ich dir mehr."

Milan nickte heftig, winkte Kyle zu, bevor er hinausging. Aus dem Fenster sah er ihm nach, wie der Lütte mit dem Fahrrad davonfuhr.

Es war wie eine innere Stimme, die Kyle abhielt, an diesem Wochenende Jana aufzusuchen, obwohl er sich sehr nach ihr sehnte. Vorletzte Woche hatte er hautnah miterlebt, wie schwierig der Alltag mit Milan sein konnte. Jana würde sich schon melden, wenn sie ihn an ihrer Seite haben wollte. Er wollte ihr Zeit geben, sie auf keinen Fall bedrängen.

Am Montag erhielt Kyle von Milan die Nachricht: „bin kurz nach 2 zuhause - kannst du zu uns kommen?" Kyle antwortete: „Ich werde da sein!"

Und so verbrachten Kyle und Milan den Nachmittag mit Selbstverteidigungsübungen. Erst, als draußen das Auto von Jana zu hören war, bemerkte Kyle, wie spät es inzwischen geworden war. Eigentlich wollte er noch etwas schlafen, bevor er heute seinen Nachtdienst antrat.

„Hallo, ihr zwei!", rief Jana von unten hoch. Milan eilte die Treppe nach unten, Kyle folgte ihm.

„Entschuldige!", sagte Kyle. „Ich hoffe, das ist in Ordnung, dass ich hier bin."

„Natürlich ist es das!" Jana zog ihre Jacke aus und hängte sie an die Garderobe. „Na?" Jana drückte Milan an sich, „wie war dein Schultag?" Milan hielt den Daumen hoch. „Und die Jungs lassen dich wirklich in Ruhe?" Milan nickte. „Ich habe irgendwie ein blödes Gefühl in Bezug auf diese Schläger, auch wenn die Schulleitung versprochen hat, ein besonders wachsames Auge auf Milan zu werfen."

„Das hält meist leider nur ein paar Tage." Kyle sah schmunzelnd zu Milan. „Aber so schnell lässt sich Milan nicht unterkriegen, stimmt's?" Er zwinkerte ihm zu.

„Du hast leicht reden. Würdest du erleben, was ich so den ganzen Tag … na ja lassen wir das." Jana sah Kyle an und ihre Augen glänzten. Freute sie sich, ihn zu sehen? „Hast du frei?"

Kyle sah auf die Uhr. „Ich hab heute Nachtdienst."

Er überlegte, ob er auf seine drei Stunden Schlaf verzichten und gleich von hier aus zum Dienst fahren sollte.

„Schade!", hörte er sie enttäuscht antworten. „Die letzte Woche war es sehr ruhig hier, ohne dich."

Wie gut sich ihre Worte anfühlten. „Ich ... mit dem Spät- und Nachtdienst würde ich vermutlich nur euren Rhythmus durcheinanderbringen."

Jana trat dicht an ihn heran. „Bleibst du zum Abendbrot?" Ihre Stimme hatte einen verführerischen Klang.

„Gern", beschloss Kyle, seinen Dienst direkt von hier anzutreten.

FOLGEN

Seit Montagabend sah Jana ständig Kyle vor sich. An dem Abend war keine Zeit, keine Gelegenheit gewesen, Kyle auf Sophie anzusprechen, so wie ihr Caro geraten hatte. Sie sehnte sich nach ihm, zählte die Stunden bis zum Wochenende, wo sie sich sehen wollten. Als sie an diesem Mittwoch nach Hause kam, schien ihr Milan irgendwie verändert. Er wirkte besonders aufgeschlossen, beinahe selbstsicher.

‚Was war das für eine Operation, die Kyle hatte?', fragte Milan beim Abendbrot gestikulierend.

„Operation? Was meinst du?", Jana zog ihre Stirn in Falten.

‚Kyle hat hier eine lange Narbe', er malte die Stelle nach, an der Jana das Mal ebenfalls aufgefallen war.

‚Er sagte, es sei von einem Autounfall.'

Jana schaute Milan überrascht an. „Das hat er dir erzählt?" Auch wenn sie Kyle nie danach gefragt hatte, war er nicht der Typ, der von sich aus über sich sprach.

Milan verlor plötzlich auffallend an Gesichtsfarbe. ‚Unwichtig!'

„Woher weißt du das? Wann hast du Kyle unbekleidet gesehen?" Bei Jana läuteten die Alarmglocken, gleichzeitig rügte sie sich für ihre abwegigen Überlegungen.

‚Als ich Samstag bei ihm war.' Milan sah sie nicht an. Er verheimlichte etwas.

„Was?" Jana überlegte, ob sie eine Gebärde falsch verstanden hatte. „Du hast ihn am Samstag besucht?"

Milan nickte.

„Warum? Was habt ihr denn gemacht?" Das klang alles sehr merkwürdig.

Milan zog die Schultern hoch.

„Milan!", sagte Jana streng. „Warum warst du dort?" Wie erstarrt saß Milan auf seinem Stuhl, starrte auf seinen Teller. Er hatte sich offenbar mit seiner Frage verraten, was vermutlich nicht seine Absicht war. „Raus mit der Sprache, was hast du am Samstags bei Kyle gemacht?"

Milan gestikulierte, ohne sie anzusehen. ‚Er hat mir Tricks zur Verteidigung gezeigt.'

„Bitte? Unbekleidet?"

Endlich schaute er auf, schüttelte energisch den Kopf. ‚Nein! Ich glaube, er hat noch geschlafen, als ich geklopft habe.'

Jana fühlte sich erleichtert. „Deshalb war er am Montag hier, weil er dir was beigebracht hat?"

Milan nickte. ‚Ich mag Kyle! Er ist cool!'

„Ja, Milan, ich mag ihn auch sehr." Jetzt schämte sie sich für ihren anfänglichen Verdacht.

Jana saß am Donnerstagmittag im Büro, als ihr Handy klingelte. Die Nummer war ihr geläufig und so ging sie mit einem mulmigen Gefühl an ihr Telefon. „Graf?" - „Hallo Frau Graf! Hier ist die Schulleitung." Allein das letzte Wort löste bei Jana eine unerwünschte Enge in ihrem Hals aus. „Gestern wurden hier zwei uns bekannte Jungs der Sechsten verprügelt. Einer von ihnen liegt im Krankenhaus."

Jana fragte sich, was sie damit zu tun hatte. „Das tut mir sehr leid", wusste Jana nur zu antworten.

„Milan wird beschuldigt, die beiden attackiert zu haben!"

Jana lachte gekünstelt: „Milan? Das kann doch nur ein Scherz sein!"

„Leider nicht, Frau Graf. Es wird hierzu eine umfangreiche Untersuchung geben - na ja, sie kennen das ja bereits, nur dass Milan diesmal auf der anderen Seite steht."

Jana konnte das nicht glauben. Milan war kleiner und viel schmächtiger, als die Jungen, die ihn verprügelt hatten und jetzt sollte einer von ihnen im Krankenhaus liegen? Das war einfach lächerlich. Ihr fiel das Gespräch mit Milan vom Vorabend ein, dass Kyle ihm ein paar Tricks beigebracht hatte. Einerseits konnte sie Milan nur allzu gut verstehen, der es satthatte ständig von Stärkeren misshandelt zu werden, aber das war natürlich keine Lösung. Bis zum Feierabend ging ihr die Beschuldigung nicht mehr aus dem Kopf.

Zuhause angekommen, kam ihr Milan wie jeden Nachmittag entgegen. Sie umarmten sich. Diesmal hockte sich Jana zu ihm, fasste ihn bei den Schultern: „Die Schulleitung hat mich heute angerufen." Milan sah sie ohne eine Regung im Gesicht an. „Bitte Milan! Sag mir, dass du das nicht warst!" Seine Nasenflügel bebten. „Milan?", sagte Jana fest.

Seine Miene bekam einen merkwürdig verbitterten Ausdruck, dann schob er sein Sweatshirt hoch und drehte Jana seinen linken Hüftknochen zu, entblößte eine handgroße Abschürfung, die sie gestern nicht gesehen hatte. Milan machte sich ja meist allein fertig, wenn er ins Bett ging. ‚Ich hab mich nur gewehrt - so wie es mir Kyle beigebracht hat', deutete Milan.

Jana nahm Milan in den Arm, drückte ihn fest an sich. „Entschuldige, Milan! Bitte entschuldige!" Kyle hatte damit vermutlich ein weiteres Trauma verhindert, womit Milan hätte klarkommen müssen. „Ich bin sehr stolz auf dich." Jetzt war es wichtig, hinter ihm zu stehen und ihn nicht noch dafür zu bestrafen, dass er sich endlich mal verteidigen konnte. Zu gern hätte sie Kyle sofort aufgesucht, ihm davon erzählt, ja ihm für seine Unterstützung gedankt. Für eine SMS Nachricht war ihr die Angelegenheit zu wichtig, das wollte sie unbedingt persönlich machen.

Jana stieg am Freitagmorgen in ihren Wagen und wollte gerade den Schlüssel ins Zündschloss stecken, als ihr Handy klingelte. Kyle! „Guten Morgen, Kyle!", sagte sie fröhlich.

„Ich bin's, Caro!", ihre Stimme klang zittrig „Ich …" Jana verstand sie zunächst kaum. „... bin in der Notaufnahme in Oranienburg. Kyle … er … er ist verletzt."

„Ich bin unterwegs!" Janas Hände zitterten. „Es wird schon nicht so schlimm sein", versuchte sie sich zu beruhigen. Sie musste jetzt besonders konzentriert fahren. Keine leichte Aufgabe, denn mit diesem Anruf wurde ihr bewusst, wie wichtig ihr Kyle geworden war und dass sie weder eine Ahnung von Sophie noch von dem Autounfall, von dem Milan erzählt hatte. Im Grunde wusste sie gar nichts über ihn. Sie hatten in den vergangenen Wochen für Zweisamkeit keine Zeit gefunden und das musste sich dringend ändern. Ihr Herzschlag ging viel zu schnell und das Zittern in ihren Händen wollte nicht nachlassen. Der morgendliche Berufsverkehr schien ihr heute extrem zähflüssig und ein Parkplatz war auf dem Krankenhausparkplatz auch nicht so rasch zu finden, wie es sich Jana wünschte. Fahrig folgte sie endlich dem Schild „Notaufnahme".

Auf dem Flur kam ihr Caro aufgelöst entgegen. Ihre roten Augen, ihre Tränen in Gesicht verhießen nichts Gutes. „Danke, dass Sie kommen konnten."

„Natürlich!"

Caro drängte Jana den Flur hinunter, bis zu einem Warteraum. Dort lief eine große, schlanke Frau unruhig hin und her. Jana wusste zwar nicht, wer das war, aber den Blicken nach zu urteilen, kannte Caro sie. Ihre großflächig blutgetränkte Kleidung war wie ein Schlag in Janas Magengrube.

„Was ist dann passiert?", flüsterte Jana bewegt.

„Wir hatten diesen verdächtigen LKW angehalten und unsere scheiß Ablösung kam nicht!", fluchte die Blutbeschmierte. Sie hatte es überall, an den Händen, im Gesicht, auf der Kleidung und doch schien es nicht Ihres zu sein. „Obwohl wir längst Feierabend hatten, wollten wir unbedingt die Papiere überprüfen." Sie schüttelte den Kopf. „Es ging alles so verdammt schnell. Der Fahrer gab plötzlich Gas, Kyle sah flüchtig zu mir zurück, zog seine Waffe - da fielen schon die ersten Schüsse. Dieser Scheißkerl muss hinten auf der Laderampe gesessen haben und Kyle hat alles abbekommen."

Kyle war angeschossen worden?! Eine eisige Kälte rann Jana den Rücken herunter. Die Blutverschmierte war vermutlich seine Partnerin. Jana spürte, wie ihr die Knie weich wurden. „Wie schlimm ist es?", hörte sie sich flüstern.

„Ich weiß es nicht!" Die Partnerin rieb sich das Gesicht. „Scheiße! Der Oberschenkel sah aus wie ein Springbrunnen. Ich wusste nicht, wo ich zuerst zudrücken sollte. Am Arm - am Kopf."

Jana sank wie von selbst auf einer der Sitzgelegenheiten. Caro setzte sich zu ihr. Ohne etwas zu sagen, fasste sie nach Janas Hand.

Ein Handy klingelte und die Partnerin zog sofort ihr Telefon hervor. „Lena Schultze?" - „Wenigstens ein kleiner Trost!" - „Nein, noch immer nichts." - „Ich frage mich die ganze Zeit, wie ich das hätte verhindern können!" - „Und wenn Kyle stirbt?"

Jana hörte nicht mehr zu. Dieser letzte Satz verursachte ein schwammiges Gefühl in ihrem Magen. Die Vorstellung war im Augenblick einfach unerträglich.

„Zumindest haben sie den LKW, den Fahrer und offenbar auch den Schützen."

Jana sah auf, als die Partnerin sich ebenfalls hinsetzte. So wie ihre Kleidung aussah, musste Kyle enorm viel Blut verloren haben. Jana schloss die Augen und betete, obwohl sie es sonst nie tat. Kyle! Zu Vieles zwischen ihnen war ungeklärt.

„Kurz vor Neuruppin haben sie die Schweine geschnappt!", murmelte Lena. Eine Ärztin in OP-Kleidung kam auf sie zu, weshalb Lena aufsprang. „Wie geht es ihm?"

Die Ärztin schüttelte den Kopf. „Ich kann Ihnen nichts Neues sagen. Sie operieren noch. Durch den hohen Blutverlust ist sein Kreislauf instabil." Sie hielt Lena ein Tütchen mit einem Metallstück entgegen. „Die beiden habe ich für Sie gesichert." Sie drehte sich um und verschwand wieder hinter dieser ›Durchgang nur für Krankenhauspersonal-Tür‹. Wie Jana jetzt erkennen konnte, handelte es sich um zwei Patronen.

„Scheiß neun Millimeter!", fluchte Lena.

Caro knetete weiterhin Janas Hände, als müsse sie sich an ihr festhalten. In dieser Situation normal zu funktionieren, war unmöglich. Es war eher wie ein fremder Geistesblitz, der Jana erreichte, dass sie unbedingt ihre Dienststelle informieren musste. „Ich bin kurz draußen telefonieren!" Jana löste sich von Caro und ging vor die Tür. Sie würde heute nicht arbeiten können. Während ihres Telefonats sah sie drei Polizisten ins Gebäude gehen.

Als sie zurückkam, übergab Lena einem der drei Kollegen die Geschosse. „Damit werden sich die Forensiker beschäftigen". Der Polizist schaute sich die Patronen an. „Zwei Treffer wird Kyle schon einstecken."

Lena schüttelte den Kopf. „Nein, es waren definitiv mehr als nur zwei Schüsse."

Jana wollte sich das nicht weiter ausmalen. Sie wünschte sich sehnlichst eine Nachricht wie, „Sie können jetzt zu ihm" oder zumindest „er ist außer Lebensgefahr."

Caro weinte und so setzte sich Jana wieder zu ihr, nahm sie tröstend in den Arm, was ihr selbst ein wenig Trost spendete.

„Hör auf, dir Vorwürfe zu machen!", hörte sie den einen Polizisten sagen. „Natürlich ist es scheiße, wenn deinem Partner etwas zustößt. Ist es das erste Mal für dich?"

„Ja verdammt!", fluchte Lena.

„Komm, wir bringen dich nach Hause!", bot ihr der eine Polizist an.

„Spinnst du? Solange ich nicht weiß, was mit Kyle ist, werde ich nirgendwo hingehen", klang sie wütend.

„Schon gut, aber hier kannst du nichts für ihn tun", meinte der Kollege.

„Ist mir egal, ich bleib hier."

Auch die drei Polizisten blieben wartend an Lenas Seite. Marternde Minuten verstrichen und wurden für alle Beteiligten zur Geduldsprobe. Vor Janas geistigem Auge spielten sich ihre ersten Begegnungen in der Dunkelheit mit den Hunden, einen Tag später bei Licht am Supermarkt ab. Kyle hatte fast ein bisschen verstört gewirkt, als er sie angesehen hatte. Sein anziehendes Äußeres, seine Zurückhaltung fand sie so sympathisch, dass sie davon ausging, so ein Mann musste in festen Händen sein. Als er dann zum Abendessen zu ihr sagte „wir leben getrennt", erschien ihr diese Tatsache wie ein

Geschenk. Sie dachte an den Tag, als sie ihn nach dem Laufen unter der Dusche verführt hatte, an das Wochenende, als sie bei Kyles Lieblingsitaliener in Hohen Neuendorf waren. Er hatte ihr die Tür aufgehalten, ihr die Jacke abgenommen, wie ein Kavalier, und auch beim Essen hatte er gezeigt, dass er sich am Tisch zu benehmen wusste. Und wie er an dem Abend, als es Milan so schlecht ging, sofort zu ihr gekommen war, seine hilfreiche Unterstützung in all diesen Lebenslagen mit dem Jungen, war ein großer Segen. Er versuchte nicht nur für sie da zu sein, sondern arrangierte sich gleichermaßen mit Milan, hatte ihm Selbstverteidigung beigebracht. Allein hätte sie das alles gar nicht schaffen können.

„Kyle", schluchzte Caro leise. „Er ist immer für uns da."

„Das Gleiche behauptete er von dir!" Das förmliche „Sie" fand Jana in dem Augenblick der Sorge unpassend. „Ohne ihn wäre ich mit Milan echt aufgeschmissen gewesen."

Caro seufzte aus tiefstem Herzen. „Es gab Zeiten, da waren wir unzertrennlich", sie versuchte zu lachen, „Thomas meinte damals, Kyle wäre wie ein sichtbarer Schatten, stets an meiner Seite, sogar dann, wenn er Kilometer weit weg wohnte."

Jana sah auf, als Lena und ihre Kollegen aufsprangen, einem Arzt entgegen.

„Familienangehörige von Kyle Rieck?", fragte der Mediziner.

„Ich bin seine Cousine!" Caros Stimme zitterte

auffallend. Sie stand auf, zog dabei Jana an der Hand hinter sich her. „Und das ist seine Verlobte."

„Verlobte?", hörte Jana die Partnerin erstaunt neben sich fragen.

„Die kommenden Stunden werden entscheidend sein. Im Augenblick ist sein Zustand stabil. Wir haben ihn während der Operation zweimal reanimieren müssen", behauptete der Arzt.

„Mein Gott!", blies Caro entsetzt aus.

„Sie können kurz zu ihm", der Mediziner schob Caro an der Schulter auf die verbotene Tür zu. „Er bleibt erst einmal im Aufwachraum, damit wir im Notfall schnell eingreifen können."

Janas Knie zitterten jetzt schlimmer als vorher, während sie mit Caro den Gang entlang ging.

„Herr Rieck hatte unglaubliches Glück. Der Kopfschuss hat ihn nur gestreift." Jana spürte, wie sich bei der Vorstellung der Magen umdrehte. „Der zweite blieb im Oberarmknochen und der dritte im Hüftknochen stecken. Der vierte im Bein war jedoch ein Schussbruch. Den Knochen mussten wir mit einer Platte richten. Es wurden also keine Organe verletzt, was bei dem hohen Blutverlust fatal gewesen wäre."

Jana lief Caro mechanisch hinterher, ohne die Umgebung zu registrieren. Die hörbaren Überwachungstöne des langsamen Herzschlages war das Erste, was Jana wieder bewusst wahrnahm. Zuerst fiel ihr Blick auf die Infusionsbeutel, auf die Blutkonserve, dann versuchte sie, den erschreckend bleichen Patienten vor sich zu identifizieren.

„Kyle? Was machst du nur für Sachen?" Caro nahm seine leblose Hand. „Du hast mir versprochen, immer gut auf dich achtzugeben." Hätten sich daraufhin nicht die Augäpfel unter seinen geschlossenen Augenlidern bewegt, hätte Jana ihn für tot gehalten. Über seinem linken Auge war ein Stapel Mulltücher festgeklebt, durch die mittig Blut durchschimmerte.

Kyle! Jana wollte sich nicht vorstellen, wie es darunter aussah.

„Wir gleichen den hohen Blutverlust aus, damit wird er die nächsten Stunden ansprechbar sein", erklärte eine Krankenschwester, während sie die Infusion überprüfte. „Wir haben hier ein besonderes Auge auf ihn, versprochen!"

„Danke!" Caro schluckte hart und ließ seine Hand los. Sie trat zur Seite. Nun glitt Jana vorsichtig mit dem Handrücken über seine unversehrte Wange. Kalt fühlte er sich an. Sie beugte sich zu ihm, küsste seine Stirn und flüsterte: „Ich liebe dich, Kyle!"

„Kommen sie gegen drei Uhr wieder, dann haben sie mehr von ihm", riet die Krankenschwester.

Lena und die Kollegen waren nach einem kurzen Lagebericht ebenfalls nach Hause gefahren. Schweigend saßen Caro und Jana nun im Schmiedeweg am Küchentisch. Caro hatte Kaffee gekocht. Jeder war mit seinen Gedanken bei Kyle.

Jana musste ständig an die Worte des Arztes denken: „Wir haben ihn während der Operation zweimal reanimieren müssen". In ihrer Erinnerung sah sie Kyle vor sich, wie bleich er dalag. Ein furchtbares Bild, das sie aus ihrem Gedächtnis zu streichen wünschte. Sie versuchte, sich abzulenken und sagte deshalb: „Danke, für die Verlobte, im Krankenhaus."

„Sonst hätte ich allein gehen müssen, und ich glaube, das hätte ich vorhin nicht geschafft", gab Caro zu.

„Ist wohl nicht das erste Mal, dass Kyle im Krankenhaus liegt. - War das ein schlimmer Autounfall, den er mal hatte?"

Caro schaute auf. „Demnach hast du das Thema Sophie noch nicht mit ihm geklärt!"

Jana schüttelte den Kopf. „Was hat das mit Sophie zu tun?"

Caro hob ihre Hände. „Oh, nein. Da mische ich mich nicht ein. Das musst du ihn schon selbst fragen. Er muss endlich lernen, darüber zu reden." Caro trank ihren Kaffee. „Hast du ihn mal auf seinen Ehering angesprochen?"

„Gleich bei unserem ersten Date, und da meinte er, er lebe getrennt." Jana dachte kurz zurück.

„Getrennt?" Caro lachte, „ja so kann man das natürlich auch sehen." Caro sah Jana ins Gesicht. „Bitte entschuldige! Das mag für dich alles tragischer klingen, als es tatsächlich ist. Ich denke, du hast mitbekommen, was ich für ein enges Verhältnis zu meinem Cousin habe, nur in diesem einen Punkt, kann ich sein Verhalten nicht nachvollziehen. Wäre er fünfzig Jahre älter, vielleicht, aber er hat sein Leben ja noch vor sich."

Diesen Andeutungen hinterließen mehr Fragen, als

Jana jetzt gebrauchen konnte. Allerdings lenkte Caro geschickt ab. Sie erzählte von ihrer Mutter, von Kyles Mutter, die Zwillinge gewesen waren, und wie sehr Caros Mutter unter dem Verlust ihrer Schwester litt. Obwohl sie ebenfalls mal geraucht hatte, war ihr Zigarettenkonsum niemals mit der von Kyles Mutter vergleichbar gewesen. „Jedenfalls nach der Diagnose von meiner Tante haben alle in der Familie aufgehört. Schlimm, dass erst so etwas passieren muss, damit man sich das Rauchen abgewöhnt." Ein Handy klingelte. Caro sah auf den Anrufer und wurde richtig blass im Gesicht. „Hagemann?" Für einen Moment hörte sie aufmerksam zu, dann schloss sie kurz die Augen. Sichtlich war sie erleichtert, ihr huschte sogar ein Lächeln über die Lippen. „Nach mir?" - Caro sah auf die Uhr. „Ja, ich bin gleich unterwegs. Danke!" Caro beendete das Gespräch, blickte zu Jana. „Er ist wach, fragt ständig nach mir. Fahren wir diesmal mit einem Wagen?" Jana nickte. Sie konnte gut verstehen, warum Kyle seine Cousine so mochte.

Jana war merkwürdig aufgeregt. Caro klopfte kurz an und öffnete die Zimmertür. Zwei Schwestern standen zu beiden Seiten am Krankenbett. Eine kontrollierte auf der linken Seite seinen Blutdruck, die andere wechselte von rechts den Verband in seinem Gesicht.

„Verdammt, Kyle! So was machst du nicht nochmal, kapiert?" Caro stellte sich ans Fußende. Jana blieb zögernd an der Tür stehen, machte diese hinter sich zu.

„Na langsam geht's aufwärts", schloss die Krankenschwester die Blutdruckmessung ab.

„Caro!", hörte sie Kyles schwacher Stimme. „Was ist mit meinem Gesicht passiert?"

„Das fühlt sich für Sie schlimmer an, als es ist", beruhigte ihn die Schwester. „Ihr Auge ist unverletzt, es ist nur zum Schutz bis morgen früh zugeklebt." Sie klebte die sauberen Mulltücher fest. Jana wollte nicht im Weg stehen, trat an die linke Bettseite, wo die Krankenschwester mit dem Blutdruckmessgerät das Feld räumte. Kyle hatte zumindest ein bisschen mehr Farbe im Gesicht als am Vormittag. Dennoch war er noch sehr blass.

„Ich glaube - meine linke Körperhälfte ist unter eine Horde Elefanten geraten." Seine Worte kamen nur schleppend über seine Lippen. Seine dunkle Stimme, die auf Jana sonst so beruhigend gewirkt hatte, vermittelte jetzt eine enorme Unruhe.

„Dann wollen wir sie mal allein lassen", kündigte die Schwester an, stellte das Oberteil des Bettes ein Stück auf und ging hinaus.

„Du hast uns allen einen schönen Schrecken eingejagt." Caro strich ihm über die rechte unversehrte Stirn.

„Erinnerst du dich, was passiert ist?", wollte Caro wissen.

Er blinzelte mit seinem einen Augen, sein Atem wurde schneller. „Ich … ich hatte noch Dienst … keine Ahnung. Ich habe einen totalen Filmriss."

„Du wurdest angeschossen, Kyle!" Caro sah flüchtig zu Jana. „Mehrfach! Du hattest großes Glück, vor allem eine fähige Kollegin, die schnell genug Hilfe geholt hat." Sie setzte sich auf den Stuhl, der daneben stand.

Kyle drehte ihr den Kopf zu. „So was sagte mir schon der Arzt. Was ist in meinem Gesicht? Es fühlt sich an, als sei die linke Seite explodiert."

„Nein! Keine Angst alles da wo es hingehört." Caro lächelte, streichelte weiter seine Stirn.

„Tust du mir ein Gefallen?" Er befeuchtete seine Lippen. „Ich … ich glaube, ich muss unbedingt was klären." Das Sprechen fiel ihm hörbar schwer. „Kannst du Jana anrufen?"

„Kann ich!", grinste Caro zu ihr rüber.

„Kyle?", machte sich Jana bemerkbar und strich seinen Arm entlang.

„Jana?!" Er versuchte, sie mit seinem einen Auge anzusehen. „Ich … ich hätte längst mit dir reden müssen."

„Scht! Das holen wir nach, ja?", sagte sie in einer Seelenruhe, die sie selbst überraschte. „Jetzt musst du erst mal zusehen, dass du gesund wirst."

„Jana!" Er tastete nach ihrer Hand, verzog dabei das Gesicht, als er seinen Arm bewegte. Erneut befeuchtete er seine Lippen. „Ich … ich weiß … ich", er holte angestrengt Luft.

„Ich liebe dich, Kyle!" Sie fasste nach seiner Hand. Sein Auge fiel zu, als habe der Satz eine Last von ihm genommen.

Bereits am Abend, als Jana noch mal mit Milan ins Krankenhaus fuhr, ging es Kyle schon wesentlich besser. Er wirkte einerseits sehr gesprächig, andererseits stand er zwischendurch neben sich. Jana schob das den Schmerzmitteln zu, die Kyle durch die Infusionen verabreicht bekam.

Die kommenden drei Tage war es nahezu unmöglich, Kyle allein anzutreffen. Entweder war Caro mit den Kindern dort oder Kyles Arbeitskollegen. Die Polizisten kümmerten sich rührend um ihn, bemühten sich, ihn ein bisschen Abwechslung zu verschaffen, indem sie die neusten Erlebnisse ihrer Arbeit berichteten. Durch Kyles Partnerin Lena erfuhr Jana, dass der besagte LKW eine Ladung illegaler Waffen und Munition transportiert hatte, die aus einer Fehlproduktion stammten und eigentlich vernichtet werden sollten.

Zwei Tage vor Kyles Entlassungstermin kam Jana gerade dazu, als der Arzt mit Kyle seine Röntgenbilder besprach. Deshalb wollte sie vor der Tür warten, aber Kyle bat sie zu bleiben. Obwohl Jana wenig medizinische Kenntnisse besaß, waren die Löcher im Hüftknochen sowie im Oberarmknochen, wo die Patrone gesteckt hatte, eindeutig zu erkennen. Die Metallplatte mit den Schrauben, die den zerschossenen Oberschenkelknochen zusammenhielt, gab ihr eine vage Vorstellung, wie sich das für Kyle anfühlen mochte. Da sie die Wunde nahe am Auge bisher nur mit

Wundauflage gesehen hatte, wurde ihr mit dem Bild das tatsächliche Ausmaß seiner Verletzung deutlich. Die Kugel hatte den seitlichen Wangenknochen nahe dem Augenwinkel gestreift und dann eine Rille ins Stirnbein geschält. „Sie sehen Herr Rieck", schloss der Arzt seine Erklärung, „wie viel Glück sie hatten. Das Geschoss hätte unter einem anderen Winkel wesentlich mehr Schaden anrichten können."

Diese Äußerung verfolgte Jana nicht weiter, sie war dankbar, dass dieser Vorfall so glimpflich ausgegangen war.

Zu gern hätte sich Jana an diesem Mittwoch noch mal frei genommen, sie hatte jedoch zu viel zu tun und musste es Caro überlassen, Kyle, der nicht ohne Gehstützen laufen sollte, aus dem Krankenhaus abzuholen. Jana hätte ihn viel lieber bei sich umsorgt, aber sie musste arbeiten und Kyle war in seiner Scheune, wo er sich ebenerdig bewegen konnte und Caro, die ja meist zu Hause war, ihn verwöhnte, besser aufgehoben.

Am Nachmittag hatte ihr Milan eine Nachricht geschrieben, „fahre mit daisy zu kyle." Jana war an diesem Tag besonders ungeduldig, Kyle zu sehen, deshalb schrieb sie Milan. „Gut, wir treffen uns dort, ich nehme euch dann mit zurück."

Endlich parkte Jana den Wagen auf dem Hof. Der Schlüssel zur Scheune steckte wie immer, wenn Kyle zu Hause war, in der Tür. Im auffallend aufgeräumten Wohnzimmer kam ihr Daisy bereits entgegen, führte

Jana ins Schlafzimmer, wo sie sich neben das Bett legte. Schmunzelnd blieb Jana in der Tür stehen. Es war ein herrliches Bild, welches sich ihr bot. Kyle lag ausgestreckt im Bett und schlief, in seinem rechten Arm lag Milan und hörte über Kopfhörer vermutlich Musik, denn er wippte mit dem Fuß rhythmisch auf und ab. Milan fuhr erschrocken hoch, als er Jana bemerkte, riss sich die Kopfhörer aus den Ohrmuscheln.

„Hallo! Ist bei dir alles in Ordnung?", fragte Jana leise. Milan nickte. „Und in der Schule? Hat dich jemand geärgert?" Milan schüttelte den Kopf.

Daisy sprang wieder auf, rannte hinaus und kehrte mit Hannah, der Mittleren von Caro zurück. „Ich bringe Kyles Abendbrot!" Hannah stellte das Tablett neben Kyle auf den Nachttisch.

„Danke, Hannah! Das ist lieb von dir", sagte Jana, wandte sich dann an Milan, „willst du mit zu Caro rübergehen?"

Milan verneinte mit einer Kopfbewegung. ‚Ich bin lieber bei Kyle.'

„Verstehe", grinste Jana. Sie setzte sich zu ihm, streichelte Kyles rechte Gesichtshälfte. Die Zeit im Krankenhaus hatte er sich nicht rasiert und im Augenblick sah er ein wenig wild aus, was ihm aber durchaus stand.

Blinzelnd schaute er auf. „Jana!", lächelte er müde.

„Wie fühlst du dich?", wollte Jana wissen, während Milan sich auf die andere Seite zu Kyle setzte.

„Großartig wäre übertrieben, doch die Richtung stimmt schon, jetzt da ich wieder zu Hause bin."

„Hannah hat dir dein Abendbrot gebracht", Jana wies zum Nachttisch.

Kyle setzte sich langsam auf, „dieses ständige Müdesein, ist nervig."

„Kyle!" Jana streichelte seinen Rücken. „Du darfst nicht vergessen, was dein Körper im Augenblick zu tun hat. Das Ganze ist erst fünf Tage her, so was dauert ein bisschen und die Medikamente werden ihr Übriges tun."

Es klingelte. Daisy rannte bellend zur Tür. Kyle sah zu Milan: „Bist du mal so lieb und gehst nach vorn. Da will, glaube ich, jemand zu mir und traut sich nicht über den Hof. Mit den Krücken bin ich so lahm."

Milan sprang auf und eilte hinaus.

„Hätte ich das nicht vielleicht machen sollen?", fragte Jana.

„Lass mal, er ist ja nicht auf den Kopf gefallen."

„Nein, das ist er bestimmt nicht", lachte Jana.

Nun meldete sich auch noch Kyles Handy und weil es weiter weg auf dem Stuhl lag, holte es Jana und reichte es Kyle.

„Danke!", flüchtig sah er auf den Anrufer. „Hallo Sarah? - Nein, mach dir keine Gedanken, ich bin jetzt zu Hause, in Caros Händen!" Kyle lachte kurz. „Red kein Quatsch! Deshalb musst du nicht schon wieder herkommen, das wird sonst zu teuer." Inzwischen stand Milan und Daisy mit einer älteren, etwas molligen Dame im Schlafzimmer. „Hör zu, ich muss Schluss machen, ich rufe dich morgen an, in Ordnung?" Kyle legte sein Smartphone aufs Bett.

„Hallo Herr Rieck, ich bin Schwester Lisa, wir hatten ja vorhin miteinander telefoniert. Sie haben hier ja großartige Unterstützung." Sie stellte eine große Tasche auf den Boden. „Wollen wir es gleich hier erledigen?"

Kyle schluckte. Er wirkte auffallend nervös. „Ja - nur ... bisher hat man mich das Unheil nicht ansehen lassen und ..."

Schwester Lisa machte eine wegwerfende Handbewegung. „Aber, Herr Rieck, das ist doch kein Unheil!" Sie holte Verbandsmaterial aus ihrer Tasche. „Im Moment sieht es natürlich noch furchtbar aus. Bis eine solch breite Wunde zugeheilt ist, dauert es."

Jana beobachtete Kyle, wie er merklich unruhiger wurde. Hatte er Angst entstellt zu sein, oder war es ihm unangenehm, dass sie hier war? „Sollen wir im Wohnzimmer warten?", fragte sie deshalb.

Schwester Lisa riss ohne Vorwarnung mit einem Ruck das Klebeband mit dem blutigen Mull ab. „Sie können mir helfen." Schwester Lisa hielt ihm das linke Auge zu, „das sieht sehr gut aus." Sie spürte etwas auf die Wunde. „Am Rand bildet sich bereits Schorf." Jana sah sich die daumenbreite leicht blutende Furche an. Sie zog sich vom Stirnbein bis zum Wangenknochen herunter, wo sie schmaler wurde und in einer langen Spitze endete. Nur der äußere Winkel der Augenhöhle unterbrach die Verletzung. Es sah äußerst schmerzhaft aus. Jana hielt den Mull fest, während die Schwester vier Klebestreifen drüberklebte. Milan beobachtete jeden Handgriff ganz genau und auch die drei anderen

Verbandswechsel verfolgte er aufmerksam.

„Ich muss mir für morgen einen Spiegel besorgen!", sagte Kyle mit leiser Stimme, als die Schwester gegangen war.

Jana setzte sich zu ihm. „Das ist doch unwichtig, dass du lebst, ist wichtig!"

Er sah sie an. „Ich bin immer noch nicht dazu gekommen dir zu erklären …"

Milan stand auf und stellte sich vor Kyle hin und sprach mit den Händen.

„Wir holen das demnächst nach", sagte Jana, die sich nach einer Gelegenheit unter vier Augen sehnte. „Milan fragt, ob es sehr weh tut", übersetzte Jana.

„Ziemlich, aber es wird jeden Tag ein bisschen besser!", gab Kyle flüsternd zu.

EREIGNIS

Bereits auf dem Nachhauseweg wirkte Daisy auffallend unruhig. Milan und Jana unternahmen deshalb einen Spaziergang mit ihr Richtung Wald. Häufig drehte sie sich um und machte irgendwann kehrt, was ungewöhnlich für sie war.

‚Ich denke, es geht langsam los‘, deutete Milan.

„Das Gefühl habe ich auch, dabei hätten wir laut Tierarzt noch zwei Tage Zeit." Jana lief hinter ihrer Hündin. Wiederholt blieb sie stehen, um sich zu lecken. Und man konnte gut erkennen, wie ihr Bauch sich gesenkt hatte, weil damit ihre Beckenknochen sichtbarer wurden. Daisys Figur erinnerte jetzt ein wenig an ein Hängebauchschwein.

‚Ich bin aufgeregt‘, zeigte Milan.

Jana lachte. „Glaubst du vielleicht ich nicht?" Zur Sicherheit nahm Jana Daisy an die Leine, nicht dass sie am Ende sich hier draußen einen Platz suchte, wo sie ihre Welpen zur Welt brachte.

Zu Hause zog sich Daisy sogleich in ihre vorbereitete Wurfkiste zurück, wo sie eifrig begann, in die Handtücher und das Zeitungspapier zu scharren. Während Milan ständig nach der Hündin sah, versuchte Jana die Ruhe zu bewahren. Sie hatte gelesen, dass sich der Geburtsprozess bis zu 36 Stunden hinziehen konnte. Zu Milans Begeisterung schlug sie vor, heute Nacht, sofern sie überhaupt zum Schlafen kommen würden, sich das Sofa auszuklappen. Zum Abendbrot bekam Milan vor Ungeduld keinen Bissen herunter.

Gegen 22:00 Uhr hatte sich Daisy jedoch beruhigt. Sie wollte zwar noch mal vor die Tür, legte sich danach allerdings nicht in die Kiste, sondern suchte sich im Wohnzimmer vor dem umgebauten Sofa einen Schlafplatz. Bis Mitternacht behielt Jana Daisy im Auge, bis sie dann letztlich vor Müdigkeit doch einschlief.

Ein unbekanntes Geräusch hatte Jana geweckt. Beim Aufsetzen kam ihr sofort Daisy in den Sinn! Das Bett neben Jana, wo gestern Abend Milan geschlafen hatte, war leer. „Milan?" Es war noch dunkel draußen. Hastig stand Jana auf, knipste die Salzkristalllampe an und eilte in den Flur zur Wurfkiste. Milan lag schlafend auf dem vorderen Rand, den Kyle beim Bau wie bei einer Buddelkiste mit einer Sitzfläche versehen hat. Daisy hatte bereits drei Welpen, die sie sorgfältig ableckte und putzte. Jana schaute gerührt zu. Nach einem Moment begann Daisy zu hecheln und da regte sich, wie auf Kommando, auch Milan. Verschlafen setzte er sich auf. Als er Jana bemerkte, rieb er sich zuerst die Augen und zeigte mit seinen Gesten, ‚sie hat mich geweckt, als sie in die Wurfkiste ging.'

„Sie wollte dich wohl unbedingt dabei haben."

Milan nickte, strich Daisy einmal über den Kopf. ‚Der nächste Welpe kommt.' Nervös wie ein werdender Vater knetete Milan seine Hände ineinander, während der Vierte mit dem Köpfchen voran geboren wurde. Wieder kümmerte sich Daisy um ihr Junges, leckte es intensiv ab, befreite es damit von den Resten der Fruchthülle und legte sich danach entspannt hin und schien schlafen zu wollen.

‚Es sollten doch aber fünf sein?', wunderte sich Milan.

„Ich schätze, Daisy benötigt einfach mal eine Pause. Komm! Solange sie schläft, sollten wir das ebenfalls tun."

Milan schüttelte den Kopf. ‚Ich bleibe hier!'

„Verstehe! Du weckst mich, ja?"

Milan nickte und streckte sich auf der schmalen harten Sitzfläche aus. Obwohl Jana versuchte, wieder einzuschlafen, gelang es ihr nicht. Die Situation war zu aufregend. Nach einer halben Stunde, es war jetzt kurz vor fünf, stand sie auf und kochte sich einen Kaffee. Milan, Daisy und die vier Welpen schliefen. Schmunzelnd zog sie ihr Handy hervor und knipste davon ein Foto, welches sie Kyle und Caro mit der Nachricht „Euch einen besonders schönen guten Morgen" schickte. Allein der Gedanke an Kyle zauberte ihr ein Lächeln ins Gesicht. Ihn in seiner gewohnten Umgebung, ja in ihrer Nähe zu wissen, statt im Krankenhaus, fühlte sich so viel angenehmer an.

Viertel vor fünf ging es weiter, Daisy begann zu hecheln, wovon Milan erneut erwachte. Der fünfte und letzte Welpe kam genau um 5:55 Uhr an diesem 5. Mai zur Welt.

„Das hast du gut gemacht, meine Süße!", lobte Jana ihre Hündin. Daisy leckte jeden einzelnen Welpen ab, dabei sah sie richtig zufrieden aus. Jana beobachtete, wie die blinden Kleinen sich an den Zitzen ihrer Mutter zu schaffen machten, nur der letzte nicht. Milan beugte sich über den Rand und platzierte den sichtbar schwächsten Welpen direkt an die freie Zitze. Anfangs wirkte der Kleine etwas unbeholfen, fing dann aber letztlich doch an zu trinken.

,Er ist kleiner als die anderen!', deutete Milan.

Jana seufzte. „Es heißt nicht umsonst, in der Natur überleben nur die Stärksten." Sie hockte sich zu ihm. „Milan, es kann durchaus passieren, dass …"

Heftig schüttelte er den Kopf. ,Ich passe auf sie auf.'

Jana sah ihm eindringlich ins Gesicht. Obwohl sie nicht mal ihren Satz beendet hatte, wusste Milan genau, was sie sagen wollte. Sie beschloss, alles Weitere auf sich zukommen zu lassen, und womöglich bewahrheiteten sich ihre Befürchtungen gar nicht.

,Darf ich heute und morgen zu Hause bleiben? Bitte, Jana! Bitte, bitte, bitte!'

Milan sah sie mit seinen großen dunkelbraunen Augen an, dass sie dem Jungen diese Bitte unmöglich abschlagen konnte. Jana lächelte: „Ich glaube, das sollte sich regeln lassen. Ich fahre nachher nur mal schnell ins Büro, vielleicht kann ich mir auch frei nehmen. Übrigens habe ich Caro und Kyle schon ein Bild geschickt."

,Zeig mal!' Milan machte eine entsprechende Handbewegung und Jana rief es auf ihrem Handy auf. ,Warum bin ich da mit drauf?'

„Du bist ja lustig, du hast dich doch dazugelegt!"

,Deshalb musst du mich ja nicht mit aufnehmen.'

„Es sah aber zu drollig aus", lachte Jana.

‚Warum bleibt Kyle nicht einfach hier, somit wäre jemand bei den Welpen und wir müssen nicht immer nach Marwitz fahren.'

Jana seufzte. „Das würde mir auch gut gefallen, Milan. Nur ist Kyle weiterhin auf Gehstützen angewiesen. Das Treppensteigen ist damit schwieriger, als bei sich zu Hause, wo alles ebenerdig ist. Außerdem muss er sich noch sehr ausruhen."

Milan nickte. ‚Ich wünsche mir, dass wir zusammen wohnen.'

Jana nahm ihn in den Arm, drückte ihn kurz an sich. Genau dieser Wunsch war in ihr seit dem letzten Freitag, als Caro aus dem Krankenhaus angerufen hatte, enorm groß geworden.

Milan kontrollierte die Körpertemperatur sowie das Gewicht der Welpen und notierte alles auf seinem Smartphone. Bei dem Kleinsten blickte er besorgt zu Jana, die ihn unterstützte und nicht schlecht staunte über Milans Kenntnisse.

‚Seine Temperatur ist zu niedrig', deutete Milan.

„Du hast dich aber sehr gut informiert, was die Welpen betrifft", musste Jana gestehen.

‚Ich brauche ein Wärmekissen!'

Jana nickte. „Zuerst machen wir Daisy und die Kiste sauber, dabei lege ich das Wärmekissen unter die Decke und dann gehe ich erst mal mit Daisy vor die Tür!"

Erst nachdem sie dies erledigt hatten, begann Jana das Frühstück zuzubereiten.

„Milan?", rief ihn Jana, doch der Junge schien sich nicht von der kleinen Hundefamilie lösen zu können. Als Jana an die Wurfkiste kam, beobachtete sie Milan, wie er den Kleinsten eine Zitze ins Maul hielt und den Milchfluss mit den Fingern anregte. Der Welpe schluckte zwar, war vermutlich zu schwach, um selbst zu saugen. Jana überlegte, ob sie Milan erneut auf einen eventuellen Verlust vorbereiten sollte. Wahrscheinlich wusste es Milan auch ohne Erklärung und versuchte, dem Schicksal die Stirn zu bieten. Jana beschloss, sich seinem Weg anzuschließen. Sie setzte sich auf den Rand. „Das machst du ja gut!"

Milan sah nur flüchtig zu ihr zur Seite, konzentrierte sich dann wieder auf seine Aufgabe. Er musste den Milchfluss gefühlvoll anregen, denn Daisy zeigte sich gelassen. Zwischendurch leckte sie ihre Jungen, besonders das Sorgenkind. Erst als Milan nach dem Wiegen von dem Kleinen zufrieden war, kam er in die Küche zum Frühstück.

„Ich habe in der Schule angerufen und dich entschuldigt!", erklärte Jana. „Ich lasse dich nur ungern allein aber …"

‚Mach dir keine Sorgen! Ich kümmere mich um Daisy und die Babys', gestikulierte er. ‚Ich schaff das!' Er nickte entschieden.

„Daran habe ich keinen Zweifel, Milan!"

‚Gut! Dann kannst du zur Arbeit fahren. Ich schreibe dir stündlich einen Lagebericht."

Jana lachte. „Ja, das glaube ich dir. Ich gebe mir Mühe, dass ich schnell wieder hier bin. Zur Not ist

Caro ja innerhalb von ein paar Minuten hier, in Ordnung?"

‚Du sorgst dich zu viel!', dabei lächelte er.

„Ja, vermutlich hast du recht." Jana räumte das Geschirr in die Spülmaschine. „Du machst dich wirklich unentbehrlich!"

Daraufhin zog ein Strahlen über Milans Gesicht.

Wie Jana befürchtet hatte, blieb es nicht bei zwei Stunden Arbeit. Ein aktueller Fall von Kindesvernachlässigung, verlangte ihren dringenden Besuch und die damit verbundenen Formalitäten forderten Zeit. Milan schickte ihr stündlich ein Bild von den Hunden mit einer kurzen Nachricht, was er gerade machte. Der Kleinste musste, wie gehabt zum Trinken animiert werden, wofür Milan sorgte. Erst gegen halb vier konnte Jana Feierabend machen und nur mit dem Versprechen an ihre Chefin, am nächsten Tag zum Dienst zu erscheinen. An Freinehmen war durch zwei erkrankte Kollegen nicht zu denken. Gegenüber Milan und Daisy hatte sie ein schlechtes Gewissen, nur gab es für sie keine Alternative.

Aufgrund der veränderten Situation, die Welpen und die Wurfkiste mussten ja sauber gemacht werden, schaffte es Jana nur kurz am Donnerstag, Kyle zu besuchen. Er wirkte auffallend müde, was sie jedoch den Medikamenten zuordnete. Obendrein machte sich auch ihr fehlender Schlaf der letzten Nacht bemerkbar.

Milan trug das winzige Sorgenkind in einem Handtuch gewickelt unter dem T-Shirt mit sich herum, um ihn warm genug zu halten. Während der Nacht, die sie wieder im Wohnzimmer verbrachten, hatte Milan sich alle zwei Stunden einen Wecker gestellt, um dem Kleinen an die Zitze zu legen und wie gehabt nachzuhelfen. Jana war zwar ein paar Mal mit wach geworden, hatte ihm über die Schulter geschaut, doch im Grunde stand sie nur unnütz daneben, dass sie letztlich fest einschlief, bis ihr Wecker sie am Morgen weckte. Solange Milan nicht zur Schule musste, wollte sie ihn von seinem Vorhaben nicht abbringen, aber spätestens am Sonntag sollte er in seinen gewohnten Schlafrhythmus zurückfinden. Sie staunte überhaupt, wie Milan mit relativ wenig Schlaf auskam. Wie erwachsen, ja verantwortungsbewusst er für sein Alter war, machte ihr deutlich, dass Milan etwas ganz Besonderes war und sie gut daran getan hatte, ihn zu sich zu holen.

Auch am Freitag erhielt Jana während ihrer Arbeitszeit alle zwei Stunden eine Nachricht von Milan, wie viel das Sorgenkind zugenommen hatte - nur allein trank er weiterhin nicht.

Gegen Mittag, Jana saß im Büro erledigte wichtige Formalitäten, klingelte ihr Handy. „Hast du ein paar Minuten Zeit?", fragte Caro und sie klang fremd.

„Ja, schieß los!", Jana legte den Stift zur Seite, um ihr zu zuhören.

„Kyle beginnt sich abzukapseln. Er hat diese ›ich-verkriech-mich-Laune‹ und ich weiß nur allzu gut, wie die endet. Deshalb möchte ich sofort dagegen angehen und nicht wieder warten, bis es fast zu spät ist." Sie holte hörbar tief Luft. „Bitte, Jana, wenn es irgendwie möglich ist, kannst du ihn am Wochenende zu dir holen, vielleicht sogar mal raus, mit ihm Essen gehen, soweit er dazu in der Lage ist?"

Jana gefiel dieser Vorschlag außerordentlich gut: „Nichts lieber als das!"

„Großartig!", antwortete Caro. „Du hast vermutlich keine Ahnung, was du damit verhinderst. Weißt du, solange er Sport treiben kann, hat er sein Problem gut im Griff, und genau das fehlt ihm jetzt. Obendrein ist morgen ein ganz besonders schlimmer Tag für ihn, verstehst du?"

Jana schüttelte den Kopf. Caros Andeutungen warfen nur unzählige Fragen in den Raum. Noch immer hatte es keine Gelegenheit zur Aussprache gegeben, aber womöglich war sie nun greifbar nah. „Ich fahre gleich nach Dienstschluss bei euch vorbei und nehme ihn mit." Jana fragte sich natürlich, was Kyle für ein Problem hatte und welches Ereignis sich morgen offenbar jährte. Wahrscheinlich die Trennung von Sophie. Die Gedanken um Kyle musste sie bis zum Feierabend von sich schieben, eine schwierige Aufgabe.

Gerade als sie den Computer herunterfuhr, erreichte sie eine SMS von Caro. „Du solltest unbedingt wissen, dass er seit gestern früh nichts gegessen hat. Ich vermute, dass er auch keine Medikamente mehr nimmt." Jana las die Nachricht drei Mal. Das klang so gar nicht nach dem Kyle, den sie kannte. Es wurde wirklich höchste Zeit, dass sie mit ihm redete.

Jana spürte eine enorme Aufregung, Kyle zu sich zu holen, als sie die Eingangstür zur Scheue aufschloss. „Kyle? Ich bin's Jana", rief sie, ohne eine Antwort zu erhalten, deshalb ging sie ins Schlafzimmer, wo es ungewöhnlich dunkel war. Die Jalousien waren heruntergelassen. Kyle lag seitlich mit geschlossen Augen im Bett, in seinen Ohrmuscheln steckten Ohrstöpsel. Zuerst zog Jana die Rollos hoch, um Licht ins Zimmer zu lassen. Kyle reagierte jedoch nicht, worauf sie sich zu ihm hockte und den Kopfhörer aus dem linken Ohr nahm. Hörbar drang düstere Gothic-Musik daraus hervor. „So was hörst du? Davon würde ich Depressionen bekommen!", grinste Jana. Sie bekam eine vage Vorstellung, wie es in Kyle aussah.

„Jana!" Er schaute auf, und sein Gesicht wirkte ganz fremd. „Du musst dir nicht die Mühe machen und jeden Tag herkommen."

„Nein! Muss ich nicht!" Sie strich ihm vorsichtig über die Wange. „Nur meine Sehnsucht nach dir lässt mir keine Wahl." Sie lächelte.

Er stützte sich auf, sah Jana mit einem merkwürdig gleichgültigen Gesichtsausdruck an. „Ich möchte das aber nicht!"

Diese Worte fühlten sich zuerst wie eine Ohrfeige an, bis sie sich bewusst machte, dass es für ihn nur eine Ausrede war, allein zu sein. „Keine Chance, Kyle! Ich nehme dich nämlich übers Wochenende mit zu uns!"

„Das geht nicht. Schwester Lisa kommt täglich her und …"

„Dann kommt sie eben nach Bötzow!", unterbrach

ihn Jana.

„Jana, bitte geh!"

„Sehr gern", grinste sie triumphierend, „sobald du mich begleitest."

Kyle schloss die Augen, legte sich hin und zog die Bettdecke über den Kopf. Jana hatte sich das unkomplizierter vorgestellt, aber aufgeben wollte sie so schnell nicht. „Na schön, kannst du mir wenigstens noch suchen helfen?"

„Wonach?", klang er dumpf unter der Decke. „Als es Milan neulich so schlecht ging und ich am Verzweifeln war, da stand plötzlich ein Engel in männlicher Gestalt vor meiner Tür. Den muss ich jetzt unbedingt finden, er hat all meine Probleme gelöst und ich hatte bisher keine Gelegenheit mich bei ihm zu bedanken."

„Nicht da!", brummte Kyle weiter unter seine Bettdecke.

„Gestern Morgen hat sich Milan gewünscht, dass wir alle zusammen sind." Jana zweifelte, ob sie auf dem richtigen Weg war. „Und ich wünsche mir das noch viel mehr als er. Bitte, Kyle! Es ist wirklich anstrengend, wenn alle, die ich liebe, sich vor mir zurückziehen!" Jana spürte regelrecht, wie er anfing, mit sich zu kämpfen. „Vor einer Woche, da wolltest du dringend mit mir reden, nur bist du von den Strapazen, die hinter dir lagen, vorher eingeschlafen." Weiterhin erntete sie keine Reaktion. „Wenn du mir schon den Gefallen nicht tun willst, dann aber wenigstens Milan zuliebe. Bitte, Kyle!"

„Hör auf und geh jetzt!", murmelte er.

Ihr kamen seine Worte von neulich in den Sinn, als sie ihn hatte wegschicken wollen: „Und dich in deinem Kummer allein lassen? Das kannst du vergessen!"

Er brummte Unmissverständliches vor sich hin, warf die Decke von sich und setzte sich auf. „Du hast gewonnen! Ich komm ja mit!"

‚Na also!', dachte Jana. Da es doch länger gedauerte hatte als geplant, schrieb Jana Milan eine Nachricht: „Komme etwas später, bringe Überraschung mit. Bei Dir alles in Ordnung?" Kurz darauf antwortete Milan. „alles tuti. fahren wir nachher zu kyle?" Jana grinste. „Milan fragt mich gerade, ob wir dich besuchen."

Kyle zog sich die Jogginghose über. „Ich weiß nicht, Jana, ob ich mit den Treppen bei dir klarkomme und …"

„Hey!", sagte Jana sanft und legte ihre Hand auf seine rechte Wange. Dieser merkwürdige Gesichtsausdruck, der ihn so fremd aussehen ließ, verschwand langsam. „Unten ist das Gäste WC und das Sofa kann man prima zu einem Doppelbett umbauen - also wer behauptet, dass du, außer die fünf Stufen am Eingang, Treppen steigen musst. Und jetzt gib mir bitte die Nummer von Schwester Lisa, damit ich sie für heute Abend gleich nach Bötzow bestellen kann."

Während der kurzen Autofahrt sagte Kyle kein Wort, was Jana hinnahm. Caro hatte gut daran getan zu handeln, vor allem, dass sie ihr gegenüber so offen war, sonst hätte Jana Kyle nicht einzuschätzen gewusst, hätte es am Ende persönlich genommen. Für einen Moment wirkte er zögernd, als Jana ihm die Autotür zum Aussteigen aufhielt „Ich bin auf Milan gespannt", tuschelt sie mehr zu sich selbst. Kyle lief langsam mit den Gehstützen vorwärts, aber er sah nicht ungeschickt damit aus, eher schienen ihm die Gehhilfen fast vertraut zu sein. Er erweckte vielmehr einen unentschlossenen Eindruck. Plötzlich riss Milan die Haustür auf und kam Kyle entgegen. Er nahm ihm die eine Stütze ab, legte Kyles Hand auf seine Schulter und führte ihn ins Haus. Jana schmunzelte.

„Danke - Milan!" Kyle wurde direkt auf die Wurfkiste zu geführt. Unmissverständlich deutete Milan auf den vorderen Rand, auf die Sitzfläche.

„Was sind die lütt!", stellte Kyle fest und setzte sich bedächtig.

Milan fragte nach: ‚Was bedeutete „lütt"?'

„Klein!", erklärte Kyle.

Mit seinen Gebärden zeigte er nacheinander auf die winzigen Welpen, die an Daisys Bauch teils schliefen, teils an den Zitzen hingen und berichtete, in welcher Reihenfolge sie geboren wurden. Die ersten beiden waren Schwarz wie Daisy, die nachfolgenden drei ähnelten von der Farbe her Packo, also braun. Milan wies auf das Sorgenkind. ‚Sieh mal! Er trinkt endlich allein!' Er grinste.

„Das ist ja großartig, Milan!" Jana sah in Kyles fragendes Gesicht. „Der Kleinste hat uns Sorgen bereitet, weil er offenbar zu schwach war. Milan hat sich so rührend um ihn gekümmert, hat sich alle zwei Stunden den Wecker gestellt, und nun sieht es wohl so aus, als hätte er die Kurve gekriegt."

‚Er hat auch zugenommen!', deutete Milan stolz, seine Augen glänzten dabei. In dem Augenblick wurde Jana klar, dass es Milan besonders schwerfallen würde, sich eines Tages von dem Kleinen zu trennen. „Für mich sehen Nummer drei und vier gleich aus, aber Milan kann sie problemlos auseinanderhalten."

„Du hast ihnen Nummern statt Namen gegeben?", wollte Kyle von Milan wissen.

Milan zeigte etwas mit seinen Gesten, was Kyle jedoch nicht verstand, weshalb Jana übersetzte. „Ich habe Milan gebeten, den Welpen keine Namen zu geben, weil wir sie nicht behalten können. Und deshalb kam er auf die Idee, sie zu nummerieren."

‚Nummer eins und fünf sind weiblich, zwei bis vier männlich', deutete Milan.

Anerkennend klopfte Kyle Milan auf die Schulter. „Ich bin sehr beeindruckt von dir! Du bist ein toller Welpenpapa!"

„Ich würde vorschlagen", unterbrach Jana die Unterhaltung, „zuerst mache ich dir hier unten das Bett fertig, dann kannst du dich erst mal lang strecken."

Kyle hielt sie am Arm fest. „Jana?" Er schluckte hart und sah bewegt aus. „Danke! Aber du brauchst dir keine Umstände machen, ich komme mit nach oben."

„Sei nicht albern, das sind doch keine Umstände! Wir schlafen seit zwei Nächten hier unten und werden das sicherlich auch weiter tun. So haben wir alles im Blick und Daisy hat nicht das Gefühl allein zu sein."

„Die Physiotherapeutin sagt", er zögerte kurz, „ich

soll mich viel bewegen."

„Wirklich?" Jana grinste, als sie an den vor einer halben Stunde unter der Bettdecke verkriechenden Kyle denken musste. Sie wandte sich ihm zu. „Wenn du deine Ruhe möchtest, gehst du nach oben. Deine Entscheidung! Ich gehe erst mal einkaufen, wenn das in Ordnung ist?"

Milan nickte und Kyle ließ sie los. „Irgendwie habe ich Hunger!"

„Großartig!" Jana war also in jeder Hinsicht erfolgreich. Sie nahm sich den Autoschlüssel und ging zur Tür.

Bereits beim Abendessen wirkte Kyle wesentlich aufgeschlossener, alberte mit Milan sogar herum. Er bewegte sich zwar hinkend, meist mit einer Gehhilfe und relativ geschickt. Schwester Lisa kam erst kurz vor sieben, um seine Pflaster zu wechseln. Obwohl Jana nun wusste, wie die Verletzung in Kyles Gesicht aussah, war nur der Anblick schon schmerzhaft. Die Vorstellung, was die Kugel, wie der Arzt angedeutet hatte, unter einem anderen Winkel in seinem Kopf hätte für Schaden anrichten können, verursachte erneut für einen Augenblick merkwürdiges Unwohlsein.

„Ihre Wundheilung ist ausgezeichnet Herr Rieck. Ab heute lassen wir bis auf die Wunde an ihrer Schläfe, die noch ein wenig Geduld erfordert, die Wundauflagen weg. Sie sind am Montag beim Arzt, richtig?"

Kyle nickte.

„Gut, dann sehen wir uns ja morgen." Schwester

Lisa verabschiedete sich.

Während Kyle auf der Couch im Wohnzimmer sich anzog, verabredete Jana mit der Schwester vor der Haustür für den Samstag einen frühen Nachmittagstermin, um ihre kleine Überraschung für Kyle umsetzten zu können.

Als sie ins Wohnzimmer zurückkam, zupfte Milan an Kyles Bart.

„Du meinst, ich sollte ihn abrasieren?", fragte Kyle.

Milan schüttete den Kopf und machte eine Scherenbewegung.

„Aber kürzen?"

Milan nickte.

Kyle sah zu Jana. „Bitte entschuldige wegen vorhin."

Sie zwinkerte ihm zu. „Ich weiß gar nicht, was du meinst." Sie setzte sich mit Milan eine Weile zur Hundefamilie, beobachteten Daisy und ihren Wurf.

Milan stieß sie an. ‚Können wir mit Kyle was spielen?'

„Das ist eine gute Idee!"

Milan sprang auf und holte ein Gesellschaftsspiel aus seinem Zimmer herunter. Es war ein Gedächtnisspiel, wo weder Kyle noch Jana gegen Milan auch nur den Hauch einer Chance hatten zu gewinnen. Für Jana sah es so aus, als bräuchte Milan nur einmal ein Bild zu sehen und schon hatte er es sich genau eingeprägt.

„Ich glaube langsam, du schummelst!", grinste Kyle.

Milan machte ein empörtes Gesicht, schüttelte energisch den Kopf, deutete mit seinen merkwürdigen Gesten auf die Karten.

„Dabei kann man nicht schummeln", übersetzte Jana.

Kyle beugte sich ein Stück über den Tisch. „Du bist ein auffallend helles Köpfchen. Hast du es mal mit Schach probiert?"

Milan erzählte mit seinen Gebärden, von denen Kyle nur ein Viertel verstand. Deshalb begann Jana, sofern sie es selbst wusste, akustisch seine Erzählung zu übersetzen. „In der Klinik hat er das Spiel verfolgt und sich dann im Internet dazu die Regeln durchgelesen."

„Vielleicht ergibt sich ja mal die Gelegenheit, eine Partie zu spielen."

Milan nickte mit einem begeisterten Gesichtsausdruck.

„Bitte entschuldigt mich, ich würde mich gern mal einen Moment ausstrecken." Kyle stand auf und hinkte mit einer Gehstütze zum Sofa.

Jana packte das Spiel in den Karton zurück. „Ab ins Bett mit dir."

Milan rutschte vom Stuhl und rannte die Treppe hinauf, unterdessen knipste Jana das große Licht im Zimmer aus, ließ nur zwei Salzkristalllampen brennen und ging in die Küche, um dort das Geschirr wegzuräumen.

Nach einer Weile tauchte Milan mit Bettzeug im Flur auf.

Jana schmunzelte. „Zu dritt wird das ein bisschen

eng." Ihr war natürlich klar, dass er nicht allein auf der oberen Etage schlafen würde. „Aber wenn wir uns aneinanderkuscheln, wird es schon gehen." Sie selbst könnte oben schlafen, jedoch hielt sie es für ungünstig, ein im Schlaf zappelndes Kind neben einen Verletzten zu legen. Milan hob den rechten Zeigefinger, seine Augen funkelten, als habe er eine Idee. Im Wohnzimmer, wo Kyle auf dem längeren Teil des Sofas lag, wies Milan auf den kürzeren Schenkel, der Eckcouch. Er nahm die losen Rückenkissen zur Seite.

„Meinst du, der Platz genügt dir?"

Milan nickte heftig und legte sich demonstrativ mit dem Kopf dicht an die Ecklehne. Seine Füße reichten genau bis zum Sofaende.

„Überredet!", lächelte Jana zu Milan. Sie beugte sich zu Kyle, der seine Augen geschlossen hatte. Zärtlich strich sie ihm über die rechte Wange. „Ich muss dich leider stören."

Kyle schluckte, „tschuldigung", nuschelte er benommen.

„Dafür musst du dich nicht entschuldigen. Ich würde nur gern jetzt das Bett machen, damit wir Milan nachher nicht aufwecken."

„Ich kann auch nach oben gehen." Kyle stand auf, humpelte zur Seite.

„Wo du schläfst, entscheidest du." Jana klappte das Bett auseinander, holte aus dem Bettkasten eine Decke hervor, welches sie unter Milans Schlafplatz ausbreitete, bereitete anschließend das Doppelbett vor.

Milan ging zu Kyle, der sich am Esstisch auf einen

Stuhl gesetzt hatte. Für einen Augenblick blieb er vor ihm stehen.

„Schlaf gut!", lächelte Kyle.

Milan nickte zögernd, dann beugte er sich zu Kyle, gab ihm hastig, als müsse er sich für seine Geste schämen, einen Kuss auf die Wange, und eilte zu Daisy in den Flur. Nach ein paar Minuten kehrte er ins Wohnzimmer zurück und legte sich hin.

„Ich wünsche dir eine erholsame Nacht!" Jana deckte Milan zu und küsste ihn wie jeden Abend auf die Stirn. „Ich bin noch mal mit Daisy draußen, in Ordnung?"

Milan nickte erneut, kuschelte sich in seine Bettdecke.

„Darf ich dich begleiten?", wollte Kyle wissen.

„Solange du dich nicht zu sehr anstrengst." Jana sah von Kyle zu Milan, der schon seine Augen zu hatte. „Handy habe ich wie immer dabei!"

GESPRÄCHE

Kurz darauf hinkte Kyle mit einer Gehstütze die Oststraße entlang. „Danke, Jana!"

„Wofür?" Sie sah ihn von der Seite an. Das erste Mal nach all den bewegenden Tagen waren sie unter sich. Diese Gelegenheit zum Reden musste sie nutzen!

„Für den Überfall vorhin", erklärte Kyle leise.

Jana lachte. „Anfangs dachte ich, mir würde es nicht gelingen, dich aus deinem Schneckenhaus zu locken." Die Hundedame machte kehrt. „Sieh mal, Daisy hat bereits genug." Deshalb gingen sie zum Haus zurück.

Jana sah nach Milan, der fest eingeschlafen war. Anschließend kam sie in die Küche, wo sich Kyle an den Küchentisch gesetzt hatte. Endlich waren sie unter sich, endlich konnten sie sich aussprechen.

Jana setzte sich vor Kyle auf den Tisch, ergriff seine rechte Hand. „Weißt du, als Caro vor einer Woche anrief und ich erfuhr, dass du schwer verletzt wurdest", sie sah ihm in seine bernsteinfarbenen Augen, „da ist mir bewusst geworden, dass ich ohne dich die Sache mit Milan niemals hätte durchziehen können und …"

„Red keinen Quatsch! Natürlich hättest du das." Nun beugte er sich vor, legte sanft seine Hand für einen Augenblick auf ihre Wange. „Du bist eine tolle Frau, hast Mut, deine Ziele zu verwirklichen." Intensiv sah er sie jetzt an. Er schlucke hart, und es schien, als suche er nach den passenden Worten: „Du gibst mir unglaublich viel Kraft, Jana, und dass du noch zu mir hältst, obwohl ich ..." Er wies flüchtig auf seine linke Gesichtshälfte.

„Kyle! Sei nicht albern!" Jana schüttelte den Kopf. „Wegen einer lächerlichen Narbe wird keine Liebe zerbrechen."

Er nickte. „Verdammte Eitelkeit!" Dann lachte er gekünstelt. „Liebe zerbricht heute schon an weniger."

Jana fragte sich, ob er von sich und Sophie redete. Endlich kam das Thema zur Sprache, weshalb sie nicht wagte, ihn zu unterbrechen.

„Im Krankenhaus hatte ich genug Zeit, über uns nach zudenken und ich muss dringend was klarstellen." Er wirkte auffallend nervös, senkte seinen Kopf, als würde er sich genieren. „Ich hätte dir das längst erklären müssen." Seine Finger zitterten. Kyle sah jetzt demonstrativ auf seinen Ehering, legte seine Hand auf Janas Schenkel. „Er ist vielmehr ein Andenken, an Sophie und ihr – unser - Baby." Seine Stimme wurde zunehmend leiser.

Jana hörte ihm gespannt zu, seine bebenden Nasenflügel verrieten, wie sehr ihn die Angelegenheit aufwühlte.

„Sophie und ich lernten uns in Bad Doberan auf der Party eines Kumpels kennen. Es war wie in einem kitschigen Liebesfilm. Ich sah sie an und spürte sofort, dass sie die Liebe meines Lebens war. Die Fete war an uns völlig vorbeigegangen, wir haben uns derart intensiv unterhalten, dass wir alles um uns herum vergaßen." Kyle lächelte. „Ich zog nach ein paar Monaten zu ihr nach Rostock, und wir haben geheiratet. Ein Jahr später wurde Sophie schwanger.

Wir schmiedeten Pläne für die Zukunft, wollten aus der engen Wohnung in ein kleines Haus ziehen." Jetzt zog dieser merkwürdige Schatten über sein Gesicht, der ihn so fremd wirken ließ. „Jedenfalls hatten wir ein wirklich fantastisches Wochenende in Hamburg hinter uns, suchten unterwegs nach einem passenden Namen für unser Baby. Auf der A1 Richtung Lübeck - passierte es dann ..." Kyle rannen Tränen die Wange hinunter, er schnappte nach Luft, als würde er das erste Mal über dieses Erlebnis reden. „Ein Spurenwechsel wurde uns zum Verhängnis. Vermutlich hatte der rasante Fahrer uns übersehen. Die Autos kollidierten, wir überschlugen uns ..." Er schluckte. „Ich weiß nicht, was genau mit unserem Auto passiert ist. Erst zwei Tage später in der Klinik kam ich zu mir. Sophie soll sofort tot gewesen sein."

Jana lief es eiskalt den Rücken herunter. Kyle lebte nicht in Trennung! Er war ein junger Witwer, der Frau und sogar sein Kind verloren hatte. Unter diesen Umständen bekam der Ehering natürlich eine vollkommen andere Bedeutung. „Es tut mir so leid, Kyle!"

„Die erste Zeit damals im Krankenhaus wünschte ich mir nichts sehnlicher, als mit Sophie zu tauschen. Wäre ich gefahren, könnten sie und unser Baby noch leben." Seine Nasenflügel bebten.

Sämtliche Andeutungen von Caro, fast alle Fragen, die Jana auf dem Herzen hatte, fanden damit endlich eine Erklärung.

„Manchmal höre ich ganz deutlich ihre Stimme, wie

sie lacht oder sich über mich lustig macht." Langsam sah er auf. „Ich hätte es nie für möglich gehalten, dass es jemand geben würde, der ähnliche Gefühle in mir hervorrufen könnte. Bitte versuche zu verstehen, dass Sophie und ihr Baby immer einen Platz in meinem Herzen haben werden und …"

Jana konnte sich nicht beherrschen, sie beugte sich zu ihm, küsste Kyle mit all ihrer Liebe, mit all ihren Emotionen, die sie für ihn in ihrem Inneren finden konnte. Das fühlte sich so gut, so berauschend an. Nun wusste sie, was Kyle bewegte, wieso er anfangs so zurückhaltend gewesen war, warum er gezögerte hatte, ihre Einladung überhaupt anzunehmen. Er war eine treue Seele bis über den Tod hinaus. Plötzlich hielt sie inne. Wenn Sophie tot war, wer aber war dann die Blondine?

„Um ehrlich zu sein - du bist die Erste, mit der ich darüber rede", flüsterte Kyle, als sie den Kuss so abrupt beendete.

„Eines musst du mir jedoch noch verraten …" Jana fragte sich gerade, ob der Zeitpunkt dafür nicht äußerst ungünstig war. Nein! Die Gelegenheit, endlich alles aus dem Weg zu räumen, durfte sie nicht ungenutzt lassen.

„Und das wäre?"

„Wer war die blonde Frau, die so rasant an jenem Montagmorgen mit deinem Wagen davongerauscht ist?"

„Blonde Frau?" Kyle sah sie so fragend an, dass Jana zu zweifeln begann.

„Nach unserem wunderbaren Wochenende kam

das ja mit Milan dazwischen. Ich wollte mit dir darüber unbedingt persönlich reden, als ich an dem darauffolgenden Montag deinen Wagen vor deiner Scheune sah, bin ich ausgestiegen, um mit dir zu sprechen. Und da stieg eine Blondine in dein Auto, kam mir dann damit entgegen."

Kyle sah nachdenklich aus. Einen Augenblick später schien es ihm einzufallen. „Ach, Sarah!" Kyle lachte. „Richtig! Sie tauchte hier plötzlich auf, blieb drei Tage und reiste wieder ab."

„Sarah? Sie rief dich auch am Mittwoch an", erinnerte sich Jana.

Kyle legte seine rechte Hand auf ihre Wange. „Sarah ist meine Schwester!"

Jana prustete los. „Deine Schwester? Oh Gott!" Sie schlug sich die Hand auf die Stirn! „Und ich hatte geglaubt, du ..." Jana schämte sich für ihre Gedanken, für ihre Vorurteile und den Vorwurf, den sie Kyle damals im Wald gemacht hatte.

„Habe ich dir nie erzählt, dass meine Eltern die totalen Terminator-Freaks waren? Unsere Namen haben wir demnach Kyle Reese und Sarah Connor zu verdanken."

„Bitte entschuldige, Kyle!" Vor Erleichterung fiel Jana Kyle um den Hals.

„Sarah war der Grund, warum du neulich so abweisend reagiert hast? Und ich dachte, deine Bemerkung über ernsthafte Beziehungen und flüchtige Abenteuer war auf den Ehering gemünzt."

Sie löste sich aus der Umarmung und sah ihn an.

„Das war auf die Blondine bezogen, die ich habe aus deinem Haus kommen sehen. Du hast Sarah nie erwähnt."

„Nein!", sagte Kyle und er wirkte dabei traurig. „Früher waren wir uns recht nahe, aber seit meinem Unfall habe ich das Gefühl, werden wir uns immer fremder. Sarah lebt in Spanien. Sie taucht meist wie ein Komet plötzlich auf, ruft oft erst vom Flughafen an, dass sie da ist, und genauso schnell ist sie nach ein paar Tagen wieder verschwunden."

„Hast du mit ihr mal geredet, über das Sich-einander-fremd-Sein?", wollte Jana wissen.

Kyle schüttelte den Kopf. „Die Gelegenheit ergab sich bisher nicht. Sie ist im Gegensatz zu mir mehr so der Wirbelwind, die Quirlige, muss ständig unterwegs sein."

„Verstehe! Dennoch solltest du über deinen Schatten springen und mit ihr reden. Ich habe den Eindruck, eure Beziehung belastet dich sehr."

„Was ist das?", fragte Kyle mit Falten auf der Stirn.

In dem Moment nahm auch Jana das trommelnde Geräusch wahr. Sie erhob sich. „Das ist der fehlende Therapiehund gegen Milans Albträume." Sie eilte zu ihm ins Wohnzimmer. Der Junge lag aufgedeckt, die Finger in die Bettdecke gekrallt, quer auf der Couch und strampelte mit den Beinen gegen die Lehne. Seine Augen waren geschlossen, sein Mund stand wie zu einem Schrei weit offen. Jana setzte sich zu ihm, fasste ihn an der Schulter. „Das ist nur ein Traum, Milan! Wach auf!" Reflexartig schlug Milan um sich. Jana musste aufpassen, von seinen Schlägen nicht getroffen zu werden. „Ruhig, Milan!" Sie erwischte seine Handgelenke, hielt sie fest, drückte Milans Körper sanft an sich. „Alles ist gut! Hier geschieht dir nichts!" Langsam schien Milan seinen Albtraum zu verlassen. Er öffnete die Augen, benötige einen Moment, bis er im dezenten Licht der einen Lampe seine Umgebung wahrnahm. Jana streichelte seine Stirn. „Du hast nur geträumt, Milan." Er nickte und schmiegte sich an Jana an. „Du bist in Sicherheit!" Jana ahnte, dass die kommenden Nächte ohne Daisy, die ja bei ihren Welpen blieb, für Milan wenig erholsam werden würden, aber vielleicht gelang es ihr, solange sie neben ihm schlief, ihm ein wenig Geborgenheit zu vermitteln.

Vor dem Einschlafen spürte Jana ihr Lächeln. Sie lag zwischen zwei Männern, die ihr sehr viel bedeuteten. Kyle hatte eine Schwester, keine Geliebte, wie sie geglaubt hatte. Jetzt, da sie Einzelheiten seiner Vergangenheit kannte, erklärte sich sein Verhalten, und damit war er ihr spürbar vertrauter. Seit dem Gespräch mit Kyle in der Küche nahm Jana diese besondere Leichtigkeit in sich wahr. Es war nicht nur ein Gefühl von Zufriedenheit, von Glück, es fühlte sich eher wie eine sanfte Droge an, von der sie mehr, wesentlich mehr brauchte. Während Milan sich von rechts an sie heran kuschelte, war Kyle zu ihrer Linken auffallend unruhig. Er stöhnte zwischendurch auf, hatte vermutlich Beschwerden, sobald er sich auf seine lädierte Seite drehte. Mehrfach wurde sie in dieser

Nacht von Kyles hektischen Bewegungen geweckt, auch er schien Albträume zu haben. Eine sanfte Berührung genügte, um ihn zu beruhigen.

Am Samstagmorgen war Jana als Erste wach. Mit Daisy holte sie frische Brötchen und deckte den Frühstückstisch. Obwohl Kyle sich den Tag über mit der Hundefamilie und mit Milan abzulenken versuchte, war er ungewöhnlich in sich gekehrt. Nachdem Schwester Lisa die Wundauflage im Gesicht gewechselt hatte und wieder gegangen war, kündigte Jana eine kleine Unternehmung an. Milan war auf einmal sehr aufgeregt, probierte, aus Jana eine brauchbare Information zu der Überraschung herauszubekommen, was ihm allerdings nicht gelang, da sich Jana konsequent in Schweigen hüllte. Kyle hingegen begann, sich rauszureden, er wäre noch nicht fit genug und er wolle lieber zu Hause bleiben, um den beiden den Spaß nicht zu verderben. Jana überredete ihn dennoch mitzukommen und Kyles verwundertes Gesicht, als Jana dann hinter seinem Lieblingsitaliener in Hohen Neuendorf auf den übersichtlichen Parkplatz fuhr, zeigte ihr, wie gut ihr die Ablenkung gelungen war. Denn von da an schien Kyle etwas aufgeweckter.

Im Restaurant fragte Milan wiederholt nach, ob er sich wirklich irgendein Gericht von der Karte aussuchen durfte. Er war ganz aufgekratzt und gestikulierte ständig mit den Händen, um zu zeigen, wie begeistert er war. Offenbar war ihm ein Restaurantbesuch bisher vergönnt gewesen. „Wenn du was nicht kennst, frag nach, ich erkläre es dir, ja?", bot

Jana ihm an. Milan nickte grinsend und Jana wandte sich Kyle zu. „Erinnerst du dich, als du mich im März hierher ausgeführt hast?" Jana legte ihre Hand über Kyles. „Mir gefiel das Essen, das Ambiente, die Gastfreundschaft der Familie ›Da Franco‹. Hier stimmt einfach alles!"

„Danke, Jana!", flüsterte Kyle. „Mit dir verwandelt sich jede Finsternis in hoffnungsvolles Licht!"

„Kyle!", lachte Jana verlegen. „Das hast du schön gesagt! Dabei warst du es selbst, der noch vor Kurzem mir ein hoffnungsvolles Licht in mein Leben gezaubert hat." Jana beugte sich zu ihm, küsste ihn auf den Mund.

Kyle erwiderte zärtlich ihre Geste. „Du bist fantastisch!"

Jana lehnte sich lächelnd zurück. Nun stand Milan auf, stellte sich zwischen die beiden an den Tisch.

‚Kann Kyle jetzt bei uns wohnen?', fragte er Jana.

Jana strich Milan über den Rücken. „Für das Wochenende ist es in Ordnung, Milan. Aber am Montag …"

„Kann ich mich um die Welpen kümmern", fiel Kyle dazwischen. „Somit habe ich eine sinnvolle Aufgabe und versinke nicht wieder in dunkle Gedanken."

‚Warum hast du dunkle Gedanken?', wollte Milan wissen.

Jana überlegte, für Kyle zu antworten, da sie ja wusste, wie sehr ihn das Thema bewegte. Sie entschied sich jedoch, es ihm selbst zu überlassen.

„Weißt du Milan", Kyle zog ihn von der rechten

Seite auf seinen Schoß. „Ich …" Er sah hilfesuchend zu ihr hinüber.

„Milan verdient es, dass wir ehrlich zu ihm sind", fand Jana.

Kyle nickte und atmete tief. Erkennbar suchte er nach einem geeigneten Anfang. „Ich denke, das ist gerade kein guter Zeitpunkt."

„Kyle!", sagte Jana leise, aber streng.

Er senkte seinen Blick. „Ich … bei einem Autounfall …" Milan drehte sich zu ihm um, legte seine Hand auf seine Wange. „Also, bei einem Autounfall verlor ich meine Frau", flüsterte Kyle, „und mein ungeborenes Kind." Er machte eine kurze Pause. „An manchen Tagen bin ich besonders traurig."

Milan erzählte mit seinen Händen. Kyle fragendes Gesicht veranlasste Jana, seine Aussage zu übersetzen. „Milan geht es mit seiner Mama genauso. Sie fehlt ihm sehr." Jana lachte und sah zu Milan. „Das ist gut zu wissen, danke!" Sie wandte sich wieder Kyle zu. „Seitdem er bei mir wohnt, vermisst Milan seine Mutter nicht mehr ganz so doll."

Milan schmiegte seinen Kopf an Kyles Brust und Kyle umschlang den Jungen mit seinen Armen, drückte ihn sanft an sich. Für Jana sah es fast so aus, als trösteten die beiden sich gegenseitig.

„Ihr zwei", Kyle sah zu Jana, „seid das Beste, was mir seither passiert ist."

Für die kommenden Wochen blieb Kyle in Bötzow, kümmerte sich um die Welpen und um Daisy, während

Jana zur Arbeit und Milan in die Schule mussten. Für Jana war es ungemein beruhigend, zu wissen, dass nun alles geregelt war. So furchtbar Kyles Dienstunfall anfangs gewesen war, hatte es jetzt sogar etwas Gutes. Spürbar verbrachte Kyle mit Milan viel Zeit, denn Jana konnte beobachten, wie die beiden sich immer näherkamen. Nach dem Duschen ließ sich Milan am liebsten von Kyle eincremen, der ihm dabei den Rücken massierte. Milan schloss derweil genüsslich seine Augen. Sichtlich wusste er es zu schätzen, derart umsorgt zu werden. Häufig alberten sie ausgelassen herum oder spielten zusammen Schach.

Die Angelegenheit in der Schule mit den Schülern aus der sechsten Klasse zog sich mit Untersuchungen, Befragungen hin. Da keiner der Beteiligten strafmündig war, versuchte die Schulleitung mit der Schulpsychologin eine Einigung zu erzielen. Allerdings ließen sich die Eltern des geschädigten Schülers, der ja zuvor Milan auf der Jungentoilette schwer misshandelt und seiner Freiheit beraubt hatte, auf keinen Kompromiss ein.

Unterdessen wurden die Welpen immer munterer und forderten sehr viel mehr Zeit und Aufmerksamkeit als am Anfang. Trotz guter Entwicklung blieb das ehemalige Sorgenkind erkennbar der Kleinste von allen. Kyle hatte im Garten ein Freigehege gebaut, wo die Hundefamilie dann bei warmem Wetter auch gefahrlos draußen auf Entdeckungsreise gehen konnte. Sobald Milan zu Hause war, beschäftigte er sich mit den Welpen, grundsätzlich nahm er Nummer fünf als

Ersten heraus.

Kyles Beweglichkeit wurde zusehend besser. Nur die Wunde in seinem Gesicht, die zwar gut heilte und kein Pflaster mehr benötigte, war noch nicht komplett zugewachsen.

Inzwischen war es Anfang Juni, der Wurf war genau vier Wochen alt, da begrüßte Kyle Jana am Abend nicht so überschwänglich wie sonst. „Was ist passiert?", wollte sie deshalb wissen.

„Alles bestens. Milan ist mit den Hunden im Garten." Auffallend schnell wandte er sich dem Kartoffelschälen zu.

„Kyle!" Jana hielt seine Hand fest.

Er ließ das Messer sinken und sah Jana ins Gesicht. „Die Physio und der Doc setzten mich immer mehr unter Druck."

„Unter Druck? Was ist denn los?" Jana schüttelte ahnungslos den Kopf.

„Ich kann und will dich jetzt nicht hängen lassen."

„Würdest du mir bitte mal klar sagen, was los ist?", sagte Jana im strengen Ton.

„Ich soll nächste Woche zur Kur", flüsterte er. „Ich werde …"

„Kyle!", unterbrach Jana ihn. „Es geht hier um deine Gesundheit! Die steht doch über allem anderen!"

Er fasste sie an den Schultern: „Ich hatte nur gehofft, es noch herauszögern zu können, bis die Kleinen vermittelt sind. Gerade jetzt wo sie so aktiv sind."

„Das ist einerseits sehr lieb von dir, nur hättest du

längst darüber mit mir reden müssen." Sie streichelte ihm über den Oberarm.

„Ich weiß nicht, ob ich diese blöde Kur überhaupt brauche."

Jana lachte. „Die Entscheidung solltest du besser deinem Arzt überlassen."

„Jana! Ich wäre wochenlang weg." Er nahm sie in den Arm, drücke sie fest an sich. „Wie soll ich das ohne dich und Milan überstehen?"

Er sträubte sich, weil er sie nicht missen wollte. Was für eine schöne Liebeserklärung!

Im Grunde war Jana erleichtert, dass Kyle zur Kur geschickt wurde. Nicht, dass sie ihn nicht genauso vermissen würde, doch merklich hatte dieser Dienstunfall, der Angriff auf sein Leben, auch unsichtbare Spuren hinterlassen. Kyle behauptete zwar, er könne sich an den Vorfall nicht erinnern, aber Jana hatte einen anderen Eindruck. Allgemein wirkte Kyle noch ruhiger als früher, nur wenn er mit Milan zusammen war, kam er aus sich heraus. Das Auffallendste waren seine Albträume. In der ersten Nacht hatte sie seine Unruhe dem Jahrestag, dem Autounfall mit Sophie zugeordnet. Inzwischen wusste sie jedoch, dass er die Situation des Überfalls Nacht für Nacht neu erlebte. Hörbar warnte er Lena, seine Arbeitskollegin, vor Schusswaffen, zuckte heftig und wachte danach schweißgebadet auf. Natürlich wollte Kyle nie darüber reden, blockte ab, sobald Jana das Thema ansprach.

Ein paar Tage später blieb Jana, die weiterhin keine Chance hatte, Urlaub zu nehmen, also nichts anderes übrig, als sich krankschreiben zu lassen, um sich selbst um die aktiven Vierbeiner kümmern. Janas Hausarzt fand die Arbeitsunfähigkeitsbescheinigung sogar berechtigt, denn er erkannte erste Anzeichen für ein Burn-out-Syndrom.

Obwohl es Jana viel Freude bereitete, Daisy mit ihren Welpen zu beobachten, den Kleinen beim Toben, Entdecken und Spielen zuzusehen, sehnte sie den Tag herbei, wo sie in ihrem eigenen Bett im Obergeschoss schlafen konnte. Zumal in vier Wochen dann auch Kyle wieder zurückkommen sollte. Sie telefonierten jeden Abend miteinander, schrieben sich tagsüber häufig Nachrichten über das Smartphone. Aber Kyle fehlte nicht nur Jana, Milan vermisste ihn genauso.

Unterdessen hatte Kyle sich während seiner Kur um die Vermittlung neuer Hundebesitzer gekümmert. Zwei Nachbarn von Caro hatten sich Nummer zwei und vier ausgesucht, ein Arbeitskollege von Kyle Nummer eins und eine Bekannte von Lena Nummer drei. Natürlich zog Jana in Erwägung, Nummer fünf in Milans Interesse zu behalten. Daisy hätte Gesellschaft und der kleine Racker könnte von seiner Mutter lernen, was große Vorteile hätte. So beschloss Jana, das Schicksal entscheiden zu lassen, sollte es keinen Interessenten für Nummer fünf geben.

Der erste Termin mit Milan beim Psychologen brachte zunächst keine neuen Erkenntnisse, zog nur, wie zu erwarten, weitere Sitzungen für Gespräche sowie Tests nach sich, mit denen Jana eine Bestätigung für Milans Begabung erhoffte. An dem Abend erhielt Jana eine SMS-Nachricht, ein Arbeitskollege von Kyle wollte sich Nummer fünf ansehen.

‚Was hast du?', fragte Milan, als Jana nachdenklich mit ihrem Smartphone in der Hand im Flur stand.

Augenblicklich zweifelte sie, was richtig war. Deshalb hockte sie sich zu Milan. „Hier möchte sich jemand einen Welpen ansehen."

Milan schüttelte zuerst den Kopf, seine Nasenflügel bebten. Er schluckte hart, kämpfte sichtbar gegen die Tränen.

„Wir hatten darüber gesprochen, Milan! Genau aus diesem Grund solltest du ihnen keine Namen geben. Aber vielleicht kommt der Herr auch gar nicht in Frage. Sehen wir uns ihn erstmal an, in Ordnung?"

Ohne eine Antwort wandte sich Milan den im Flur spielenden Hunden zu. Nummer fünf lief Milan stets hinterher und gerade leckte er ihm die Hände ab. Milan hatte sich in seinem jungen Leben schon zu oft verabschieden müssen und so fasste Jana einen Entschluss.

Beim Abendbrot saßen die beiden auf der Terrasse, während die Hunde im abgetrennten Garten herumtobten. „Weißt du eigentlich, was heute für ein Datum ist?", begann Jana.

Milan schüttelte desinteressiert den Kopf.

„Verstehe, du schmollst mit mir!" Jana grinste.

„Heute in einem Monat hast du Geburtstag, richtig?"

Milan nickte, sah aber Jana nur kurz an.

„Was würdest du davon halten, wenn ich dir heute schon dein Geschenk überreiche?"

Er legte seine Stirn in Falten und sah Jana fragend an. Sie rief die SMS-Nachricht auf, die sie dem Welpeninteressenten geschickt hatte und reichte das Smartphone Milan. Dieser schien den kurzen Text, „leider sind die Welpen bereits alle vergeben", mehrfach lesen zu müssen, bis er ihn verstand. Er zuckte mit den Schultern, schaute Jana stirnrunzelnd an und schob das Handy zurück.

Jana lächelte. „Nummer fünf gehört dir, ich schenke sie dir zum Geburtstag", sie zog eine Grimasse, „wenn du sie haben willst."

Milan benötigte einen Moment, bis er ihre Worte realisierte. Seine Augen wurden unnatürlich groß. Er sprang auf, stellte sich vor ihr auf. ‚Wirklich? Meinst du das ernst?'

„Damit würde ich nicht spaßen, Milan." Sie fuhr ihm durchs Haar. „Dein Herz hängt doch so an der kleinen Hundedame, dass ich mich …"

Hastig umarmte Milan sie, drückte sie ganz fest an sich. Als er sich von ihr löste, eilte er zu den Hunden, nahm Nummer fünf auf den Arm und schmiegte sein Gesicht an den kleinen Hundekopf. Sofort leckte die Kleine Milan die Nase. Jana bemerkte, wie gut sich diese Entscheidung anfühlte.

‚Das muss ich Kyle schreiben!', deutete Milan, zog sein Smartphone hervor und tippte mit dem Hund auf dem Arm eine Nachricht ein, die er in ihre

Dreiergruppe schickte. So konnte Jana die Konversation verfolgen. „Kyle! Stell dir vor ich darf Cinco behalten. Ich bin so glücklich!"

„Cinco?", fragte Jana lachend, nachdem sie die Meldungen aus der Gruppe gelesen hatte.

Milan nickte. ‚Das ist fünf auf Spanisch!'

„Spanisch? Wie kommst du denn darauf?"

‚Maja, in der Schule sitzt sie neben mir, zählt manchmal auf Spanisch. Ihre Oma lebt in Barcelona', erklärte Milan mit seinen Gesten.

„In Ordnung!", amüsierte sich Jana. Dann sammle mal die Meute ein und lass uns mit Daisy die Abendrunde drehen", schlug Jana vor.

Kyle meldete sich an diesem Abend erst ungewöhnlich spät, als Milan gerade beim Zähneputzen war. „Hallo Jana! Das sind ja großartige Neuigkeiten", seine Stimme klang ein wenig fremd.

„Wie geht es dir?", wollte Jana wissen.

„Gut! Meine Rettungsaktion war demnach völlig unnütz."

„Rettungsaktion?" Jana ging mit dem Telefon am Ohr nach oben ins Bad und drückte für Milan auf ›Mithören‹.

„Na was denkst du, wer Herrn Schenk gebeten hatte, sich in meinem Namen für Nummer fünf zu interessieren? Milan hätte sie jederzeit bei mir besuchen können."

Jana lachte und sah zu Milan, der erstaunt seine Zahnbürste aus dem Mund nahm.

„Und wie hast du dir das vorgestellt, wenn du wieder arbeiten gehst?"

„Mit Caro war alles abgesprochen, sie wollte mich bei meinem Schichtwechsel unterstützen und Packo hätte sich bestimmt über Gesellschaft gefreut."

„Du bist ja einer!" Jana sah zu Milan, der mit seinen Händen gestikulierte und übersetzte seine Aussage: „Milan meint, er kann es noch gar nicht so recht glauben, dass er Cinco behalten darf."

„Drück ihn von mir, ja?", Kyle klang abermals fremd.

„Das mache ich!" Sie drückte den Knopf ›Mithören‹ und verließ das Badezimmer. „Und jetzt raus mit der Sprache, was ist los?"

„Ich vermisse euch", sagte er leise.

„Meinst du vielleicht, wir dich nicht? In acht Tagen bist du zu Hause, Kyle."

„Das ist es ja", begann er mit gedämpfter Stimme. „Die Ärzte sind sich einig, ich soll weitere ein oder zwei Wochen bleiben."

Jana spürte, wie sich ihre Stirn in Falten legte. Irgendetwas verheimlichte Kyle. „Du hast doch behauptet, dir geht es gut und du treibst schon wieder richtig Sport!"

„Angeblich wäre ich weiterhin dienstunfähig. Der Sinn dieser dämlichen Kur war ja, dass ich anschließend diensttauglich bin."

„Kyle!", seufzte Jana. „Dann müssen wir da wohl jetzt durch." Sie presste ihre Lippen zusammen, um nicht zu weinen. Derartige Worte waren für ihn in dieser Situation wenig hilfreich. „In drei Tagen, also am 30. müssen wir Abschied von unserer Rasselbande nehmen", bemühte sie das Thema zu wechseln. „Einerseits werden die Racker mir fehlen, aber anderseits sehne ich mich nach meinem beschaulichen Leben zurück", sie lachte kurz. „Die letzten Wochen haben uns so einiges abverlangt."

Hörbar blies Kyle seinen Atem aus. „Und ich war nicht da, um dich zu unterstützen!"

Jana schüttelte den Kopf. Der Themenwechsel war ordentlich danebengegangen. „Das ist doch Unsinn, Kyle! Jetzt ist es wichtig, dass du mal nur an dich denkst!"

„Ich liebe dich, Jana, und dass wird mir jeden Tag, den ich ohne dich verbringen muss, bewusster." Mit diesem Satz begann in Jana eine Idee heranzureifen.

ZURÜCK

Stolz führte Milan seine kleine hopsende Hundedame an der dunkelgrünen Leine, die Jana heute für Cinco gekauft hatte. ‚Ich finde, Daisy sieht traurig aus', zeigte Milan.

„Abschied zu nehmen, fällt auch einer Hundemutter nicht leicht. Aber ich denke, sie ist froh, dass sie wenigstens ein Kind aufwachsen sehen kann und wer weiß, ob wir den einen oder anderen hier mal beim Gassigehen treffen."

‚Es bedeutet mir viel, Cinco zu behalten.'

„Das weiß ich Milan und mir bedeutet es sehr viel, dich glücklich zu sehen." Jana lächelte, während Milan sich bemühte, dem kleinen Wirbelwind Handzeichen zu geben, damit er Sitz machte. „Hast du schon ein paar Sachen für das Wochenende herausgesucht?", wollte Jana wissen.

‚Für Cinco habe ich Handtücher, ihr Spielzeug und ihren Napf in den Flur gestellt.'

Jana lachte. „Und an dich hast wohl gar nicht gedacht?"

‚Das mache ich gleich, wenn wir nach Hause kommen', gestikulierte Milan.

„Wie besprochen hole ich dich morgen von der Schule ab. Sollte dir am Vormittag noch etwas einfallen, was du gerne mitnehmen möchtest, kannst du mir ja eine Whats App schicken, ja?"

‚Du hast Kyle bisher nichts verraten?', erkundigte sich Milan.

„Nein!" Jana grinste und freute sich unheimlich darauf ihn zu überraschen. „Wenn der Verkehr uns gnädig ist, sind wir in viereinhalb Stunden dort."

‚Darf ich Cinco von der Leine machen. Für den Anfang ist es genug, oder?'

„Es ist dein Hund, nicht meiner. Also tue, was du für richtig hältst."

‚Ich freue mich auf heute Nacht, endlich wieder mit Daisy im Bett schlafen zu können.'

„Und Cinco?", wunderte sich Jana.

‚Die beiden gehören doch zusammen!', deute Milan mit einem empörten Gesicht. Jana zweifelte, wo Milan bei zwei Hunden im Bett noch Platz finden sollte, aber das war nicht ihr Problem.

Da Jana das Autofahren mit allen Welpen bereits trainiert hatte, wusste sie, dass Cinco zum Glück nicht zu den Welpen gehörte, die sich während der Autofahrt übergeben hatten. Milan beschäftigte sich mit Cinco, die wiederholt versuchte, ihren Gurt durchzubeißen. Jana machte zwei Pausen und so erreichten sie nach guten fünf Stunden ihr Ziel: Bad Bocklet. Nachdem sie ihr kleines Appartement im Ort bezogen hatten, schrieb Jana Kyle eine Nachricht. „Hallo Kyle! Hast du gerade Zeit?"

‚Ich glaube, Cinco muss mal!', zeigte Milan.

„Nimm sie aber an die Leine, ich komme gleich nach."

„Hallo Jana!", antwortete Kyle nach einem Augenblick. „In einer halben Stunde gibt es

Abendessen. Wie war die erste Nacht wieder im eigenen Bett?"

Jana grinste. „Großartig! Vor allem sehr erholsam. Ich möchte dich um etwas bitten. Kannst du in zehn Minuten vor die Tür der Klinik gehen und ein Selfie machen? Wir tun das gleiche bei uns und dann schicken wir uns die Bilder gleichzeitig, ja? So haben wir das Gefühl ganz nah beieinander zu sein."

„So attraktiv ist mein Gesicht nicht mehr - vielleicht nehm ich einfach meine Hand!"

„Ach, Kyle!", seufzte Jana und schrieb: „Tue es für mich. BITTE! Ich liebe dich, so wie du bist, das solltest du inzwischen wissen."

„Um 17:15 Uhr also?"

„Genau!" Jana griff ihre Handtasche, schloss das Appartement hinter sich ab und eilte vor die Pension, wo Milan mit den Hunden wartete. „Wir sollten uns beeilen. Ich habe Kyle in zehn Minuten vor die Klinik gelockt." Jana konnte es kaum erwarten ihn zu sehen, ihn in die Arme zunehmen. Sie zeigte die Straße hinunter. „Wir müssen bis zur Frankenstraße und dann links herunter."

‚Du hast ihm gesagt, dass wie hier sind?', erkundigte sich Milan. Er nahm Cinco auf den Arm, weil sie unbedingt in die entgegengesetzte Richtung wollte.

„Nein!" Sie erzählte Milan, um was sie Kyle gebeten hatte.

‚Du bist ja raffiniert!'

Jana lachte. „Findest Du?"

‚Ich freue mich so auf Kyle!'

„Na glaubst du, ich nicht? Ich bin richtig nervös!"

Sechs Minuten später zitterten Jana vor Aufregung die Knie, als sie auf die Treppe zum Eingang der riesigen Klinikanlage zuging. So groß hatte sie sich das gar nicht vorgestellt. Hoffentlich benutzte Kyle den Haupteingang hier. Sie schaute sich um, wo sie sich mit Milan platzieren sollte.

‚Und wenn wir ihn verpassen?', fragte Milan und setzte Cinco an der Leine auf den Boden.

„Was hältst du davon, wenn ich oben neben der Glastür warte und du hier unten auf ihn lauerst. Wo auch immer er das Foto aufnimmt, kann sich einer von uns bemerkbar machen."

Milan nickte und Jana eilte die Stufen hinauf. Sie stellte sich etwas abseits, sodass sie den Eingang seitlich im Blickwinkel hatte, dann nahm sie ihr Handy heraus und wollte Kyle schreiben. Aber ihre Hände zitterten extrem. Ein älteres Ehepaar kam in diesem Augenblick aus der Klinik, einen Moment später eine schlanke Dame. Ein junger sportlicher Mann hastete gerade die Treppe herauf, von der Kleidung her ein Klinikangestellter. An der Drehtür rannte er beinah einen anderen Mann um. Janas Herz machte einen Satz. Es war Kyle! Sofort hatte sie Tränen in den Augen. Fast vier Wochen hatte sie ihn nicht gesehen. Seine Wunde war endlich zugeheilt, eine breite rötliche Linie erinnerte noch an den Streifschuss. Auch seine Schritte waren sicher und gleichmäßig, von Hinken keine Spur.

Jana spürte, wie ihr Herz schneller schlug. Wie sie vermutet hatte, lief er die Stufen hinunter, war dabei so sehr mit seinem Smartphone beschäftigt, dass es ihm entging, wie Jana ihm folgte. Milan, der unten im Gebüsch mit den Hunden wartete, ließ Daisys Leine einfach los. Längst hatte die Hündin Kyle wahrgenommen und sprang ihm entgegen. „Daisy?", sagte Kyle erstaunt, erst dann sah er Milan mit Cinco. „Milan?", klang er überrascht, hockte sich hin und nahm den Jungen in den Arm. Milan erwiderte die Geste, wobei er lächelnd aufsah und Jana zuzwinkerte. Kyle löste sich aus der Umarmung. „Was machst du denn hier?" Er schaute den Weg nach rechts und nach links runter.

‚Dich besuchen!', zeigte Milan.

‚Ich habe fleißig geübt. Ich hoffe in Zukunft können wir uns besser unterhalten', antwortete Kyle in Gebärdensprache. Er betrachtete Cinco, ließ sich von ihr beschnuppern. „Du bist ja mächtig gewachsen!" Er stutzte. „Wie kommst du eigentlich hier her? Ich meine - wo ist Jana?"

Janas Herzschlag verdoppelte sich mit dieser Frage. Diese Situation war so bewegend, so aufregend, dass sie nur flüstern konnte: „Hier!"

Kyle fuhr hoch, drehte sich dabei um. „Jana!" Augenblicklich umarmte er sie, drückte sie so fest an sich, dass Jana meinte, er würde sie zerdrücken. Sie erwiderte seine Umarmung, genoss diesen Moment mit jeder Faser ihres Körpers. Kyle!

Mehrfach hauchte er gerührt ihren Namen. „Ich

kann es gar nicht glauben!" Er ließ sie los, legte seine Hand auf Janas Wange und küsste sie.

„Unsere Sehnsucht nach dir war so groß", sagte Jana leise.

Abermals nahm er Jana in den Arm, danach nochmal Milan. „Dass ihr hier seid …" Seine Stimme brach. Freudentränen rannen ihm übers Gesicht.

„Lass uns ein Stück gehen, ja?", schlug Jana vor, die selbst von den Gefühlen, die sich in ihr breitmachten, überwältigt war. „Am besten wo die Hunde sich nach der Autofahrt mal austoben können."

„Einfach dort runter!", zeigte Kyle. „Bei jedem Spaziergang musste ich an Daisy und an ihre Welpen denken." Er nahm Janas Hand. Milan hüpfte vergnügt mit den Hunden voraus. „Wie geht es dir?", wollte er wissen.

„Jetzt wo ich bei dir bin, großartig! Am Montag bin ich wieder im Büro und bis zum Urlaub sind es dann nur noch vier Wochen." Sie sah ihm von der Seite ins Gesicht. „Und was ist mit dir? Abgesehen, dass du etwas schmaler geworden bist, siehst du gut erholt aus!"

Kyle lachte kurz. „Danke!" Er blieb mit ernster Miene stehen, zog Jana zu sich heran. „Dass du hergekommen bist … weiß ich sehr zu schätzen."

„Kyle!" Sie legte ihre Hand auf seine linke Wange. „Du hast uns doch auch gefehlt!"

Er beugte sich zu ihr und küsste Jana, so leidenschaftlich, dass sie meinte, der Boden unter den Füßen würde sich drehen.

Diese Überraschung hatte für Kyle größere Folgen, als er zunächst ahnte.

Am Wochenende gab es in der Kurklinik keine Anwendungen, weshalb er sich am Samstag gleich nach dem Frühstück abmeldete und erst wieder zum Schlafen in die Klinik zurückkehrte. Ebenso verbrachte er den Sonntagvormittag mit Jana, mit Milan und den Hunden, bis sie sich am Nachmittag auf den Heimweg machten. Obwohl Kyle der Abschied unglaublich schwerfiel, spürte er einen Energieschub, eine ungewohnte Leichtigkeit, die er seit Langem nicht mehr in sich wahrgenommen hatte. Durch Janas und Milans Besuch bemerkte er eine neue, kraftspendende Zuversicht, die sich wie Nahrung für seine Seele anfühlte. Milan und Jana waren ihm zutiefst ans Herz gewachsen, ja sie waren zu seiner Familien geworden. Obgleich er mit dem Jungen nicht verwandt war, fühlte er sich ihm sogar näher als zu Luke, seinem Neffen.

Janas Telefonanruf am Sonntagabend, nachdem sie gut zu Hause angekommen waren, bescherte Kyle eine ruhige Nacht. Mithilfe der Energie, die sich durch Janas Besuch bei ihm entwickelte, würde er die kommenden zwei Wochen leichter überstehen.

Sein Aufenthalt in der Reha-Klinik nahm in der Sitzung mit seiner Psychiaterin am Donnerstagnachmittag nach Janas Besuch eine unerwartete Wendung.

„Ich halte sie nach wie vor nicht für diensttauglich, Herr Rieck. Körperlich sind Sie wieder hergestellt, doch psychisch sind Sie noch nicht in der Lage den

Polizeidienst anzutreten. Ich empfehle ihnen dringend, die psychiatrische Behandlung an Ihrem Wohnort fortzuführen. Aber der Besuch am vergangenen Wochenende zeigte deutlich, wie hilfreich Ihre Lebensgefährtin für Ihre Genesung ist. Aus diesem Grund habe ich der Entlassung für morgen früh zugestimmt." Sie schob ihm seine Entlassungspapiere über den Schreibtisch.

Kyle war nach einem Freudenschrei zumute. Er durfte nach Hause! Eine Woche früher als erwartet!

„Mit Hypnose wäre Ihnen vermutlich am schnellsten geholfen, vielleicht denken sie darüber mal nach, Herr Rieck!", schloss die Psychiaterin das Gespräch und wünschte Kyle alles Gute.

Vor lauter Aufregung, wieder nach Hause zu können, Jana und Milan wiederzusehen, schlief Kyle in dieser Nacht sehr schlecht. Er hatte zwar Schlaftabletten verordnet bekommen, sträubte sich aber, diese regelmäßig zu einzunehmen, zumal er gleich nach dem Frühstück mit dem Auto losfahren und dazu wach und konzentriert sein wollte.

Nach fünf Wochen verließ er die Klinik und war überrascht, dass ihm der Abschied doch gar nicht so leicht fiel, wie er vermutet hatte. Er hatte viele nette Menschen und sich selbst besser kennengelernt. Ihm war deutlich gezeigt worden, woran er arbeiten musste, hatte erkannt, was ihm am Herzen lag, und er hatte neue Ziele ins Auge gefasst. Offenbar hatte ihn die Zeit hier mehr verändert, als er zunächst bemerkte. Ungeduldig vor Freude, diesmal Jana und Milan zu überraschen, die nichts von seiner Entlassung wussten, fuhr er vom Klinikparkplatz Richtung Innenstadt, um noch etwas zu erledigen.

Knapp vier Stunden später lenkte Kyle seinen Wagen durch Schönwalde-Glien, um unterwegs nach Bötzow in einem Blumenladen einen Strauß roter Rosen zu kaufen. Für Milan hatte er bereits im Kurort ein besonderes Geschenk gekauft. Beim Einbiegen in die Oststraße spürte er, wie sich vor Aufregung sein Herzschlag verdoppelte. Das änderte sich jedoch schlagartig, als er Janas Auto unter dem Carport vermisste. Heute war Freitag und Jana arbeitete, das hatte er in seiner Sehnsucht verdrängt. Er parkte den Wagen vor dem Grundstück und stieg aus. Daisy und Cinco empfingen ihn bellend am Zaun. Vorsichtig öffnete Kyle das Gartentor und begrüßte die beiden Hunde, ließ sich zu ihnen auf den Boden nieder. Er nahm Daisys Kopf zwischen seine Hände und sprach zu ihr: „Wer hätte damals gedacht, als du mir und Packo über den Weg gelaufen bist, dass sich mein Leben so verändern würde?" Cinco sprang an ihm hoch, während Daisy ihm freudig übers Gesicht leckte. Plötzlich legten sich schlanke Arme um seinen Hals, ein Kopf schmiegte sich an seinen Rücken. „Milan!" Kyle drehte sich um und nahm den Jungen in den Arm.

Nach einem langen Moment löste sich Milan aus der Umarmung und deutete mit den Händen: ‚Bleibst du jetzt wieder hier?'

„Ich brauche erst mal frische Sachen und muss zuerst nach Marwitz rüber."

‚Darf ich mitkommen?'

Kyle nicke: „Na klar! Weißt du, wann Jana Feierabend macht?"

Milan schüttelte den Kopf. ‚Ich glaube, sie hat ganz schön Stress!'

„Da wird in den Wochen, wo sie zu Hause war, ordentlich was liegen geblieben sein. Pass auf, wir suchen erst mal eine Vase für die Blumen, die ich im Auto habe, und stellen sie ihr ins Wohnzimmer." Kyle ging zum Auto, nahm den Blumenstrauß und ein recht großes Paket heraus. „Dann packen wir die beiden Damen ins Auto und fahren in den Schmiedeweg, in Ordnung?"

Milan hüpfte die Treppe zum Haus hoch. ‚Was ist da drin?' Er wies auf das Paket.

„Was meinst du denn?", flachste Kyle mit ernstem Gesicht.

Milan drückte ihm die Tür auf, klopfte vorsichtig auf das Geschenk.

„Ach das!" Kyle stellte es in den Flur. „Als ich das sah, hab sofort an dich gedacht."

‚Darf ich es auspacken?', fragte Milan aufgeregt.

„Na ja, das ist nicht einfach nur auspacken, da hängt schon ein bisschen mehr dran. Wollen wir das nicht besser später machen?"

‚Bitte! Bitte lass mich nachsehen?' Milan sah ihn auffordern an.

„Du magst wohl Überraschungen, was?"

Heftig nickte Milan.

„Na schön, aber ..."

Milan zerriss bereits das Papier, sein Mund öffnete sich staunend, als er das Bild von der Verpackung erkannte. ‚Für mich?'

„Vor Cinco solltest du es jedenfalls schützen", lachte Kyle.

Milan sprang ihm an den Hals, Kyle bückte sich zu ihm und Milan drückte ihn fest an sich. Als er sich löste, zeigte er: ‚Danke! Danke! Danke!'

„Wir bauen ihn nachher zusammen, ja? Außerdem sollte es draußen nicht zu windig sein, wenn man den Helikopter fliegen lässt."

Milan war ganz aus dem Häuschen. Einen ferngesteuerten Hubschrauber fand Kyle als Mitbringsel von seiner Reha zwar etwas übertrieben, aber es war so eine Freunde, Milan glücklich zu sehen. „Wie läuft es in der Schule? Hast du Ärger mit den Großen?"

Milan schüttelte den Kopf, hielt den Daumen nach oben. ‚Seit dem ich mich gegen den Sechstklässler behauptet habe, lassen mich die anderen auch in Ruhe.'

„Das höre ich gern!" Kyle grinste. „Lass uns jetzt erst mal saubere Sachen für mich holen, in Ordnung?"

„Milan? Bist du da?", wollte Jana wissen und sie klang sehr müde. Kyle hatte, nach seiner Rückkehr mit Milan aus Marwitz, seinen Wagen in der Friedhofstraße geparkt, damit Jana ihn nicht gleich sah, und saß nun schmunzelnd mit Milan im Kinderzimmer.

„Wow! Rote Rosen! Woher kommen die, Milan?", rief Jana aus dem Wohnzimmer. „Bestimmt von einem

Lieferservice", hörten sie sie unten sagen.

Milan zeigte grinsend zuerst auf Kyle dann hinter die Tür und legte seinen Finger über den Mund. Kyle fand das eigentlich unnötig, wollte aber Milan den Spaß nicht verderben. So stellte er sich hinter die Tür. Hörbar, eine der unteren Stufe knarrte, kam Jana die Treppe nach oben. „Milan?"

Schnell hatte sich der Junge auf das Bett gelegt, steckte sich die Kopfhörer in die Ohren und tat, als würde er Musik hören.

„Kein Wunder, dass du mich nicht hörst", murmelte sie, als sie in sein Zimmer trat.

Milan war ein guter Schauspieler. Er wirkte überrascht, als er aufsah, zog seine Ohrstöpsel heraus und rutschte vom Bett.

„Ist alles in Ordnung? Wie war der Mathetest?", begrüßte ihn Jana mit einem Kuss auf die Wange.

‚Einfach!' Er tat erschrocken, warf die Hand auf den Mund.

„Was hast du?", fragte Jana.

‚Ich hab den Einkauf vergessen', deutete Milan.

„Nicht so schlimm! Dann fahre ich noch mal los. Sag mal, woher kommen die wunderschönen Rosen?"

Milan legte beide Hände auf den Mund, weitete dabei seine Augen. Langsam und so leise wie nur möglich kam Kyle hinter der Tür hervor, pirschte sich an Janas Rücken heran.

„Milan? Wie soll ich das jetzt verstehen?", forderte Jana eine Antwort.

„Gefallen sie dir?", flüsterte Kyle ihr zu.

Hörbar atmete Jana ein, drehte sich zu ihm um. „Kyle!", fiel sie ihm um den Hals.

„Ich wollte mich für Eure Überraschung vom letzten Freitag revanchieren." Was für ein gutes Gefühl, sie in den Armen zu halten, und sie roch so wunderbar nach ihrem Rosenparfum - und nach „seiner" Jana eben. Mit einem tiefen bewussten Atemzug nahm er alles in sich auf.

„... wie kommst du denn hierher?", rief sie erstaunt aus. „Wie schön, dass du da bist! Ist deine Kur beendet?", fragte sie mit belegter Stimme und drückte ihn fest an sich.

„Jana", seufzte er, „ich bin zurück!", erwiderte er die Umarmung, aus der sie sich langsam löste.

„Dann sind die Rosen von dir?"

Kyle nickte. „Milan hat den Einkauf nicht vergessen. Ich habe bei ›Da Franco‹ einen Tisch für uns bestellt! Mir ist heute nach Feiern zumute."

Jana sah wirklich sehr müde aus, trotzdem lächelte sie. „Da bin ich natürlich dabei!" Sie warf einen skeptischen Blick zu Cinco. „Das wird ihr erster Restaurantbesuch!"

„Wir könnten dort vorher am Golf Platz übers ›Stolper Feld‹ laufen, so können sich die Hunde noch austoben."

Jana fiel ihm noch mal um den Hals. „Ist ein gutes Gefühl, dich zurückzuhaben."

„Milan meint, du hast Stress im Dienst?", begann Kyle das Gespräch beim Spaziergang. Daisy und Cinco rannten dem Ball hinterher, den Milan über das Feld warf.

Sie seufzte. „Normalerweise arbeite ich für meine kranken Kollegen mit, übernehme die dringenden Fälle, aber während meiner Abwesenheit hat sich niemand um meine Vorfälle gekümmert. Es ist unglaublich viel liegen geblieben und im Augenblick kommt ständig Neues dazu, dass ich mich wirklich überfordert fühle."

Kyle legte schützend seinen Arm um ihre Schultern. „Das klingt nicht gut!"

Milan ging ein Stück hinter ihnen. Daisy jagte dem Tennisball nach und Cinco biss in die Leine, die aus Milans Hand herunterhing.

„Und da ist dieser eine alte Fall." Jana umfasste Kyle an der Taille. „Die Mutter ist gerade wegen Kindesmisshandlung aus dem Gefängnis freigekommen und fordert nun das Sorgerecht für ihren Sohn zurück."

Kyle versuchte zu lachen. „Was du ja nicht zulassen wirst, oder?", vermutete Kyle.

„Dafür ist das Familiengericht zuständig. Die Mutter hat einen Entzug gemacht, und nun bereut sie alles, was sie ihrem Kind angetan hat."

Kyle sah zur Seite. Milan lief ein paar Meter neben ihnen über die Wiese, beschäftigte sich mit den Hunden.

„Du meinst, das könnte mit Milans Vater genauso passieren?", fragte er leise.

Jana nickte. „Wenn man nur vorher wüsste, wer wirklich eine zweite Chance verdient hat und wer sie missbraucht."

Kyle schüttelte den Kopf. Die Möglichkeit, dass Milans Vater eines Tages seinen Sohn zurückfordern würde, war für Kyle unvorstellbar, zumal er Milan sehr in sein Herz geschlossen hatte.

„Und nun zu dir! Du gehst am Montag wieder arbeiten?", wollte Jana wissen.

„Nein!" Kyle wusste, dass er nun mit der Wahrheit herausrücken musste. „Die Entlassung aus der Kurklinik habe ich dir zu verdanken. Die Psychiaterin hatte ein Einsehen, als sie bemerkte, wie gut mir Euer Besuch getan hatte. Sie hat mir empfohlen, eine Hypnose-Therapie zu machen."

„Sind deine Albträume schlimmer geworden?"

Diese direkte Frage irritierte ihn. Er nahm einen tiefen Atemzug, bemühte sich, das Gelernte aus den Sitzungen umzusetzen. „Ja!" Dieses kleine Wörtchen zu sagen, war ihm unglaublich schwergefallen, aber er hatte es über die Lippen gebracht. „Körperlich bin ich diensttauglich, nur aus psychologischer Sicht nicht."

„Das war also der Grund für die Kurverlängerung gewesen!"

Kyle nickte, war erleichtert, dass Jana Bescheid wusste.

„Und wie fühlst sich diese Tatsache für dich an?" Jana blieb vor ihm stehen, legte ihre Hand sanft auf seine linke Wange. „Ich liebe dich, Kyle, und ich wünsche mir, dass du mich auch an deinen Problemen teilhaben lässt."

Diese Liebeserklärung bedurfte nur einer Antwort. Kyle beugte sich zu ihr und küsste Jana. Während er an sich zweifelte, stand sie hundertprozentig zu ihm, sogar jetzt, wo ihn diese hässlich breite Narbe entstellte. Natürlich war er dankbar, dass er diesen Überfall überlebt hatte, aber dieses Mal in seinem Gesicht kratzte gewaltig an seinem Selbstwertgefühl.

Seit seiner Rückkehr spürte Kyle, wie er sein seelisches Gleichgewicht allmählich wiederfand. Früh, wenn Milan zur Schule und Jana ins Büro fuhren, joggte er einige Kilometer mit den Hunden, was ihm spürbar guttat. Schließlich wollte er schnellstmöglich arbeiten gehen. Sein behandelnder Psychiater in Oranienburg dagegen sah seinen Patienten frühestens Anfang September wieder diensttauglich. Obendrein war er kein Befürworter von Hypnose, empfahl gegen die anhaltenden Albträume, lieber Schlafmittel zu nehmen. Kyle versuchte, aus der weiteren Krankschreibung das Beste zu machen. So bekam er dadurch die Chance, Ende Juli mit Milan und Jana zusammen in den Urlaub zu fahren.

Vormittags half Kyle häufig Caro im Garten, was Daisy und Cinco die Möglichkeit gab, mit Packo zu toben. Sobald Milan aus der Schule kam, bemühte sich Kyle, für ihn da zu sein, ließ sich dann von Milan seinen Schulalltag erzählen, um dabei Gebärdensprache zu üben. Natürlich wurde zwischendurch herumgealbert und gelacht. Milan konnte herzhaft lachen. Seine Miene, wie er sich den Bauch hielt, wie er nach Atem rang, zeigte deutlich sein Lachen, wenn es auch vollkommen lautlos war.

Obwohl Kyle seinen Geburtstag am 17. Juli nicht groß feiern wollte, arrangierten Caro und Jana heimlich ein kleines Grillfest auf dem Hof der Familie Hagemann. Einige Nachbarn, zu denen Kyle netten Kontakt pflegte, sowie Lena und ein paar andere Arbeitskollegen hatte Caro eingeladen. Sichtlich genoss Kyle diese Überraschung.

Im Gegenzug - und das war gar nicht so einfach, denn am 21. Juli hatten die Ferien begonnen - organisierte Kyle für Milan zu dessen Geburtstag am 27. Juli eine spannende Schatzsuche durch den Wald mit anschließendem Räuberschmaus in Janas Garten. Cinco war mit ihren süßen 12 Wochen und ihrer ausgeprägten Verspieltheit die größte Attraktion bei Milans Mitschülern. Besonders auffallend war Milans Klassenkameradin Maja, sie schien nicht nur an Cinco interessiert zu sein. Sie zwinkerte Milan häufig zu und kannte darüber hinaus zahlreiche Gebärden, die sie für die anderen zu übersetzen wusste.

Beim Aufräumen am nächsten Tag fiel Kyle ein ungeöffneter Brief auf Milans Geburtstagstisch auf. Er war zwar an Milan gerichtet, aber statt Janas Adresse stand eine Anschrift in Friedrichsthal, vermutlich vom Onkel, auf dem Umschlag. Der Absender war ein Herr Uwe Jansen aus der Justizvollzugsanstalt Neuruppin-Wulkow. Es lag nahe, dass dies Milans Vater war, der offenbar keine Kenntnis von Milans neuem Umfeld hatte. Augenblicklich dachte Kyle an Janas Fall von Kindesmisshandlung, bei dem die Mutter das

Sorgerecht für ihr Kind zurückforderte. Diese Überlegung, dass Milan eines Tages zu seinem Vater zurück musste, und womöglich erneut misshandelt werden könnte, obendrein aus Kyles Leben verschwinden würde, verursachte heftiges Unwohlsein in ihm. Er fragte sich, wie Milan selbst dazu stand und ob er möglicherweise bereit war, seinem leiblichen Vater eine zweite Chance zugeben. Kyle wollte mit ihm darüber unbedingt reden, allein schon um im Notfall für den Jungen zu kämpfen.

Strahlend kam Milan am Donnerstag von einem Treffen mit ein paar Schulkameraden nach Hause. ‚Heute gab es nur ein Thema!', gestikulierte Milan.

„Und welches?", erkundigte sich Kyle.

‚Meine Geburtstagsparty! Alle fanden die Schatzsuche absolut cool!'

„Tatsächlich?", grinste Kyle über seinen Erfolg. „Und hat es dir auch gefallen?"

‚Natürlich! Derartiges hat noch niemand für mich gemacht!' Milan streckte ihm seine Arme entgegen. Kyle beugte sich zu ihm hinunter. ‚Danke!', deutete Milan, nachdem er sich aus der Umarmung gelöst hatte.

„Wer sagt denn, dass ich etwas damit zu tun hatte?" Kyle bemühte sich um eine erste Miene.

‚Mich kannst du nicht täuschen! An jeder Kreuzung hast du dich verraten, hast dich meist mit dem Rücken vor die richtige Richtung gestellt. Jana kannte die Strecke jedenfalls nicht.'

„Na schön!", gab sich Kyle geschlagen. Milan war ein aufmerksamer Beobachter. Ihm konnte man nichts vormachen. „Aber ich gestehe, es hat mir auch großen Spaß gemacht!" Kyle nahm den verschlossenen Umschlag vom Geburtstagstisch in die Rechte. „Hier ist noch ein ungeöffneter Brief!"

Milan riss den Briefumschlag Kyle aus der Hand und rannte damit nach oben in sein Zimmer. Kyle überlegte, ob Milan die Post absichtlich ignoriert hatte oder ob er in dem Trubel gestern einfach nur untergegangen war. Einen Moment wartet Kyle, ehe er ihm folgte. Milans Zimmertür, die sonst immer weit offen stand, war rangelehnt. „Milan?", erkundigen sich Kyle und schob die Tür ein Stück auf.

Auf dem Boden, vor einem Schuhkarton, saß Milan. Er schmiegte sein Gesicht auf eine hellgelbe Sweatjacke, die er innig an sich drückte. Gleichmäßig wiegte er seinen Oberkörper hin und her. Kyle fragte sich, ob Milans auffälliges Benehmen mit dem Brief zu tun hatte. Aufgrund seiner eigenen psychiatrischen Behandlung hatte Kyle während der Kur etliches über die menschliche Psyche, und damit auch viel über sich selbst erfahren. Er war, wie in dieser Situation, manchem Verhalten gegenüber sensibler geworden. „Hey!", sagte er deshalb leise, und setzte sich hinter Milan. Vorsichtig berührte er Milan am Arm, um zu sehen, wie er reagierte. Unbeeindruckt schaukelte Milan weiter seinen Oberkörper hin und her. Kyle versuchte, sich dem Rhythmus anzupassen, legte dann seine Arme um Milans Körper. Er wusste, dass es manchmal einfach sinnvoller war, für den anderen nur da zu sein, ohne groß zu reden.

Von durchaus verständlichen Ausnahmen wie diesen abgesehen, war Milan für das, was er in seinem jungen Leben erlebt hatte, ein fast normales Kind. Kyle beschloss das Thema ›Vater‹ zunächst mit Jana zu besprechen, wenn sie nach Hause kam.

Am Abend stand Jana vor ihrem Kleiderschrank, um ihren Koffer zu packen. „Milan ist schon ganz aufgeregt. Er freut sich sehr auf den Urlaub."

„Da ist er nicht der Einzige!", grinste Kyle, umschlang Jana von hinten um die Taille. „Und du hast ihn von uns am nötigsten!"

Jana drehte sich zu ihm um. „Und du meinst wirklich, du schaffst morgen alles? Ich meine, wir könnten auch erst am Samstag losfahren."

„Mach dir nicht so viele Gedanken, ich habe doch deine Checkliste. So können wir bereits morgen Abend unseren ersten Spaziergang am Strand machen."

„Das ist ein überzeugendes Argument!" Jana legte ihre Wäsche in den Koffer.

Kyle machte die Schlafzimmertür zu. „Ich habe heute noch einen ungeöffneten Umschlag auf Milans Geburtstagstisch gefunden."

„Klingt nach dem Brief von seinem Vater! Er wollte ihn nicht aufmachen."

„Uwe Jansen?", versicherte sich Kyle.

Jana seufzte tief. „Ich wünsche mir so sehr, dass er Milan in meiner Obhut lässt, wenn er in zwei Jahren wieder auf freiem Fuß ist."

„Kennst du Milans Gefühle seinem Vater

gegenüber? Ich meine, verachtet er ihn oder würde er ihm verzeihen?"

Jana sah Kyle ins Gesicht. „Genau weiß ich es natürlich nicht, ich habe da nur meine Vermutung. Allein bei dem Wort ›Vater‹ hält sich Milan jedes Mal die Ohren zu und schüttelt heftig den Kopf. Ich habe es inzwischen aufgegeben, dieses Thema anzusprechen."

Kyle nickte. „Und wenn er eines Tages zu ihm zurück muss?"

„Ich wünsche mir, dass dieser Tag nicht kommen möge. Bisher schiebe ich diesen Gedanken ganz weit von mir."

FERIEN

Am nächsten Nachmittag kam Jana sichtlich geschafft nach Hause. Sie parkte ihr Auto unter dem Carport, machte sich kurz frisch, während Kyle die letzten Kleinigkeiten im Wagen verstaute. Zusammen mit Milan hatte er einen langen Hundespaziergang gemacht, damit Daisy und Cinco sich vor der Fahrt noch mal austoben konnten. Seinen SUV hatte er bereits mit dem Gepäck beladen und im Haus soweit alles aufgeräumt, Fenster und Türen gut verschlossen. Die Nachbarin war mit Blumengießen und Post herausnehmen beauftragt - und so stand dem ersehnten Urlaub nichts mehr im Wege.

Mit äußersten gemischten Gefühlen fuhr Kyle aus Bötzow los, nun das erste Mal nach langer Zeit wieder in seine alte Heimat. Es kam ihm sehr entgegen, dass Jana offenbar recht fertig war und die Augen schloss, kaum dass er auf die Autobahn gefahren war. Milan hörte über seine Kopfhörer ein Hörbuch, welches er zum Geburtstag geschenkt bekommen hatte, und kraulte zu beiden Seiten die Hunde, die angeschnallt auf dem Rücksitz halb auf seinem Schoß hingen. Während Kyle den Verkehr beobachtete, wesentlich öfter als vor dem Unfall in den Rückspiegel schaute, stiegen die Erinnerungen an Sophie in ihm auf. Seit über acht Monaten war er nicht mehr in seiner Heimat gewesen und jetzt überkam ihn die Angst, dass er mit den Eindrücken, die ihn dort überkommen konnten, nicht umzugehen wusste.

„Es liegt an Ihnen, Herr Rieck, ob sie der Vergangenheit weiter nachtrauern oder die Gegenwart akzeptieren, wie sie ist", hatte die Therapeutin während der Kur zu ihm gesagt.

Die Begegnung seinerzeit mit Milan auf der Autobahnbrücke, am gleichen Abend das Zusammentreffen mit Daisy, dann das Wiedersehen vor dem Supermarkt konnte doch alles kein Zufall sein. Und schon gar nicht, dass Jana bereits im Januar eine Ferienwohnung an der Ostsee gebucht hatte, in der drei Personen genügend Platz hatten, obwohl sie zu jener Zeit natürlich nur Milan und Daisy eingeplant hatte. Je länger Kyle darüber nachdachte, wie sich sein Leben in den letzten Monaten entwickelt hatte, desto mehr schienen ihm die Umstände wie ein unmissverständlicher Wink des Schicksals. Selbst die Prügelattacke auf Milan, ja sogar seine Schussverletzungen, hatten – so schlimm das auch gewesen war - Jana und ihn näher zusammengebracht. Viel näher, als er für möglich gehalten hatte. Die Ereignisse, die anfangs wie Katastrophen den Alltag erschütterten, waren letztlich für ihn der Weg zum Glück, zu seiner neuen kleinen Familie.

Milans erstauntes Gesicht, als sie am Abend die ebenerdige Ferienwohnung nahe dem Hundestrand bezogen, sprach für sich. Aufgeregt begann er sofort mit Daisy und Cinco die großzügigen Räume, dann den Garten zu erkunden. Da die Grünfläche zur Nachbarwohnung durch keinen Zaun getrennt war, rannten plötzlich drei Hunde ins Wohnzimmer. Der Nachbarhund, ein hübscher Boxerrüde, war sichtlich von den Hundedamen angetan. Das ältere Ehepaar von nebenan und Besitzer des Rüden, luden daraufhin die Neuankömmlinge nach dem ersehnten Strandspaziergang und einem Abendessen zu einem Gläschen Wein ein. Wie sich herausstellte, war Herr Dietrich Polizeibeamter im Ruhestand, womit die Männer natürlich auf der Stelle Gesprächsstoff hatten.

Am nächsten Morgen konnte es Milan kaum abwarten, ans Meer zu gehen. Ausgelassen tobte er an dem noch menschenleeren Strand mit seinen pelzigen Freundinnen herum, während Jana und Kyle im Sand saßen.

„Kyle?", Jana fasste nach seiner Hand. „Ich ..." Sie schluckte und schien die passenden Worte zu suchen. „Ich mache mir Sorgen um dich!"

Lächelnd legte er seinen Arm um ihre Schultern, zog sie dicht zu sich heran. „Mir geht es gut! Entspann jetzt mal!"

„Nein!" Sie befreite sich aus seiner Umarmung. „Kyle, bitte! Ich sehe mir das schon zu lange mit an."

„Was denn?", lachte Kyle, ahnte jedoch, worauf Jana anspielte.

„Du schläfst kaum noch und wenn, bist so extrem unruhig ..." Dieses Thema war ihm zu unangenehm, deshalb wollte er aufstehen. Aber Jana fasste sein Handgelenk. „Ich liebe dich, Kyle, und ich möchte gern etwas versuchen." Ihr Griff wurde fester. „Hör mir bitte zu. Gestern sind wir an einer Hypnose-Praxis vorbeigekommen."

Sofort dachte Kyle an seine Psychiaterin von der Kur, die ihm genau das empfohlen hatte. „Ich betreue zur Zeit zwei schwer traumatisierte Kinder, die damit beachtliche Fortschritte machen. Bitte, Kyle! Lass es dir mal durch den Kopf gehen."

Plötzlich landete der Ball vom Beachball Set neben Kyle im Sand. Milan stand erwartungsvoll mit den beiden Holzschlägern am Wasser und winkte ihn zu sich. „Einen Augenblick! Ich komme gleich", rief Kyle und wandte sich an Jana. „Es tut mir sehr leid, wenn ich deine Nachtruhe störe." Kaum hatte er die Worte ausgesprochen, rügte er sich für die plumpe Antwort.

„Darum geht es gar nicht!", sagte Jana energisch. „Dieses Ereignis mit dem Überfall nagt gewaltig an deiner Seele und beginnt dich zu verändern."

„Das ist albern. Du bildest dir das ein. Mir geht es gut." Er befreite sich gereizt aus ihrem Griff und eilte mit dem Ball zu Milan, mit dem er eine Weile spielte. Cinco rannte dem Ball ständig hinterher, erwischte ihn aber nur, wenn einer daneben schlug. Währenddessen lag Jana mit einem Buch auf der Decke, schaute ab und zu auf. Jana! Sie gab ihm so viel Kraft! Sie war seine strahlende Sonne und verdiente sein blödes Verhalten nicht! Er musste sich bei ihr entschuldigen.

‚Pause!', deutete Milan. ‚Cinco braucht Wasser.'

„Wir sollten ebenfalls was trinken!" Kyle lief mit Milan zu Jana. Die Hunde sprangen voraus, tobten über die Stranddecke und über Jana hinweg, die lachend aufsprang.

„Na? Habt ihr genug?", fragte sie, als wäre nichts vorgefallen.

Milan holte Wasser und Napf hervor, während Kyle Jana in den Arm nahm. „Es tut mir leid!", flüsterte er.

„Ich weiß, dass es für dich schwierig ist." Sie löste sich aus der Umarmung, ergriff seine Hände, die mal wieder zitterten.
Vermutlich war es längst jedem aufgefallen, nur er glaubte, niemand würde es bemerken.

„Es hilft aber nicht, die Symptome für die posttraumatische Belastungsstörung einfach zu ignorieren. Stoß mich nicht von dir, Kyle! Lass mich helfen!"

„Ja!", flüsterte er mit heiserer Stimme, denn das Thema war ihm unangenehm. „Gleich Montag rufe ich an, in Ordnung?"

„Ich liebe dich!", sagte sie leise und lächelte. „Ich bin für dich da!"

Tatsächlich gelang es Kyle, über seinen Schatten zu springen. Während der drei Wochen, die sie auf der Insel Poel in Mecklenburg-Vorpommern verbrachten, nahm er an zwei Hypnosesitzungen teil. Bereits nach der ersten ließ seine innere Unruhe nach, das Zittern ging zurück, vor allem aber fand er erholsamen Schlaf, weitgehend ohne diesen wiederkehrenden Albtraum. Damit war dieser Urlaub wertvoller, als Kyle sich hatte träumen lassen.

Ganz besonders Milan genoss die Tage an der See,

liebte es, am Strand mit ihm Sandburgen zu bauen oder mit den Hunden im Wasser herumzutoben und zu schwimmen. Die Ausflüge nach Lübeck, Wismar sowie nach Stralsund machten den Strandurlaub perfekt. Der Besuch im Meereskundemuseum war für Milan vermutlich der Höhepunkt, denn er schwärmte noch wochenlang von dem 15 Meter langen Skelett des Finnwals, welches im Chor der Katharinenhalle hing.

Während Jana am 22. August wieder arbeiten musste, hatte Milan eine weitere Woche Schulferien. Kyle wechselte seinen Psychiater, suchte sich eine Ärztin, die für Hypnose aufgeschlossen war, um Ende September ebenfalls seinen Dienst endlich aufnehmen zu können.

Der erste Tag auf der Autobahn fühlte sich für Kyle noch fremd an. Bereits nach drei Tagen hatte er dieses Gefühl aber vollständig überwunden. Sogar Situationen, die dem einschneidenden Erlebnis bei dem Überfall vom 29. April glichen, machten ihm nichts aus. Seine Albträume, das Zittern, seine Unruhe gehörten der Vergangenheit an. Und den Anstoß, sein Leben selbst wieder in den Griff zu bekommen, hatte er Jana zu verdanken. Ein Grund mehr, Jana zu fragen, ob sie ihn heiratet. Vermutlich wäre damit einiges einfacher, denn als Ehepaar konnten sie vielleicht Milan adoptieren, vorausgesetzt der Vater gab dazu sein Einverständnis. Allerdings war da noch eine kleine Hürde. Irgendwo in seinem Inneren stäubte er sich, diesen für ihn wichtigen Schritt zu machen. Er würde sich gegenüber Sophie wie ein Verräter fühlen.

Andererseits hörte er förmliche ihre Worte: „Lass endlich los, Kyle!"

Am 14. Oktober, es war Freitag und der letzte Schultag vor den Herbstferien, fuhr Kyle von seinem Frühdienst nach Bötzow. Daisy und Cinco begrüßten ihn ungeduldig an der Haustür. „Na ihr beiden? War Milan schon mit euch draußen?" Kyle stutzte, denn wäre Milan zu Hause, wären die beiden bei ihm im Kinderzimmer. „Milan?", rief er laut. Augenblicklich überkam ihm ein merkwürdiges Gefühl, so als sei etwas nicht in Ordnung. Nachdem er das Haus nach Milan durchsuchte hatte, versuchte er, den Jungen auf dem Handy zu erreichen. „Dieser Anschluss ist vorübergehend nicht erreichbar", kam die Ansage. War der Akku vielleicht leer? Kyle nahm die Hunde und ging erst mal mit ihnen vor die Tür. Er überlegte, was er tun sollte. Ob Jana eventuelle mehr wusste? Er rief sie an. „Hallo Jana! Hat sich Milan bei dir gemeldet?"

Hörbar atmete sie ein. „Nein! Was ist denn los? Er hatte heute nur drei Stunden."

Kyle sah zum Haus zurück in der Hoffnung, Milan zu sehen. „Ich bin mit Daisy und Cinco vor der Tür. Es sieht nicht so aus, als wäre Milan nach der Schule hier gewesen. Aber er müsste ja längst hier sein. Könnte er womöglich bei Maja sein?"

Er hörte Jana schlucken. „Hast du ihn schon angerufen?"

„Sein Handy ist nicht erreichbar."

„Oh nein!"

„Ich fahre erst mal in die Schule, hoffentlich finde ich da noch jemand." Kyles ungutes Gefühl verstärkte sich.

„Gut! Ich versuche, seine Klassenlehrerin und dann Majas Mutter anzurufen", beendete Jana aufgeregt das Gespräch.

Zum Glück traf Kyle in der Schule den Hausmeister sowie die Putzkolonne an, die gerade dabei waren Feierabend zu machen. Milan war niemandem aufgefallen. Kyles Smartphone kündigte Jana als Anrufer an. „Hattest du Erfolg?", wollte Kyle wissen.

„Die Lehrerin meint, er habe mit den anderen die Schule verlassen, dass weiß sie genau, weil Milan ihr zugewunken hat. Und bei Maja ist er auch nicht."

„Im Schulgebäude ist nur noch der Hausmeister!" Kyle bemerkte, wie die Sorge um Milan ihm ein heftiges Unwohlsein in der Magengegend verursachte. „Laut der Ortung seines Handys, kam das letzte Signal von der Marwitzer Straße nahe dem Krankenhaus. Ich fahre die Strecke ab. Vielleicht können Daisy und Cinco seine Spur aufnehmen."

„Hast du sie dabei?", fragte Jana mit zitternder Stimme.

„Ja, und Caro wollte Luke mit Packo nach Bötzow schicken, damit jemand zu Hause erreichbar ist, sollte sich Milan melden."

„Ich mache mich auf den Weg."

„Fahre vorsichtig, Jana", sorgte sich Kyle. Er hörte, wie aufgewühlt sie war.

„Mache ich."

Noch während Kyle mit den beiden Hunden die Marwitzer Straße um das Krankenhaus zu Fuß absuchte, meldete er Milan bei der Polizei als vermisst. Jede Hilfe, die er bei der Suche bekommen konnte, musste er nutzen, denn jede Minute war in einer Situation wie dieser kostbar.

Irgendwann rief ihn Jana an. „Ich bin zu Hause, habe Luke abgelöst." Ihre Stimme zitterte hörbar.

„In Ordnung! Ich habe bei der Polizei eine Vermisstenanzeige aufgegeben. Sie benötigen ein Foto von Milan."

„Vermisstenanzeige?", wiederholte Jana.

„Vielleicht kannst du mit Maja mal sprechen, ob ihr heute etwas aufgefallen ist." Plötzlich bellte Cinco und schien unter einem Busch einen Gegenstand gefunden zu haben. „Ruf mich dann bitte wieder an, ja?"

„Mach ich", sagte sie leise.

Kyle eilte zu Cinco und hob ein Handy auf. Ihm stockte der Atem, es war sein altes, welches er Milan geschenkt hat. Der Akku war entfernt worden. „Milan!", glitt es ihm entsetzt über die Lippen. Er würde sein Handy nicht einfach wegwerfen! Jemand hatte den Jungen mitgenommen! Kyle spürte, wie seine Knie weich wurden. Seine Hände zitterten, als er die Wahlwiederholung der Polizei auf seinem Smartphone drückte. Er hatte schon öfter bei der Suche nach vermissten Kindern geholfen, nun selbst hier auf die Polizei warten zu müssen, fühlte wirklich schlimm an.

Kurz darauf meldetet sich Jana erneut bei ihm.

„Maja sagt, dass sie in den letzten Wochen Milan mehrmals beobachtet hat, wie er in den Marderweg gefahren ist. Er habe dort nur einen Moment vor dem Haus angehalten und sei dann zur Marwitzer Straße weiter. Aber heute sei er wohl gleich Richtung Bötzow gefahren."

„Jana?" Er bemühte sich an dem wachsenden Kloß in seinem Hals vorbeizusprechen. „Cinco hat sein Handy gefunden."

„Nein!", hauchte Jana.

„Ich warte jetzt auf die Spurensicherung. Sie bringen Suchhunde mit."

„Bitte, Kyle, sag, dass ihm nichts zugestoßen ist", flehte Jana.

„Jana!" Kyle schloss für einen Augenblick die Augen. „Jemand hat den Akku entfernt, vermutlich damit man das Handy nicht orten kann." Kyle hörte sie weinen und kündigte an: „Sobald ich hier weg kann, werde ich zum Marderweg fahren, in Ordnung?" In diesem Atemzug wünschte sich Kyle, die Zeit zurückdrehen zu können. Vor seinem geistigen Auge tauchte Milan auf der Autobahnbrücke auf, die Begegnung mit Jana im Wald, Milans überraschender Besuch in Marwitz, sein Lachen, die Tage am Meer zogen wie eine Diashow an ihm vorbei. Hatte der Lütte, nach alldem, was er hinter sich hatte, nicht endlich ein unbekümmertes Leben verdient?

Jana zitterte am ganzen Körper. Kaum dass sie sich beruhigt hatte, überfiel sie der nächste Weinkrampf. Sie saßen zu Hause und warteten sehnsüchtig auf gute Nachrichten. Kyle hielt sie fest in seinen Armen, das Einzige, was er im Moment noch für sie tun konnte. Bis zum späten Nachmittag hatte er in der Marwitzer Straße Passanten und im Marderweg Nachbarn befragt, hatte den Wald um die Fundstelle, die Strecke nach Bötzow abgesucht, ohne jeden Erfolg. Jana hatte den Onkel in Friedrichsthal, die Klinik, wo Milan mehrfach behandelt worden war und Schulfreunde angerufen. Doch niemand hatte den Jungen gesehen.

Gegen 22:30 Uhr erhielt dann Kyle einen Anruf der Polizei. Er drückte auf ›Mithören‹, damit Jana ebenfalls die Neuigkeiten mitbekam. Die Suchhunde hatten nahe der Albert-Schweizer-Oberschule, nur 700 Meter vom Marderweg entfernt, Milans Schultasche und ein Stück weiter sein demoliertes Fahrrad gefunden. Kyle wusste, dass mit diesem Fund die Chancen, Milan lebend wiederzusehen, schwindend gering waren. Jana brach nach dieser Nachricht erneut in Tränen aus. Bestimmt war ihr genauso klar, was das bedeuten konnte.

Am 15. Oktober den Samstagmorgen, keiner der beiden hatte schlafen können, klingelte Janas Handy. „Graf?" Sie sah Kyle erschrocken an. „Ja, Frau Schmidt!" Jana drückte die Mithörtaste, sodass Kyle das Gespräch mitverfolgen konnte. „… gestern unterwegs und habe erst spät am Abend von Milans Verschwinden erfahren." Die Stimme der Frau wurde leiser, „… vielleicht ist er ja beim Jansen."

Jana sah Kyle fragend an. „Wie meinen sie das Frau

Schmidt?"

„Seit Mittwoch ist er wieder zu Hause."

Mit diesem Satz sank Janas Unterkiefer nach unten. „Wie bitte?"

„Im Gegensatz zu früher ist er unglaublich freundlich und räumt seinen ganzen Dreck zusammen. Da steht nun schon der achte gelbe Sack vor der Tür und der Müll wird doch erst Freitag abgeholt. Na ja, womöglich ist der Junge ja bei ihm."

Jana schluckte. „Danke! – Danke, Frau Schmidt!" Sie beendete das Gespräch. Mit Tränen in den Augen warf sie sich die Hand über den Mund. „Milan!"

Kyle kämpfte selbst mit den Tränen. „Der Brief zu seinem Geburtstag!", kam ihm in den Sinn. Er eilte nach oben ins Kinderzimmer und suchte nach dem Schuhkarton, vor dem Milan neulich so verstört gesessen hatte. Der Karton stand im Kleiderschrank, unter den Jacken. Kyle zog den Schuhkarton hervor und schob den Deckel zur Seite. Jana war ihm gefolgt und setzte sich zu ihm auf den Boden. Zahlreiche Briefumschläge reihten sich darin dicht beieinander, alle von Milans Vater und alle waren ungeöffnet. „Das spricht ja wohl für sich!" Kyle nahm den letzten Umschlag in die Hand, sah Jana fragend an. „Darf ich?"

Jana wischte sich die Tränen aus dem Gesicht, schluckte hart, dann nickte sie.

Nacheinander las Kyle all die anderen Briefe vor und musste feststellen, dass er von dem Vater ein vollkommen falsches Bild hatte. Jede Nachricht begann mit ›verzeih mir, Milan‹ und endete mit ›du bist das Wertvollste, was ich habe‹. In dem Geburtstagsbrief hatte der Vater seinen Entlassungstermin am 12. Oktober angekündigt. Er versprach Milan, das Haus in Ordnung zu bringen, von nun an gut für ihn zu sorgen, keinen Alkohol mehr anzurühren. „Das klingt nicht nach einem Vater, der sein Kind gewaltsam entführen würde", gestand Kyle.

„Aber sein Fahrrad, sein Handy, seine Schultasche - alles in der Nähe vom Marderweg", schniefte Jana, „obendrein zwei Tage nach der Haftentlassung! Das ist doch kein Zufall! Bestimmt ist Milan bei ihm!"

Kyle streckte ihr seine Hand entgegen. „Komm! Lass uns etwas frisch machen und dann werden wir Herrn Jansen einen Besuch abstatten."

Auf dem Weg zum Marderweg in Hennigsdorf überlegten Kyle und Jana, wie sie das Gespräch mit Milans Vater beginnen sollten, ohne ihn gleich zu beschuldigen oder Milan unter Umständen zu gefährden. Kyle hielt es für klüger, zunächst Jana, die ja das Sorgerecht für Milan hatte, den Anfang machen zu lassen. Als Kyle seinen Wagen in den Waidmannsweg lenkte, sah er in der Straße einen Polizeiwagen stehen. Auch Jana entdeckte ihn, und reckte den Hals. Beim Näherkommen wurde die Situation deutlicher. Zwei Mannschaftswagen sowie drei Streifenwagen standen vor Jansens Haus. Kyle parkte seinen SUV ein paar Meter entfernt vom ersten Polizeiwagen. Er musste Jana zurückhalten, dass sie, so aufgewühlt wie sie war, nicht ins Haus rannte.

„Ist Milan hier?", fragte sie von Weitem einen Polizisten, riss sich los und eilte auf den Beamten zu. „Ich bin Jana Graf. Milan wohnt bei mir, ich habe das Sorgerecht für ihn! Haben sie ihn gefunden?"

„Das muss ein Missverständnis sein!" Milans Vater wurde in diesem Moment in Handschellen abgeführt und in einen der Streifenwagen gesetzt. „Ich habe meinen Sohn noch gar nicht gesehen."

„Bitte warten Sie an ihrem Wagen, Frau Graf. Ich sage meinen zuständigen Kollegen Bescheid", wies der Polizeibeamter Jana an.

Kyle drängte Jana zurück. Wenn man den Vater festnahm, mussten Beweise vorliegen. Hatte man Milans Leiche entdeckt? Wäre der Lütte am Leben, hätte Jana längst einen Anruf erhalten. Kyle spürte, wie sein Magen bei dieser Vorstellung rebellierte.

Jana zitterte am ganzen Körper. „Kyle!" Sie lehnte sich an ihn. „Ich weiß nicht, ob ich Kraft habe, für das, was uns bevorsteht."

„Das weiß ich auch nicht", flüstere Kyle und legte seine Arme um ihren Oberkörper. Er fragte sich, ob er Milans Verschwinden hätte irgendwie verhindern können. Dabei war jede Überlegung unsinnig - es gab nichts, um diesen Vorfall ungeschehen machen zu können.

Ein paar Minuten später kam ein Polizeibeamter auf die beiden zu. „Franke", stellte er sich vor. „Ich bin Chefermittler im Fall Milan Jansen." Er musterte Jana. „Was wollten sie von Herrn Jansen?"

Jana wischte sich die Tränen aus dem Gesicht. „Frau Schmidt, hier aus der Nachbarschaft rief mich heute Morgen an und erzählte, dass Herr Jansen, seit Mittwoch zu Hause ist. Ich habe vermutet, dass Milan vielleicht hier sein könnte."

„So?" Er sah flüchtig zu Kyle, wandte sich dann aber wieder an Jana. „Für den Fall, dass Milan auftaucht, wäre es sinnvoll, sie blieben zu Hause, Frau Graf."

„Er war nicht bei seinem Vater?", klang Jana enttäuscht.

„Wir werden Herrn Jansen zur Vernehmung mit auf das Revier nehmen. Sobald es etwas Neues gibt, werde ich Sie umgehend informieren." Er reichte Jana seine Visitenkarten und verabschiedete sich damit.

Unmöglich konnte und wollte Kyle Jana am Wochenende allein lassen. Davon abgesehen fühlte er sich außerstande, unter diesen Umständen seinen Dienst anzutreten, deshalb setzte er sich mit Lena, seiner Arbeitskollegin sowie seinem Vorgesetzten in Verbindung.

Am Nachmittag des 15. Oktober stand plötzlich Chefermittler Franke mit einer Kollegin vor Janas Tür. Kyle spürte, wie die Enge in seinem Hals mit dem Erscheinen der Polizisten zunahm. Das war kein gutes Zeichen.

„Frau Graf! Das ist meine Kollegin Blumenthal. Dürfen wir kurz reinkommen?", fragte er.

„Natürlich!" Jana trat zur Seite. „Bitte!" Sie wies in

den Flur, während Kyle Daisy und Cinco am Halsband zurückzog, weil beide mitten im Weg standen.

„Frau Graf!", begann Herr Franke, nachdem Jana den Beamten einen Platz im Wohnzimmer angeboten hatte. „Ich wollte Ihnen das ungern am Telefon sagen, deshalb komme ich persönlich." Kyle wurde schlecht, beobachtete wie Jana bei diesen Worten ganz blass wurde. „Herr Jansen streitet ab, seinen Sohn seit seiner Haftentlassung auch nur gesehen zu haben, allerdings sprechen die Beweise gegen ihn."

„Beweise?", wiederholte Jana leise.

„Ein Nachbar will Herrn Jansen gestern mit Milan zusammen gesehen haben." Er presste kurz die Lippen aufeinander. „Im Schuppen von Herrn Jansen haben wir eine Schaufel gefunden - mit Erde … und Blut beschmutzt. Noch können wir nicht bestimmen, woher es stammt. Im Haus gibt es weitere Blutspuren auf Kleidungsstücken."

Jana warf sich die Hand aufs Herz.

„Wir müssen jetzt erstmal prüfen, ob es sich um Milans Blut handelt."

„Nein", hauchte Jana. Kyle nahm sie tröstend in den Arm. Ihm zitterten die Knie.

„Es tut mir wirklich sehr leid, Frau Graf. Ich hätte Ihnen gern eine bessere Nachricht überbracht. Können Sie mir Milans Kleidung beschreiben, die er am Freitagmorgen getragen hat?"

Jana gab sich Mühe, sich an alles zu erinnern. „Eine blaue Jeans, weißes Sweatshirt, eine hellgraue Weste mit Kapuze und ein hellgraues Halstuch."

Franke nickte, als würden die Kleidungsstücke passen. „Hatte Milan Kontakt zu seinem Vater?"

Jana schüttelte weinend den Kopf. „Erst heute Morgen haben wir einen Schuhkarton entdeckt, in dem wir sämtliche Briefe des Vaters an Milan gefunden haben." Sie schluchzte. „Er hatte keinen geöffnet."

„Verstehe!" Herr Franke erweckte einen mitfühlenden Eindruck. „Würden Sie uns die Briefe eventuell überlassen?"

„Natürlich", schluckte Jana.

„Wenn Sie nichts dagegen haben, würden wir uns gern in seinem Zimmer umsehen."

Jetzt nickte Jana, zeigte die Treppe hinauf.

Obwohl Kyle noch immer die Knie zitterten, bot er sich an, die beiden Beamten nach oben zu begleiten. Die Vorstellung, dass Milan womöglich hatte leiden müssen, dass er schwer verletzt auf Hilfe gehofft hatte, machte ihn zutiefst betroffen. Milan! Dieser lebensfrohe Junge sollte für immer aus seinem Leben verschwunden sein?

Die Polizeibeamten nahmen Milans Computer mit, um ihn nach auffälligen Kontakten zu durchsuchen. Solange die Schuld von Herrn Jansen nicht bewiesen war, wurde in alle Richtungen weiter ermittelt.

Als die Polizisten das Haus verließen, brach Jana erneut in Tränen aus. Ihr Körper wurde von Weinkrämpfen geschüttelt. Kyles zahlreiche Versuche, sie zu beruhigen scheiterten. Deshalb entschied sich Kyle am Samstagabend, den Notarzt zu rufen, weil er einen Nervenzusammenbruch befürchtete. Mit

Beruhigungstabletten schlief Jana dann endlich ein.

Die kommenden Tage wurden sehr hart. Häppchenweise erfuhren Jana und Kyle weitere Einzelheiten darüber, was die Polizei im Haus von Uwe Jansen vorgefunden hatte. Im Schuppen hatte man neben der Schaufel eine Plastiktüte mit Milans blutgetränkter Kleidung sowie Haarbüschel entdeckt, und wie die Laboruntersuchungen bestätigten, handelte es sich um Milans Blut und um seine Haare. Auch Kabelbinder und Panzertape waren in der Tüte gefunden worden. Überall waren Jansens Fingerabdrücke nachgewiesen worden, dennoch stritt er ab, seinen Sohn überhaupt gesehen zu haben. Somit blieb schleierhaft, was mit Milan geschehen war. Tagelang durchkämmte die Polizei mit Suchhunden die Gegend - jedoch ohne Erfolg. Die Polizei ging aufgrund der Indizien davon aus, dass Milan einem Gewaltverbrechen zum Opfer gefallen war.

SCHMERZ

Trotz der belastenden Beweise blieb dieser Hoffnungsschimmer, Milan vielleicht doch noch lebend zu finden. Mit den Gedanken an den Jungen, was ihm wohl widerfahren sein könnte, waren die kommenden Nächte wenig erholsam. Während Kyle sich in seine Arbeit stürzte und versuchte, seine Wut über seine Hilflosigkeit, seine Traurigkeit beim kilometerlangen Laufen zu verarbeiten, war es diesmal Jana, die sich zurückzog. Obwohl Kyle sich wiederholt bemühte, sie abzulenken, sie aus dem Haus zu locken, hatte er das Gefühl, gar nicht mehr an sie heranzukommen.

Auch in der dritten Woche nach Milans Verschwinden war Jana weiterhin krankgeschrieben. Als Kyle vom Dienst kam, saß sie vor ihrem Laptop und schaute sich wohl zum hundertsten Male die Urlaubsbilder an.

Kyle umarmte sie von hinten. „Jana!", sagte er leise, „warum quälst du dich damit?"

„Er hat so viele Spuren hinterlassen", antwortete sie mit belegter Stimme.

„Ja, das hat er. Niemals hätte ich gedacht, dass mir ein fremdes Kind so viel bedeuten könnte."

Jana klappte den Rechner zu. „Ich habe heute mit der Psychologin telefoniert. Wir hätten morgen ja wieder einen Termin bei ihr gehabt, wo wir die Testergebnisse erfahren sollten." Ihr liefen die Tränen die Wangen herunter. „207", schluchzte sie. „Milan hatte einen IQ von 207. Er hatte unglaubliches

Potenzial!"

„Ja!", seufzte Kyle und setzte sich. „Ehrlich gesagt, überrascht mich das nicht. Manchmal hatte ich das Gefühl, er hatte sogar ein fotografisches Gedächtnis."

„Warum, Kyle? Warum konnte er …" Ihre Stimme brach.

„Scht!" Er nahm sie in den Arm. „Lass uns mit den Hunden einen Spaziergang machen."

„Bitte geh allein!"

„Jana!" Kyle ergriff ihre Schultern. „Du musst mal raus hier."

„Ich kann nicht." Mürrisch befreite sie sich.

„Du willst mir zeigen, wie blöd ich mich damals nach meinem Unfall benommen habe, ja?"

„Das ist was ganz anderes!"

Kyle schüttelte den Kopf. „Du machst ihn damit nicht wieder lebendig."

„Du wirst unsachlich!" Plötzlich schrie sie Kyle an. „Ich habe Milan geliebt!"

„Ja glaubst du vielleicht, ich nicht? Milan war fast wie ein Sohn für mich", erwiderte Kyle gereizt. „Aber das ist kein Grund, nicht mehr am Leben teilzunehmen. Du solltest dich mit deiner Arbeit versuchen abzulenken, statt ständig seine Bilder anzustarren!"

„Verschwinde!", brüllte sie.

Kyle zögerte einen Moment. Meinte sie ihre Worte tatsächlich ernst?

Sie zeigte unmissverständlich zur Tür. „Geh!"

Kyle schluckte, kämpfte erfolgreich gegen seine Tränen. „Wenn du mich brauchst, weißt du, wo du mich findest." Bevor er hinausging, überlegte er noch kurz, ob er sie wirklich allein lassen konnte. Zumindest war Jana nun gezwungen, selbst mit den Hunden rauszugehen.

Tage vergingen. Kyle rief Jana mehrfach an, doch ihr Handy war ausgeschaltet. Er machte sich Sorgen. Deshalb fuhr er zu ihr, beobachtete jedoch nur ihr Haus, um sicherzugehen, dass sie sich um die Hunde kümmerte, was sie auch tat. Er zweifelte, was er tun sollte. Benötigte sie einfach nur Zeit und sollte er sie in Ruhe lassen oder wäre es hilfreicher, sie zu bedrängen? Er wollte für sie da sein. Zunächst entschied er sich, Abstand zu halten, in der Hoffnung, dass sie sich melden würde, wenn sie ihn brauchte.

So vergingen weitere Wochen, bis Kyle eines Morgens vom Klingeln seines Handys geweckt wurde. Allein der Klingelton, der Jana zugeordnet war, erhöhte seinen Herzschlag. „Ja?", fragte er verschlafen.

„Entschuldige, dass ich dich …" Jana klang, als weinte sie. „Cinco ist weg!"

Augenblicklich war Kyle wach. „Was?" Er rieb sich das Gesicht. „Ich bin gleich da!"

Einerseits war er froh, dass Jana ihn endlich angerufen hatte, aber dass Milans Liebling verschwunden war, fühlte sich an, als wäre damit die letzte Verbindung zu Milan verloren gegangen.

Mit Daisy an der Leine stand Jana in einem dicken Mantel vor dem Haus. Sie sah blass aus, hatte dunkle Augenringe und wirkte viel schmaler als noch vor vier Wochen. „Ich habe die ganze Nacht nach ihr gesucht!", schluchzte sie.

„Was ist denn passiert?", wollte Kyle beim Aussteigen wissen und schlang sich den Schal um den Hals. Die ersten Schneeflocken tanzten an diesem dunklen zweiten Dezember langsam zu Boden.

„Gestern Abend war ich gegen zweiundzwanzig Uhr noch mal draußen. Plötzlich jagten die beiden in den Wald. Ich habe sie gerufen und Daisy kam auch zurück, aber Cinco eben nicht."

Kyle trat an Jana heran. „Warum hast du mich nicht sofort angerufen? Ich wäre doch auf der Stelle gekommen. Jetzt sage ich erst mal unseren Nachbarn Bescheid, die sollen die Augen offen halten. Dann machen wir Handzettel, die wir überall verteilen, in Ordnung?" Sanft legte er seine Hand auf ihre Wange. „Wir finden sie schon!"

„Sie ist doch das Einzige, was mir von Milan bleibt!"

Kyle nahm sie in die Arme und dabei merkte er, wie sehr sie ihm gefehlt hatte, wie groß seine Sehnsucht nach ihr war - nach „seiner" Jana, die genau wusste, was sie wollte.

Am Supermarkt, an den Bäumen, an Laternen, an allen nur denkbaren Möglichkeiten hatten sie ein Bild von Cinco mit der Überschrift „Schmerzlich vermisst" aufgehangen. Obwohl Jana mit einer nicht zu verachtenden Belohnung lockte, gab es nur drei Anrufer, die Cinco gesehen haben wollten, jedoch stellten sich alle als Verwechslungen heraus. Wiederholt telefonierte Kyle mit den Tierheimen, machte Aushänge bei Tierärzten, in der Hoffnung, Cinco aufzuspüren. So furchtbar das Verschwinden der kleinen Hundedame war, so hatte es zumindest Kyle und Jana erneut einander nähergebracht.

Seit dem 17. November ging Jana wieder arbeiten, und auch wenn es ihr merklich schwerfiel, sich in den Alltag ohne Milan einzufinden, so war sie auffallend bemüht, Kyle in ihr Leben mit einzubeziehen. Die beiden trafen sich von nun an wieder häufiger, gingen zusammen laufen oder essen.

Eines Abends blieb Jana vor dem Kinderzimmer stehen. „Cinco hat bis zum letzten Tag immer noch in Milans Bett geschlafen. Sie hat ja auch nie einen anderen Schlafplatz kennengelernt", sagte sie leise. „Dass sie einfach weggelaufen ist, kann ich mir bis heute nicht erklären!"

Kyle warf ebenfalls einen Blick in das Zimmer. Den Computer hatte Jana, als sie ihn von der Polizei zurückbekommen hatte, in den Karton gepackt, der nun unter dem Schreibtisch stand. „Was Milan wohl zu verbergen hatte?", murmelte Kyle vor sich hin.

Jana sah alarmiert auf. „Wie meinst du das?"

„Na welcher Neunjährige räumt seinen PC derart auf? Die Polizei hat nichts Verwendbares auf seinen Rechner gefunden, keine Mails, keine Chats, keine Seitenaufrufe, er hat alles gelöscht, nur warum? Die meisten in seinem Alter wissen nicht mal, dass man den Internetverlauf nachvollziehen, geschweige denn löschen kann." Kyle überlegte laut: „Ob er geahnt hat, dass etwas passieren würde?"

„Milan!", seufzte Jana. „Er wusste über Daisys Zustand Bescheid, bevor mir überhaupt die Idee kam, dass sie trächtig sein könnte. Woher kann er das nur gewusst haben?" Jana stutzte. „Das hat er schon in der Klinik gemacht. Ich meine, dass er den Verlauf gelöscht hat. Vermutlich war das eine Angewohnheit von ihm." Anschließend erzählte Jana von dem Überwachungsvideo aus der Klinik, welches ihr Dr. Klawe, der Psychiater von Milan nächtlicher Aktivität gezeigt hatte.

„So ein pfiffiger Lütter", Kyle wurde ganz merkwürdig zumute, als er über ihn nachdachte.

Die Vorweihnachtszeit war für Jana spürbar eine besonders schwere Zeit. Oft blieb sie schwermütig und mit feuchten Augen vor Geschäften oder Marktständen stehen und meinte, dass dies Milan bestimmt gefallen hätte und wie gern sie mit ihm über den Weihnachtsmarkt gegangen wäre. Erschwerend kam hinzu, dass die regionalen Medien zum Fall Jansen berichteten, man habe noch immer keine Spur vom Leichnam des Jungen und der Vater beharre weiterhin darauf, seinen Sohn nicht getötet zu haben. Allerdings sprachen die Beweise ganz klar gegen Milans Vater, zumal die Vorgeschichte der Kindesmisshandlungen Jansen in ein denkbar schlechtes Licht rückte. Kyle sah einerseits die Indizien, und anderseits musste er ständig an die gefühlvollen Briefe mit Bitte um Vergebung denken, die Jansen Milan geschickt hatte. Warum sollte Jansen über Wochen seine Unschuld beteuern, wenn doch alles gegen ihn sprach? Müsste er nicht irgendwann einsehen, dass es keinen Sinn hatte, das Verbrechen zu leugnen? Hatte er sich womöglich betrunken und erinnerte sich nicht mehr an seine scheußliche Tat? Waren die beiden Zeugen aus der Nachbarschaft, die Jansen mit Milan gesehen haben wollen, wirklich glaubwürdig?

Für Jana hingegen stand fest, dass der Vater Milan getötet hatte. Vermutlich sah sie die Dinge durch ihre Arbeit nüchterner. Dafür machte sie sich Vorwürfe, von Jansens vorzeitigem Entlassungstermin nichts gewusst zu haben. Unter Umständen, so glaubte sie, hätte sie Milan vor seinem Vater schützen können. Diese Zweifel konnte Kyle in keiner Weise nachvollziehen, denn dazu hätte man Milan rund um die Uhr bewachen müssen.

Über Weihnachten hatte Kyle Nachtdienst, begann seinen Dienst um 21:45 Uhr und hatte um 6:45 Uhr Feierabend. Somit konnte er am frühen Morgen wieder bei Jana sein. Am 26.12. gegen 23:20 Uhr erhielt er von Jana einen Anruf. Da sie ihn sonst nie während der Arbeit anrief, war Kyle sofort klar, dass es wichtig sein musste. Da seine Kollegin den Dienstwagen steuerte, konnte er das Gespräch sofort annehmen. „Jana? Was gibt es?"

„Entschuldige, ich wollte dir nur Bescheid geben, dass ich zu meinen Eltern fahre!"

„Du ... du fährst zu deinen Eltern?", wunderte sich Kyle. „Jetzt?" Zur Sicherheit schaute er noch mal auf die Uhr.

Jana klang entschlossen. „Meine Mutter hat mich eben angerufen. Mein Vater liegt im Krankenhaus. Er würde mich gern sehen."

„Wenn das so ist. - Ich würde dich ja begleiten, aber …"

„Ich schaffe das schon allein, danke! Kannst du dich bitte um Daisy kümmern, während ich weg bin. Ich schreibe dir eine Nachricht über WhatsApp, wenn ich weiß, was da genau los ist?"

„Klar, das mache ich doch gern. – Jana? Bitte pass auf dich auf und fahr vorsichtig!" Früher hatte sich Kyle nie so viel Gedanken gemacht, jedoch hatte er in den letzten Jahren mittlerweile vier, genau genommen sogar fünf geliebte Menschen verloren. Jana war seine strahlende Sonne, die er zum Leben brauchte.

„Versprochen - und du auf dich!", beendete sie das Gespräch.

GESPRÄCH

Kyle dachte an ihr erstes Date zurück, als Jana ihm erzählt hatte, dass sie ihre Eltern vier Jahre nicht gesehen hatte. Wie sich das jetzt wohl für sie anfühlen musste?

Nach dem Dienst fuhr Kyle nach Bötzow, holte Daisy und machte sich mit ihr auf den Weg nach Marwitz. Merkwürdigerweise wollte sich bei ihm keine Müdigkeit einstellen und so gesellte er sich an diesem 2. Weihnachtsfeiertag zur Familie seiner Cousine. Gegen Mittag meldete sich Jana mit einem Telefonanruf. „Ich wollte dir nur einen kurzen Lagebericht geben. Ist bei dir und Daisy alles in Ordnung?", sie klang fremd.

„Ja, ich bin mit Daisy bei Caro."

„Es ist eine seltsame Situation - seine Eltern nach so langer Zeit wiederzusehen", sagte Jana leise. „Meinem Vater geht es sehr schlecht, er hatte einen Schlaganfall. Meine Mutter ist ganz schön fertig und ich möchte gern erstmal hierbleiben, wäre es dir möglich, dich eine Weile um Daisy zu kümmern?"

„Selbstverständlich, Jana. Ich muss ja heute Nacht nicht zum Dienst." Kyle streichelte Daisy, die neben ihm auf der Couch lag. „Vielleicht kannst du die Beziehung zu deinen Eltern ja geraderücken."

Jana seufzte hörbar. „Wenn das so einfach wäre - aber ich versuche es natürlich."

Nachdem sich die beiden voneinander verabschiedet hatten, ließ Kyle seinen Blick von Caro zu den Kindern schweifen. Luke legte für Hannah aus den neuen Holzschienen der Eisenbahn eine Bahnanlage durchs Wohnzimmer und Nele bürstete ihrem neuen Teddybär das Fell. Schmerzlich wurde ihm mal wieder die Lücke bewusst, die Milan hinterlassen hatte. Er hätte sich vermutlich zu ihm auf das Sofa zu Daisy gesetzt und Cinco dabei auf den Schoss genommen. Cinco! Hatte sie einen neuen Besitzer gefunden? Oder suchte sie Milan? Zum wohl tausendsten Male quälten ihn Fragen, ob Milan hatte leiden müssen, ob er sich womöglich bis zuletzt gewehrt hatte und wie er wirklich zu Tode gekommen war. Würde er es je erfahren? Eines war jedoch sicher, neben Sophie und ihrem Baby, erhielt auch Milan einen Platz in seinem Herzen. Der Wunsch nach einer eigenen Familie schien ihm in diesem Augenblick wie ein unrealistischer Traum. Mit Sophie war er zum Greifen nah gewesen, mit Jana und Milan durfte er dieses Glück zumindest kurze Zeit erleben. Warum nur passierten diese schrecklichen Dinge in seinem Leben? Trotz der Trauer, die er empfand, war sein Wunsch, Jana zu heiraten, weiterhin präsent, vielleicht sogar noch stärker geworden. Allerdings wollte er einen geeigneten Zeitpunkt abwarten. Irgendwann käme schon der passende Moment, um Jana einen ganz besonderen Heiratsantrag zu machen. Denn Milans Schicksal war wie die breite schmerzliche Wunde in seinem Gesicht, sie würde heilen und der Schmerz würde nachlassen, vergehen würde er nie, dazu hatte Milan zu viele Spuren in seinem Herzen hinterlassen.

Kyle hatte sich in seine Scheune zurückgezogen und war gleich ins Bett gegangen. Plötzlich spürte er, wie sich etwas Weiches an seine Unterschenkel kuschelte. Daisy! Er war zu müde, um die Hündin, die offenbar zu ihm ins Bett gekommen war, auf ihre Decke zu verweisen, zumal er den Vierbeiner gern bei sich duldete. Er musste noch mal richtig fest eingeschlafen sein, bemerkte irgendwann im Dämmerzustand, dass sich etwas an seinen Rücken schmiegte und sich ein Arm um seine Taille legte.

Erst als Daisy ihm die Hand leckte, wachte Kyle langsam auf und steckte sich. Als er sich vorsichtig umdrehte, sah er in Janas schlafendes Gesicht. Obwohl er überrascht war, verhielt er sich still und küsste sie sanft auf die Wange. Dann stand er leise auf, um sich anzuziehen. Ungeduldig wartete Daisy bereits an der Tür. Es nieselte - ein typischer nebliger, ungemütlicher, kalter Dezembermorgen. Kyle zog den Kragen seiner gefütterten Winterjacke bis zum Kinn hoch und lief mit Daisy über den Hof. Der Hündin schien das feuchtkalte Wette auch nicht zu gefallen. Sie erledigt ihr Geschäft und drehte um, rannte den Weg zurück, Richtung Schmiedeweg. Kyle war es nur recht und beschloss, sich nach der Rückkehr wieder zu Jana ins Bett zu legen. Doch sobald er zur Ruhe kam, kreisten seine Gedanken wieder um Milan. So war es seit dem Verschwinden und würde vermutlich noch lange so bleiben. Besonders lebhaft war ihm der Urlaub in Erinnerung und das Wochenende, wo Jana und Milan ihn auf dem Kurgelände überrascht hatten. Obwohl sein Verstand sich wehrte, gab es häufiger diese Momente, in denen er noch nach all den Wochen hoffte, Milan lebend wiederzusehen.

Mit geschlossenen Augen schmiegte sich Jana an ihn an. „Ich komme nicht zur Ruhe", begann sie leise. „Kaum mache ich die Augen zu, sehe ich Milan vor mir!"

„Mir geht es genauso", antwortete Kyle und zog Jana an sich. „Wie geht es deinem Vater?"

Jana seufzte hörbar. „Bis heute früh hielt er meine Hand", schluckte sie, „er schlief friedlich ein."

„Das ... das tut mir furchtbar Leid, Jana!", wusste Kyle nur zu antworten.

„Mit der halbseitigen Lähmung wäre er ein Pflegefall geworden." Jana setzte sich auf. „Sprechen konnte er im Grunde nur noch mit seinen Augen." Jana schüttelte kurz den Kopf. „Vier schweigsame Jahre lagen zwischen uns. Die lassen sich nicht so schnell ausradieren."

„Und deine Mutter?" Kyle sah Jana an. Sie sah auffallend erschöpft aus.

Jana schüttelte unmerklich den Kopf. „Kyle!", ihre Blicke trafen sich. „Ich habe deinen Rat befolgt und meinem Vater versprochen, mich um die Firma zu kümmern."

Kyle wusste nicht, wie er auf diese Nachricht reagieren sollte, ihm fehlten die Worte, deshalb schwieg er.

„Jeden Tag im Büro fühle ich mich mit Milans Schicksal konfrontiert, werde ständig an ihn erinnert, an die wunderbare Zeit, die wir miteinander hatten." Jana liefen Tränen über die Wangen. „Eine Veränderung kommt da wie gerufen, verstehst du das?", schniefte sie.

Mit dieser Erklärung beschlich Kyle das Gefühl, als meine Jana nicht nur eine berufliche Veränderung. „Du hast recht. Ich denke, deine Arbeit ist ja in jeder Hinsicht sehr fordernd. Davon abgesehen ist es im Leben von Vorteil, sich auch mal in andere Richtungen umzuschauen."

Jana legte ihre Hand auf ihr Herz. „Ich dachte schon, du erklärst mich für verrückt."

„Berufliche Entscheidungen muss jeder für sich allein treffen, Jana." Kyle setzte sich ebenfalls auf. Er fragte sich, ob Jana mit dem Versprechen, das sie ihrem Vater auf dem Sterbebett gab, wirklich glücklich werden würde. „Ich liebe meinen Beruf und könnte mir gerade nicht vorstellen, etwas anderes zu machen." Er nahm Jana in den Arm, drückte sie sanft an sich.

Jana kündigte noch im alten Jahr ihre Stelle beim Jugendamt in Oranienburg. Kyle und Jana verbrachten harmonische Wochen, versuchten dabei über Milans Verlust so gut es ging hinwegzukommen. Ab Anfang März zog Jana sich dann die Woche über in ihr Elternhaus nach Berlin Wannsee zurück. So sahen sich Jana und Kyle nur am Wochenende - sofern es Kyles Dienst zuließ.

Nachdem Kyle das Familienleben mit Milan und Jana erlebt hatte, fühlte er sich in dieser neuen Situation auffallend verlassen. Obwohl er diese berufliche

Veränderung von Jana befürwortet hatte, zweifelte er nun daran, ob ihre Beziehung überhaupt eine Zukunft haben konnte. Ein Polizist und eine Unternehmerin, konnte das gut gehen? Seine Pläne mit dem Heiratsantrag schob er zunächst weit von sich, bis er Ende April eine überraschende Einladung zu einer Hochzeit erhielt. Mark, sein Freund aus Bad Doberan, auf dessen Party er damals Sophie kennengelernt hatte, wollte Kyle unbedingt an seinem besonderen Tag dabei haben.

„Letzte Woche bekam ich eine Einladung", begann Kyle, als er mit Jana beim Abendbrot saß. „Es würde mir wirklich sehr viel bedeuten, wenn du mich nach Bad Doberan begleitest."

Jana schluckte ihren Bissen herunter. „Klingt mal nach einer vielversprechenden Abwechslung!"

„Ein Freund von mir heiratet."

„Eine Hochzeit!" Jana riss ihre Augen auf. „Dazu brauche ich ein neues Kleid. Wie viel Zeit habe ich bis dahin?"

Kyle schmunzelte. „Bis zum 16. Juni, das ist ein Freitag."

„Ach Mist!", blies Jana ihren Atem aus. „An dem Wochenende haben wir Firmensommerfest! Und ich hatte gehofft, dich an einem dieser Tage meiner Mutter vorstellen zu können."

Kyle spürte die Enttäuschung in sich wachsen. „Dann wird wohl jeder seiner Wege gehen." Davor hatte er sich bisher ja erfolgreich gedrückt, die Mutter kennenzulernen. Nach Janas Erzählungen musste sie nicht sonderlich sympathisch sein.

Jana ergriff seine Hand. „Kyle! Es tut mir wirklich sehr leid."

Kyle nickte. Wie wichtig ihrer Anwesenheit für ihn war, konnte Jana ja nicht wissen, und ihm lag es fern, sie unter Druck setzten.

So fuhr Kyle, der sich ein paar Urlaubstage genommen hatte, am 15. Juni ohne Jana in seine alte Heimat. Er freute sich einerseits, seine alten Bekannten zu treffen, fürchtete sich aber gleichzeitig vor lebhaften Erinnerungen an Sophie, die ihn in dieser Gesellschaft ganz bestimmt überkamen. Mit Jana an seiner Seite wäre das vermutlich nur halb so schmerzvoll gewesen. Doch allein die Autofahrt nach Mecklenburg Vorpommern ließ den letzten Urlaub mit Milan hierher lebendig werden und machte Kyle das Herz schwer. Es glich einer Zeitreise, die mit so vielen Erinnerungsbildern an Milan schmerzten.

Statt des traditionellen Polterabends hatte sich Mark, der Bräutigam, zu einem Junggesellenabend überreden lassen - allerdings nur zu seinen Spielregeln. Und so wurde der Donnerstagabend ein gemütlicher Männerabend, an dem zahlreiche amüsante Geschichten aus der Bundeswehrzeit zum Besten gegeben wurden und dabei jede Menge Bier floss.

Seit dem Autounfall hatte sich Kyle von all seinen Kameraden und Freunden ferngehalten, weil überall Erlebnisse mit Sophie wach wurden. Natürlich ließ sich das an diesem Abend nicht vermeiden, vor allem nicht, als sich Kyles Vermutung bestätigte, dass Janine

Steffens die Braut war; auf der Einladung hatte nur der Vorname gestanden. Janine war eine gute Freundin von Sophie gewesen. Mit Jana an seiner Seite hätte er leichter mit der Situation umzugehen gewusst, doch so war er gezwungen, sich erneut mit den Erinnerungen an Sophie und sich mit den Verlusten in seinem Leben auseinanderzusetzen.

Als wieder mal jeder auf seine Narbe im Gesicht zu starren schien, wurde ihm klar, wie förderlich seine Therapie während der Kur gewesen war. Damals hatte er gelernt, neue Gedankenmuster zu formen, vor allem die Hypnose-Behandlung hatte ihn dabei unterstützt.

Die Trauung am Freitagvormittag im Standesamt mit anschließender kirchlicher Vermählung im Doberaner Münster kam Kyle wie ein großes sich öffnendes Tor vor. Ihm wurde bewusst, wie sehr er sich nach dieser Gegend, zu seinen Freunden und Bekannten zurücksehnte, wie tief er mit seiner Heimat verwurzelt war. Er bereute keinesfalls den Schritt, zu seiner Cousine gezogen zu sein, sonst hätte er Jana und Milan niemals kennengelernt. Allerdings sah er sich nun an dem Punkt angekommen, hierher zurückkehren. Er wusste nicht, ob er mit seinem Eindruck richtig lag, dass Jana mit ihrer beruflichen Entscheidung, das Familienunternehmen zu leiten, unglücklich war. Er hatte das Gefühl, sie würde sich die neue Aufgabe nur schönreden. Das Versprechen am Sterbebett ihres Vaters hätte Jana womöglich unter normalen Umständen nicht gegeben, zumal sie ja vier Jahre keinen Kontakt zueinander hatten.

Während er seinen Gedanken nachhing, ruhte sein Blick auf dem Altar. Und in dem Moment, wo sich das Brautpaar das Ja-Wort gab, fiel Kyles Entschluss sich in Wismar, wo er aufgewachsen war, eine Wohnung oder ein Haus zu suchen und eine dienstliche Versetzung zu beantragen. Er zweifelte nur, ob er das ohne Jana durchziehen konnte und auch wollte, ob er bereit war, sein Vorhaben zur Not allein umzusetzen.

Nachdem dem Auszug aus der Kirche musste das Brautpaar gemeinsam einen dicken Balken durchsägen. Seinerzeit hatte das Kyle mit Sophie ebenfalls tun müssen. Sie hatten dabei viel gelacht, denn mit ihrem engen Kleid hatte Sophie der richtige Halt und damit die Kraft zum Sägen gefehlt. Kyle war ordentlich ins Schwitzen geraten, weil es ohnehin ein besonders heißer Tag gewesen war. So wie in Bötzow die Erinnerungen an Milan, waren hier die an Sophie auffallend präsent.

Die Feier fand an einem nahe gelegenen Gasthaus auf einer Wiese mit Festzelt, Blumenarrangements und weißen Girlanden statt. Kyle war für jede Ablenkung dankbar, und so kam es ihm sehr gelegen, als sich die beste Freundin von Janine zu ihm gesellte: „Ich bin Maike, eigentlich Mareike, aber so nennt mich niemand", vorstellte.

„Ich bin einfach nur Kyle!"

„Ich weiß - und Polizist! Ich bin übrigens Klempner von Beruf", sie strich sich lächelnd eine dunkle Strähne aus dem hübschen Gesicht.

„Zahnklempner."

Kyle musste lachte. „Eine Zahnärztin!"

„Na ja, da ist mein Ex anderer Meinung. Er meint, ich würde mich gut als Folterknecht eignen!"

„Kann ich mir nur schwer vorstellen, einen weiblichen Folterknecht", grinste Kyle.

Maike rückte am Stehtisch ein Stück an ihn heran. „Ich fahre morgen nach Retschow, um mir eine Wohnung anzusehen." Sie trank von ihrem Sekt und lächelte ihn schmachtend an. „Ich könnte etwas Unterstützung gebrauchen - vielleicht hast du Lust mitzukommen?" Ihr Blick fiel auf seine Narbe.

„Tut mir Leid", entgegnete Kyle, „ich bin morgen in Wismar". Seine Ausrede gefiel ihm richtig gut. Er könnte sich tatsächlich nach einer Wohnung umsehen und sich vorher im Internet informieren.

„Dann ein anderes Mal!", sie zog grinsend ihre linke Augenbraue hoch. „Aber nun verrate mir mal, warum so ein süßer Typ wie du nicht in festen Händen ist?"

„Wer sagt, dass ich das nicht bin?", schmunzelte Kyle und fühlte sich durch die Worte geschmeichelt.

Mareike lächelte. „Janine und Mark!"

Kyle begann dieses Spiel Spaß zu machen. „Ach so! Na ja, die müssen es ja wissen." Ob die beiden Mareike gebeten hatten, sich um ihn zu kümmern? Kyle setzte seine verspiegelte Sonnenbrille auf, weil er damit verhindern wollte, dass Mareike ständig auf die Narbe starrte.

„Solche Augen sollte man nicht hinter einer

Sonnenbrille verstecken", bemerkte sie lächelnd und schien ihre Aussage ernst zu meinen.

„Die nicht, aber das hier!" Flüchtig wies Kyle auf das Andenken, das ihn stets daran erinnerte, wie schnell sein Leben hätte zu Ende sein können.

„Ich finde, es macht dich interessant. Ist das vom Autounfall vor vier Jahren?", fragte sie.

Kyle schüttete den Kopf. „Letztes Jahr - ein Streifschuss!" Kyle leerte sein Bier.

„Echt jetzt? Du machst dich gerade lustig über mich, oder?"

Kyle hatte eigentlich kein wirkliches Interesse an ihr, dennoch gefiel es ihm, wie Mareike mit ihm flirtete.

„Warum sollte ich?" Kyle überlegte, ob weitere Erklärungen notwendig waren. „Hat ewig gedauert, bis das zugeheilt war."

Wie gerufen kam Mark mit zwei Gläsern frischgezapftem Bier an den Tisch. „Ich freue mich echt riesig, dass du hergekommen bist!" Er schob Kyle ein Bierglas zu. Janine folgte ihm mit einem Sektglas in der Hand.

„Ich schätze, das hast du gestern Abend wenigstens zehn Mal gesagt", antwortete Kyle und nahm das Getränk entgegen. Zuerst stieß er mit Janine, dann mit Mark an. „Auf eure glückliche und grandiose Zukunft!"

Janine bedankte sich bei Kyle mit einem flüchtigen Kuss auf seine Wange und zog tuschelnd mit Mareike zum nächsten Stehtisch, wo drei Freundinnen auf die Braut warteten.

„Na? Wie findest du sie?" Mark leckte sich den

Schaum von den Lippen.

„Ihr passt gut zusammen! Ich kenne sie ja noch von früher", sagte Kyle.

„Doch nicht Janine!" Mark knuffte ihm freundschaftlich seinen Ellenbogen in die Rippen. „Ich meine Maike!"

Kyle dachte an seine Überlegung von vorhin, ob das Brautpaar die Zahnärztin auf ihn angesetzt hatte. „Mir scheint, du brauchst mal ein Update", konterte Kyle.

Mark lachte. „Wie meinste das denn?"

„Ich hätte Jana gern mitgebracht, nur ist sie an diesem Wochenende leider beruflich verhindert!"

„Kyle!", rief Mark aus. „Echt jetzt? Du bist wieder liiert?" Er klopfte ihm auf die Schulter. „Das ist großartig! Wir hatten ja alle den Eindruck, dass du nach dem Unfall gar nicht mehr auf die Beine kommen wolltest."

Kyle kämpfte mit den heftigen Empfindungen, die gerade in ihm hochkrochen. „Vielleicht war es ja auch so."

„Jedenfalls hattest du zu keinem von uns mehr Kontakt." Mark trank einen Schluck.

„Ich brauchte Abstand, verstehst du? Der Tapetenwechsel hat mir gutgetan. Aber vermutlich hätte ich ohne Caro mein Leben nicht so schnell in den Griff bekommen."

„Gut, dass ihr beide so einen engen Draht zueinander habt. Ehrlich gesagt hatte ich schon befürchtet, du würdest meiner Einladung gar nicht folgen." Mark leerte sein Bierglas. „Sag mal, was macht Sarah eigentlich?"

„Sie ist vor zwei Jahren mit José in die Nähe von Valencia gezogen."

„Dann seht ihr euch wohl nicht mehr sehr oft?"

Kyle schüttelte den Kopf, ihm wurde klar, dass er dringend am Verhältnis zu seiner Schwester arbeiten wollte.

HEIMAT

Besonders gut hatte Kyle in dem durchgelegenen Bett der kleinen Pension nicht geschlafen, zumal er die Hochzeitsfeier erst gegen drei verlassen hatte. Er hatte sich gut mit Mareike und seinen alten Freunden amüsiert, hatte das Zusammensein genossen. Jetzt saß er auf der Bettkante, rieb sich das Gesicht und schaute auf sein Smartphone. Es war kurz nach neun. Wenn er noch bis 9:30 Uhr Frühstück bekommen wollte, musste er sich beeilen. Von Jana fand er eine neue SMS-Nachricht vor. „Guten Morgen, Kyle! Ich hoffe, du hattest viel Spaß! Unser Sommerfest ist gestern gut angelaufen, eventuell darunter zwei Großkunden, die wir für eine künftige Zusammenarbeit gewinnen können. Sehen wir uns nächstes Wochenende?" Mit einem seltsamen Gefühl schaltete Kyle sein Handy aus. Keine Worte wie „ich liebe dich" oder „ich vermisse dich"? Jana seine strahlende Sonne! Begann sie sich von ihm zu entfernen oder bildete er sich das nur ein? Er wollte und konnte sich keine Zukunft ohne Jana vorstellen und hoffte heute noch mehr als zuvor, dass er sie überreden konnte, mit ihm nach Wismar zu ziehen. Vielleicht gelang es ihm, ein besonders hübsches Häuschen zu finden, mit dem er sie herlocken konnte.

Nachdem Kyle geduscht und sein Frühstück eingenommen hatte, durchsuchte er im Internet die Immobilienseiten und fand ein schönes Doppelhaus mit Sauna, Kaminofen in einer begehrten Gegend mit guten Einkaufsmöglichkeiten. Obwohl die Miete von über neunhundert Euro natürlich für sein Einkommen unrealistisch war und er noch gar nicht wusste, ob es hier eine Stelle für ihn geben würde, wollte er es sich ansehen. Es war ein ansprechender Neubau und wie Kyle schnell erkannte, viel zu groß für zwei Personen. Ihn überkamen Zweifel, ob er sich da nicht zu sehr in ein Wunschdenken verrannte. Er erinnerte sich jedoch an Janas Worte bei ihrem ersten Date. „Ich würde gern an der Küste wohnen." Allerdings gerade jetzt, wo sie sich mit der Firma ihrer Eltern beschäftigte, war es unwahrscheinlich, dass sie ihm hierher folgte.

Nach der Hausbesichtigung fuhr Kyle in die Altstadt, suchte sich einen Parkplatz und lief durch die Straßen, die ihm noch immer vertraut waren. Plötzlich fand er sich vor dem Haus wieder, in dem er groß geworden war und wo seine Eltern bis zuletzt gewohnt hatten. Beinah sah er seine Mutter ihm aus dem Fenster des zweiten Stockes zuwinken. Schlagartig wurde ihm klar, wie fremd er sich doch in Marwitz fühlte. Obwohl er in Oberhavel einige neue Bekannte gefunden hatte, die sich besonders nach seinem Dienstunfall um ihn gekümmert hatten, fehlten ihm seine Freunde, die er teilweise schon seit seiner Kindheit kannte. Dies wurde ihm erst mit dem Besuch hier richtig bewusst.

Nachdenklich schlenderte er zum Markt und setzte sich vor ein Café an einen der Tische, die in der Sonne standen. Mit jeder Faser seines Körpers spürte er, dass er wieder nach Hause wollte. Am liebsten hätte er gleich am nächsten Tag seine Versetzung eingereicht, beabsichtigte jedoch, zuerst mit Jana darüber sprechen.

Ein vertrautes Fingerschnipsen holte ihn aus seinen Gedanken und ließ ihn aufschauen. Milan hatte immer geschnippt, um Cinco zu sich zu rufen. Zwischen den Menschen, die an diesem Samstagvormittag ihre Einkäufe erledigten, entdeckte Kyle natürlich weder Milan noch Cinco. Zum einen waren die Geräusche auf dem Marktplatz schwer zuzuordnen und davon abgesehen war Schnippen keine besondere Kunst, das konnte fast jeder. Doch diese zehrende Hoffnung, jemand, der tot war, lebendig vor sich zu sehen, fühlte sich an einem Tag wie heute an, als würde man den Verstand verlieren. Mit Sophie war es ihm die ersten Monate ebenso ergangen. Er hatte sich von ihr nicht verabschieden können, war seinerzeit weder körperlich noch emotional in der Lage gewesen, an ihrer Beerdigung teilzunehmen. Erst nachdem er sich die furchtbaren Fotos vom Unfallort und des Wagens angesehen hatte, gelang es ihm, allmählich zu begreifen, dass Sophie tot war. Kyle atmete tief durch, bemühte sich, diese Empfindungen mit seinem Atem loszulassen. Er trank seinen Kaffee aus und bezahlte. Anschließend sah er sich ausführlich auf dem Platz um. Die typischen Häuserfassaden der Hansestadt zogen seine Aufmerksamkeit auf sich. Früher hatte er sich nie Zeit genommen, sich das alles genau anzusehen, schließlich war er hier zu Hause gewesen. Vor dem Wahrzeichen der Stadt, der Wismarer Wasserkunst, blieb Kyle einen Moment stehen. In der Schule hatte er mal einen Vortrag über die Entstehung des Brunnens und seine Geschichte geschrieben. An viele Details seines Referates erinnerte er sich gut, seine Mutter hatte ihm dabei geholfen. Ganz deutlich stieg diese Erinnerung in ihm auf.

Erschrocken zog er seine Hand zurück, als er plötzlich etwas Feuchtes am Handrücken spürte. Als sein Blick auf den charakteristischen braunen Hund neben ihm fiel, traute er seinen Augen nicht. Das war unmöglich! Oder doch? „Cinco?", flüsterte er ungläubig. Er hockte sich zu ihr, um sich zu vergewissern, dass er sich nicht irrte. Sofort wedelte sie mit dem Schwanz, begann Kyle intensiv zu beschnuppern, seine Hand zu lecken. Das Komische war, sie trug noch immer das dunkelgrüne Halsband, das Jana gekauft hatte. Sie war gepflegt und gut genährt. Also musste sich jemand um sie gekümmert haben. Wie kam die Hündin ausgerechnet hierher nach Wismar? Kyle nahm seine Sonnenbrille ab, sah sich suchend nach einem Besitzer mit Leine um, konnte jedoch niemand entdecken. „Das ist einfach zu verrückt", murmelte er mehr zu sich selbst, dabei streichelte er Cinco herzlich. „Ich kann es gar nicht glauben!", wiederholte er erneut. Kyle dachte an seine Entscheidung vom Vortag, in seine Heimat zurückzukehren. Dass er Cinco hier traf, war das abermals ein Wink des Schicksals? Anders konnte er es sich nicht erklären. Es musste eine besondere Bedeutung haben.

Da war es wieder - dieses Schnipsen. Kyle hielt inne, fasste Cinco am Halsband, denn merklich wollte sie dem Geräusch folgen. Ein merkwürdiges, schwammiges Gefühl machte sich in Kyles Magengegend breit. Hockend drehte er sich um.

Ungefähr zwanzig Meter von ihm entfernt, stand jemand, der mit wiederkehrendem Schnippen die Hündin zu sich rief. Kyle zweifelte an seinem Verstand. Was passierte hier gerade? Träumte er? Das war zu verrückt! Das musste ein Traum sein! Oder spielte sein Verstand ihm einen Streich? Aber es schien so real!

Als der offensichtliche Hundebesitzer Kyle entdeckte, erschien in dessen Gesicht zuerst ein erfreutes Strahlen, welches sich im nächsten Moment jedoch in Entsetzten verwandelte.

Langsam erhob sich Kyle, ohne Cinco loszulassen. „Milan?", glitt ihm über die Lippen.

Der Junge, der nur noch ein paar Schritte von ihm entfernt war, sah fast genauso aus wie Milan, nur trug er sein Haar auffallend kurz, keine zwei Zentimeter lang. Außerdem sah er reifer aus. Wie eingefroren starrte er Kyle an. Dann machte er einen Schritt zurück, blieb zögernd stehen.

„Milan?", rief Kyle zweifelnd. Er war es doch - oder? Kyle wagte ein paar Schritte auf ihn zu, worauf der Junge rückwärts wich, sein panischer Blick wechselte zwischen Kyle und Cinco hin und her. Kyle hielt Cinco fest, obwohl sie sich versuchte loszureißen, denn ihm war klar, wenn er die Hündin freiließ, würde Milan mit ihr davonrennen - wie seinerzeit auf der Autobahnbrücke.

„Milan! Bist du in Ordnung? Wer hat dich entführt?", fragte er. Kyles Gedanken überschlugen sich. Was war mit dem vielen Blut, das die Polizei damals gefunden hatte, das von Milan stammte und woraufhin man davon ausging, dass Milan tot war. Wie hatte er den großen Blutverlust überleben können? Und wie kam Cinco zu Milan? Sie hatte den Jungen unmöglich aufspüren können!

Milan kämpfte sichtlich mit den Tränen.

„Bitte lauf nicht weg, Milan. Was auch passiert ist, wir finden eine Lösung, in Ordnung?" Kyle traute sich, langsam auf den Jungen zuzugehen.

Milan schüttelte den Kopf, machte einen Schritt zurück, ohne den Einkaufstrolley zu bemerken, über den er im nächsten Moment fiel.

„Ja pass doch auf!", schimpfte eine ältere Dame, die ihn dort abgestellt hatte, um einen Augenblick zu verschnaufen.

„Entschuldigen Sie", sagte Kyle zu der Frau und eilte auf Milan zu, um ihm aufzuhelfen. Dabei ließ er Cinco los, stellte dann den Trolley auf und reichte dem Jungen die Hand. „Milan?", vergewisserte sich Kyle, dass er sich nicht irrte, und sah ihm prüfend ins Gesicht. Er ergriff Milans Handgelenk und hielt es fest. „Hat dich jemand entführt? Ist derjenige in der Nähe?", flüsterte Kyle, lockerte seinen Griff.

Grummelnd nahm die Dame ihren Einkaufstrolley und schlurfte davon.

Milan schüttelte erneut den Kopf, befreite sich und gestikulierte: ‚Bitte, Kyle! Vergiss, dass du mich gesehen hast! Bitte!' In Milans Augen lag etwas Flehendes.

„Dich vergessen?" Kyle versuchte zu lächeln,

hockte sich zu ihm, nahm seine schmalen Schultern. „Hast du eigentlich eine Ahnung, welche Sorgen wir uns um dich gemacht haben, wie viele Tränen wir um dich vergossen …?"

Milan legte seinen Finger auf Kyles Lippen. ‚Das wollte ich wirklich nicht', deutete er.

„Was? Was wolltest du nicht?" Kyle zweifelte noch immer an seinem Verstand und fürchtete, im nächsten Moment aufzuwachen. Der Junge lebte! Er stand leibhaftig vor ihm! Prüfend musterte er Milan. Er schien unversehrt, trug ordentliche Kleidung, sah gepflegt aus, nur mit seinen kurzgeschorenen Haaren wirkte er fremd. „Weiß du denn nicht, wie sehr dich Jana liebt?", leise fügte Kyle hinzu, „und ich natürlich auch."

‚Wenn das stimmt, dann musst du unser Zusammentreffen aus deinem Gedächtnis streichen!', gestikulierte Milan.

Kyle spürte, wie er seine Stirn in Falten legte. Unter welchem Einfluss stand Milan, dass er Derartiges von ihm verlangte? Zumal durch Milans Zögern deutlich zu erkennen war, wie zerrissen er sich durch diese Begegnung fühlte. „Wie bitte soll ich jemand vergessen, den ich liebe, der mir ständig in meinen Gedanken herumschwirrt?" Kyle schluckte. „Ohne eine Erklärung wirst du mich nicht los! Ich bin hier aufgewachsen, kenne damit jede Menge Leute, die mir beim Suchen nach dir helfen würden."

Milan kämpfte erkennbar mit den Tränen. Plötzlich fiel er Kyle um den Hals, drückte ihn fest an sich. Kyle erwiderte die Umarmung. Milan lebte! Aber was war passiert und wie kam er ausgerechnet hierher? Zu viele Fragen quälten Kyle und das bereits seit acht Monaten, seit dem 14. Oktober - der Tag, an dem Milan nicht mehr nach Hause gekommen war. Kyle brauchte jetzt Antworten. „Lass uns bitte irgendwo hingehen, wo wir ungestört reden können, in Ordnung?", flüsterte er ihm zu.

Milan löste sich, wischte sich hastig sein Gesicht trocken. Er senkte seinen Blick, wirkte nachdenklich. Cinco sprang schwanzwedelnd um die beiden herum. Nach einem Moment schaute Milan auf und zeigte vom Marktplatz Richtung Marienkirche. Entschlossen ergriff Milan Kyles Hand und führte ihn zielstrebig durch die Straßen. Er kannte sich offenbar gut aus, wusste genau, wo er hinwollte. Cinco lief dicht neben Milan her. In der Papenstraße bogen sie in die kleine Parkanlage am Fürstenhof ein, wo sie sich auf eine Bank setzten.

Zweifelnd, ob diese Begegnung wirklich real war, sah Kyle Milan erneut bewusst an.

‚Ich weiß nicht, wo ich anfangen soll', deutete Milan. ‚Du bist Polizist, vertrittst das Gesetz, was die Angelegenheit sehr kompliziert macht.'

Über die Ausdrucksweise des Jungen hätte Kyle beinah gelacht, wären die Umstände nicht so ernst und er nicht so gespannt darauf, was Milan zu erzählen hatte. „Ich bin nicht im Dienst, Milan. Der Grund meiner Reise hierher ist rein privater Natur." Damit hoffte Kyle, Milan zu ermuntern.

Milan nahm einen tiefen Atemzug, als müsse er

seinen ganzen Mut sammeln. ‚Ich weiß nicht, Kyle - vermutlich bringe ich dich in Schwierigkeiten.'

Kyle lachte. „Mich in Schwierigkeiten?"

Milan senkte erneut seinen Blick. Offenbar hatte ihn seine Reaktion verunsichert.

„Hör zu, Milan, was auch passiert ist, wir werden dafür gemeinsam eine Lösung finden, versprochen!"

Milan schüttelte den Kopf, seine Nasenflügel bebten. Hastig sah er auf, abermals blitzen Tränen auf und wieder fiel er Kyle um den Hals. Kyle schloss die Augen, drückte Milans schmalen Körper an sich. „Milan! Ich bin so dankbar, dass du lebst, so unendlich dankbar!"

Milan löste sich nach einem Moment und gestikulierte: ‚Ich will auf keinen Fall zu ihm zurück.'

Kyle konnte nur vermuten. „Zu deinem Entführer?"

Milan verneinte mit einer Kopfbewegung. ‚Jeder ist seines Glückes Schmied, hat Appius Claudius Caecus gesagt. Ich möchte über mein Leben selbst bestimmen, statt drauf zu vertrauen, dass das Familiengericht für mich eine Entscheidung trifft.'

Kyle fragte sich, ob er hier gerade wirklich mit einem fast Zehnjährigen redete. Bezogen sich Milans Worte auf seinen Vater?

‚Ich habe wochenlang mit mir gerungen, nachgedacht, was ich hätte tun können, um bei euch zu bleiben.' Milan rannen weiterhin Tränen übers Gesicht. ‚Ich vermisse euch schrecklich! Mit Jana und dir ging es mir so gut - so wie früher, bei meiner Mama.'

Kyle begriff bisher immer noch nicht, was Milan ihm zu erklären versuchte.

‚Meine Angst zurückzumüssen, war zu groß. Ich musste untertauchen und woanders ein neues Leben anfangen.' Wieder erschien dieser flehende Blick in Milans Miene. ‚Bitte! Wenn du mich lieb hast, verrate mich nicht! Bitte! Bitte! Bitte!'

Kyle benötigte einen Moment, bis er Milans Aussage realisierte. Zur Sicherheit fragte er noch mal nach. „Du - du hast dein Verschwinden selbst arrangiert?" Das war unmöglich! Dazu hätte Milan Unterstützung gebaucht.

Milan rutschte von der Bank. ‚Du verstehst das nicht!'

„Warte, Milan!" Kyle packte ihm am Handgelenk. „Würdest du mir bitte mal die Chance geben, diesen Brocken zu schlucken? Ich meine ..." Kyle fehlte die Vorstellung, dass Milan ein fast perfektes Verbrechen, ja seinen eigenen Tod vorgetäuscht haben soll, und das ohne jegliche Hilfe? „Jemand muss dir doch geholfen haben?"

Milan schüttelte den Kopf. ‚Jetzt wohne ich bei einer älteren Dame, bei Gisela. Sie hat keine Verwandtschaft. Sie hat mich bei sich aufgenommen und im Gegenzug helfe ich ihr so gut ich kann, zum Beispiel beim Einkaufen.' Er zeigte auf seinen gefüllten Rucksack.

Kyle schluckte. Das klang alles so unglaubwürdig.

Milan senkte seinen Blick. ‚Ich fühlte mich ganz schlecht, als ich Cinco nachgeholt hab. Jana hat sie so verzweifelt gerufen', er wirkte sehr bewegt, ‚aber Cinco gehört zu mir und ich hatte ihr versprochen, dass ich sie nachhole, sobald ich einen Platz für uns gefunden habe.'

„Du - du hast dein Verschwinden geplant?", fragte Kyle weiterhin zweifelnd und Milan nickte. „Und du - ich meine die Schaufel mit Erde und deinem Blut daran? Wo kam das her? Die Fingerabdrücke deines Vaters waren überall."

‚Versteh doch, nur wenn man mich für tot hält, wird man mich nicht suchen und er", seine Miene sah erschreckend verbittert aus, „verschwindet für immer aus meinem Leben.'

Kyle konnte es nicht fassen. Dabei wurde ihm deutlich, welche Furcht der Lütte wirklich vor seinem Vater haben und wie schwer ihm diese Entscheidung, Jana zu verlassen, gefallen sein musste. „Komm her, Milan!", sagte Kyle leise. Er nahm ihn fest in den Arm und drückte ihn an sich. Auch Milan erwiderte die Umarmung. „Du lebst und bist unversehrt, dafür bin ich sehr, sehr dankbar." Nachdem die beiden sich voneinander gelöst hatten, fuhr Kyle fort: „Du hättest uns ins Vertrauen ziehen können, damit wäre uns viel Kummer erspart geblieben. Jana ist vollkommen zusammengebrochen, als man deine Sachen verstreut im Wald gefunden hatte."

‚Das tut mir aufrichtig leid, aber ich musste so glaubhaft wie möglich arbeiten.' Milan wirkte unglaublich erwachsen. ‚Insgeheim hoffte ich, ihr würdet meine drei Hinweise verstehen.'

„Hinweise? Was für Hinweise?", wunderte sich Kyle.

‚Jana weiß, wie wichtig mir Mamas Jacke ist. Die habe ich mitgenommen. Auf dem Computer habe ich alles gelöscht, um euch zu zeigen, dass ich vorbereitet war.'

„Tatsächlich habe ich mich über den aufgeräumten Rechner gewundert, nur wäre ich nicht auf die Idee gekommen, dass dies ein Wink sein könnte. Das Fehlen der Jacke wird Jana gar nicht bemerkt haben, sie wollte alles in deinem Zimmer so belassen. Und der dritte Hinweis?"

‚Na Cinco! Bist du nicht auf die Idee gekommen, dass sie mich suchen würde?'

„Schon!", seufzte Kyle, „aber zum einen waren Wochen vergangen und zum anderen glaubten wir, dass du …"

‚Bitte, Kyle! Versteh mich doch! Irgendwann wäre er gekommen, hätte mich zurückhaben wollen und ihr hättet nichts dagegen tun können.'

Kyle fiel das Testergebnis der Psychologin ein. Milan hatte einen auffallend hohen IQ. War wirklich ein Zehnjähriger damit in der Lage, sein scheinbares Ableben derart perfekt zu inszenieren?

‚Werde ich jetzt bestraft?'

Mit dieser Frage wurde Kyle bewusst, dass Milan, wenn er auch noch strafunmündig war, gegen einige Gesetzte verstoßen hatte, und er als Polizist nun in der Zwickmühle steckte. Mit dieser Überlegung verstand er Milans Aussage zu Beginn des Gespräches. Kyle schüttelte den Kopf, nahm Milan abermals dankbar in den Arm.

War das nicht total schräg, dass ein Kind seinen eigenen Tod vortäuschen musste, um sich vor einem für ihn möglichen, unerträglichen Urteil des Familiengerichts in Sicherheit zu bringen?

Kyle konnte Milan nicht böse sein, obgleich die Angelegenheit für ihn als Polizist mächtige Konsequenzen hatte. Für ihn stand der Vater mit den unzähligen Briefen, der seinen Sohn um Vergebung bat, auf der einen Seite und das misshandelte Kind, so schlau er auch sein mochte, auf der anderen. Kyle hätte Herrn Jansen gern selbst kennengelernt, um sich ein besseres Bild zu machen. Womöglich hatte er sich ja tatsächlich geändert. Nur solange Milan derartige Angst vor ihm hatte, war die ganze Sache sinnlos. Der Junge war zu traumatisiert. Nur gemächlich begann Kyle die Tragweite dieser Geschichte zu begreifen. Milan hatte sich ihm anvertraut. Kyle durfte und wollte ihn nicht enttäuschen, im Gegenteil, er sollte ihm ein Freund, ein Ersatzvater sein. Seine Überlegungen, ja seine Entscheidung von gestern, nach Wismar zuziehen, bekam damit eine noch gewichtigere Bedeutung.

„Ich weiß nicht, wie es weitergehen soll", löste sich Kyle aus der Umarmung. „Merkwürdigerweise, habe ich gerade gestern für mich beschlossen, wieder hierherzuziehen."

‚Wirklich? Und Jana?', erkundigte sich Milan mit einem hoffnungsvollen Strahlen im Gesicht.

„Jana?" Kyle seufzte tief. „Zurzeit haben wir,

glaube ich, recht unterschiedliche Wünsche."

‚Seid ihr nicht mehr zusammen?'

„Im Augenblick nur am Wochenende." Kyle musterte Milan. „Als Erstes möchte ich Gisela kennenlernen und sehen, wo du jetzt lebst."

‚Ich gehe auf die Gerhart-Hauptmann-Schule und da in der Nähe wohne ich auch.'

„Du gehst auf ein Gymnasium?" Kyle schmunzelte. „In dem alten Kasten habe ich schon gelernt." Er stutzte. „Und wie hast du dich da angemeldet? Und kommst du in der Schule denn klar?"

‚Ist jedenfalls interessanter, als die langweilige Grundschule! Laut Papiere hat Gisela einen zwölfjährigen Jungen Namens Milan Rieck adoptiert. Ich mag meinen Vornamen, wollte ihn unbedingt behalten.'

„Rieck?", lachte Kyle. „Wie hast du das alles nur gemacht?"

‚Mit dem Laptop!', zeigte Milan.

Kyle schüttelte den Kopf. Der Lütte war einfach unglaublich. „Woher hast du ein Laptop?"

‚Hab ich mir gekauft, in Mamas Keksdose war ihr Notgroschen. Ich brauchte ja ein Handy und einen Computer, damit ich mir eine neue Identität verschaffen konnte.'

„Das war wohl ein größerer ‚Notgroschen'." Kyle fehlte dennoch die Vorstellung, wie Milan das alles allein hinbekommen haben sollte. „Wie hast du das mit Milan Rieck fertiggebracht?"

‚Das war eigentlich gar nicht so schwer. Im Internet

gibt es ja jede Menge Seiten, wo man Tipps findet und wenn man weiß, wie man sich in die Seiten der Behörden einklickt, dann ist der Rest nur ein Kinderspiel.' Milan lächelte.

„Einklicken? Du hast die Seiten gehackt?"

‚Nenn es, wie du willst. Ich brauchte es zum Überleben. In der Klinik, wo ich früher öfters war, konnte ich von den anderen diesbezüglich viel lernen.'

„Wow! Auf diese Weise hast du auch von der vorzeitigen Entlassung deines Vaters erfahren, stimmts?"

Milan nickte kurz und stand auf. ‚Komm, ich stelle dir jetzt Gisela vor.' Er schnipste Cinco zu und lief mit Kyle Richtung Westen durch die Stadt.

„Woher kam das Blut auf deiner Kleidung, ich meine wie …"

Milan sah ihn an. ‚Ich wollte euch nicht verlassen, glaubst du mir?'

„Natürlich glaube ich dir, trotzdem war das uns gegenüber wirklich …", Kyle überlegte, „… mir fehlen dazu die Worte - gemein - krass?"

Abrupt blieb Milan mit empörtem Gesichtsausdruck stehen. ‚Was hätte ich deiner Meinung nach tun sollen? Darauf warten, dass er das Sorgerecht für mich erhält, mich mit seinem Schnaps betäubt, mich mit gefesselten Händen am Dachbalken aufhängt.' Aufgebracht schnappte Milan nach Luft.

Kyle nahm ihn in den Arm. „Schon gut!"

Milan löste sich aus der Umarmung. ‚Danke, Kyle! Ich weiß, dass ihr euch Sorgen gemacht habt, aber ihr hättet nichts gegen ihn unternehmen können, und Jana wusste das.'

Für eine Weile liefen sie schweigend nebeneinander her. Kyle war hin und her gerissen. Milan war genaugenommen kriminell und er war ein kleines Genie, eine gefährliche Mischung. Unmöglich konnte und wollte er den Jungen zur Rechenschaft ziehen, denn damit würde Kyle nur alles zerstören, was er sich so mühsam versuchte aufzubauen. Milan vertraute ihm und das durfte er nicht missbrauchen. Was Milan brauchte, war jemand, der ihm zuhörte, der ihm vor allem die Grenzen zwischen Recht und Unrecht zeigte.

Nach ein paar Straßenecken wies Milan auf ein Mehrfamilienhaus. Er holte einen Schlüssel aus der Hosentasche und schloss zuerst die Haustür und links die ebenerdige Wohnungstür auf.

„Milan, mein Engel, das hat aber heute lange gedauert!", klang eine weibliche Stimme aus einem der hinteren Zimmer. Milan zog sein Handy aus der Tasche, tippte eine Nachricht ein. „Ich habe einen Freund mitgebracht!", erklang sein Smartphone.

„Cool - eine App zum Vorlesen von Nachrichten", sagte Kyle leise.

Milan nickte, winkte Kyle, ihm ins Wohnzimmer zu folgen.

„Einen Freund? Aus der Schule?", erkundigte sich Gisela.

Kyle betrat nach Milan das sonnendurchflutete, freundlich eingerichtete Zimmer. Gisela saß in einem gemütlichen alten Sessel am Couchtisch und schaute auf.

„Das ist Kyle! Ich habe ihn zufällig auf dem Marktplatz getroffen", gab die App akustisch wieder.

„Hallo, freut mich, Sie kennenzulernen", begann Kyle zögernd an der Tür stehend. Er wusste ja nicht, inwieweit Gisela informiert war und wollte nichts Falsches sagen.

„Sie haben eine sehr angenehme Stimme", Gisela sah an ihm vorbei und erst jetzt bemerkte Kyle, dass Gisela blind war.

„Danke!", sagte er verlegen.

„Wir haben uns viel zu erzählen!", las die App Milans Textnachricht vor. „Wenn es in Ordnung ist, würde ich gerne mit Kyle in den Garten gehen." Milan goss ein Glas Wasser ein, das auf dem Tisch stand und gab es Gisela in die Hand.

Sie nickte, „danke, mein Engel! Dann lausche ich solange meinem Hörbuch", lächelte die ältere Dame und tastete nach dem Kopfhörer, der vor ihr auf dem Tisch lag.

Ein stummes Kind und eine Blinde! Das war echt eine kuriose Mischung. Kyle setzte sich auf einen der beiden ausgeblichenen Holzstühle, die auf der Terrasse auch schon bessere Jahre gesehen hatten. „Das ist bestimmt nicht ganz einfach mit Gisela!"

‚Eigentlich musst du nur achtgeben, dass alles auf seinem Platz ist, sonst stößt sie sich oder sucht nach den Dingen, die man nicht wieder zurück geräumt hat. Ihr Gedächtnis ist beeindruckend.'

„Wie hast du sie kennengelernt?" Kyle sah sich in dem kleinen Garten um. Das Gras war kniehoch und die Terrassenplatten aus Stein waren an manchen Stellen abgesackt.

‚Anfangs habe ich hier in den umliegenden Lauben übernachtet, habe tagsüber die Leute beim Einkaufen beobachtet. Gisela ist mir sofort aufgefallen, sie war so unsicher und tat mir leid. Beinah wäre sie beim Überqueren der Mecklenburger Straße von einem Radfahrer erfasst worden. Im letzten Augenblick konnte ich diese Katastrophe verhindern. Auf den Schreck hat sie mich ins Café eingeladen. Ich hatte ihr angeboten, wenn sie mir ein Zuhause gibt, würde ich sie unterstützen. Fünf Tage hat sie hin und her überlegt und meinte dann, dass wir es einfach probieren sollten. Die Arme hatte nicht mal einen MP3 Player.'

„Ich bin beeindruckt, wie du das alles schaffst", gab Kyle zu.

‚Inzwischen ist sie, glaube ich, ganz froh, dass ich bei ihr bin.'

„Den Eindruck habe ich auf jeden Fall." Kyle schwirrten weiterhin zahlreiche Fragen zu Milans Verschwinden durch den Kopf. „Erzähle mir jetzt mal der Reihe nach, wie du dieses Verbrechen inszeniert hast."

‚Als ich mit Jana im Haus meiner Eltern war, hab ich mir einen Schlüssel mitgenommen, um jederzeit Zugang zu haben. Am Tag vor seiner Entlassung habe ich im Haus ein paar Sachen von mir bei Mama im Schrank verteilt. Da ging er ja nie ran und so war ich mir sicher, dass er sie nicht vorzeitig entdecken würde.'

„Du bist ja ein Früchtchen!", flüsterte Kyle.

‚Um seine Fingerabdrücke musste ich mich nicht kümmern, die waren ohnehin überall von ihm drauf.

„Und das Blut auf deiner Kleidung?"

‚Die Tüte mit meiner Kleidung habe ich erst in der Nacht in den Schuppen gebracht. Das Schwierigste war', Milan zeigte auf seine Armbeuge, ‚sich selbst Blut abzunehmen. War gar nicht so einfach - hab ja keine Erfahrung damit. Zur Identifikation musste es ja meine DNS enthalten, außerdem sollte es ja nach möglichst viel aussehen, deshalb habe ich das Ganze mit Kochsalzlösung gestreckt.'

Kyle schüttelte nur staunend den Kopf. Er war beeindruckt, was Milan in seinem Alter wusste, gleichzeitig auch erschrocken, wozu der Lütte fähig war. Schließlich war es ihm offenbar egal, wie schwer er seinen Vater belastet hatte.

„Und die Zeugen? Wie hast du das gemacht?"

‚Welche Zeugen?', wunderte sich Milan.

„Ich kenne ihre Namen nicht. Zwei Leute aus der Nachbarschaft wollen dich und deinen Vater zusammen gesehen haben!"

Milan machte ein erstauntes Gesicht, zog seine Schultern hoch. ‚Ich war es bestimmt nicht, ich meide seine Gesellschaft.'

Milan nahm das Worte ‚Vater' nie in den Mund, besser gesagt, er zeigte es nicht, das fiel Kyle zum wiederholten Male auf. Dies ließ erneut erkennen, wie sehr Milan unter seinem Vater gelitten hatte. Liebevoll hingegen redete Milan von seiner Mutter. Seine Gebärden führte er leidenschaftlich mit Hingabe aus, die zu seinem Vater waren flüchtig, abgehakt.

Jedenfalls hatten die Nachbarn sich Milan an der Seite von Jansen nur eingebildet. So viel zum Thema Zeugen. Ob sie an ihrer Aussage vor Gericht festhalten würden? Eine beängstigende Vorstellung, dass eine solche Falschaussage einen, zumindest in diesem Fall, unschuldigen Mann hinter Gitter bringen konnte.

Kyle war erst am Abend mit ein paar alten Freunden verabredet, weshalb er Zeit hatte, den Nachmittag mit Milan zu verbringen. Um die blinde ältere Dame in ihre Pläne mit einzubeziehen, machten sie sich zu dritt auf den Weg in ein Café in der Innenstadt, denn Gisela liebte Kuchen über alles. Im Laufe der Gespräche erfuhr Kyle, dass Milan Gisela erzählt hatte, dass er aus einem Kinderheim geflüchtet war und nur ihre Adoption ihn davor bewahrte zurückzumüssen. Gisela schien sich darüber keine Gedanken zu machen, dass eine alleinstehende Dreiundachtzigjährige für eine Adoption keinesfalls infrage käme. Vielleicht war ihr aber auch die Gesellschaft von Milan wichtiger, als die Angelegenheit zu hinterfragen. Jedenfalls war sie, von ihrer Sehbehinderung abgesehen, eine beeindruckend agile Dame, hatte durch Milan Hörbücher für sich entdeckt. Ihre große Leidenschaft war zudem das Rätselraten. Milan las ihr mithilfe der App Rätselfragen vor, die Gisela löste, und Milan notierte die Buchstaben in die entsprechenden Felder. Kyle war fasziniert, wie die beiden voneinander profitierten. Es war die perfekte Symbiose.

Nachdem Kyle die zwei nach Hause begleitet hatte, verabschiedete er sich. Es fiel ihm unsagbar schwer, den Lütten hier zurück zulassen. Nach den Monaten der Sorge, der nagenden Qual, was Milan widerfahren sein mochte, war das Bedürfnis, ihn zu schützen, ihn zu umsorgen, gewaltig. Kyle konnte es kaum abwarten, seine Versetzung zu beantragen, seine Zelte in Marwitz abzubrechen und hierherzuziehen. Milan war nun ein weiterer Grund seinen gefassten Entschluss zeitnah umzusetzen.

Nach einem vergnüglichen Abend mit drei alten Freunden, hatte Kyle nur wenig geschlafen. Zu vieles schwirrte ihm im Kopf herum, vor allem natürlich Milan, aber auch Jana. Gegen zehn Uhr am Sonntagvormittag verließ Kyle die Pension. Um 13:45 Uhr begann sein Spätdienst, weshalb er sich gleich auf den Weg machte, um nicht in Zeitdruck zu geraten. Die Gedanken an Milan, dass er lebte und sich ausgerechnet in seiner alten Heimat Wismar niedergelassen hatte, kam Kyle vor, als würden sich seine sehnlichsten Träume erfüllen. Das Einzige, was zu seinem Glück noch fehlte, war Jana, und die hatte sich gestern nicht noch einmal bei ihm gemeldet. Er allerdings ebenso wenig bei ihr, denn was sollte er ihr schreiben? ‚… ach übrigens: Ich habe Cinoc und Milan gefunden …' Diese Angelegenheit war zu bedeutend, das musste er mit ihr persönlich besprechen. Zumal er vermeiden wollte, dass durch einen blöden Zufall Milans Geheimnis am Ende in die falschen Hände geriet und alles aufflog. Und da kroch wieder dieses zwiespältige Gefühl in ihm hoch. Was Milan getan hatte, war und blieb kriminell. Es war gegen alles, was er als Polizist vertrat. Unerwartet meldete sich Kyles Handy. Jana! Kyle spürte, wie allein der Name im Display seinen Herzschlag erhöhte. Über die Freisprecheinrichtung nahm er den Anruf von Jana entgegen. „Hallo Jana!"

„Bist du schon unterwegs?", hörte er Janas vertraute Stimme.

„Ja", antwortete er. „Ich bin gerade Kreuz Schwerin. Warum fragst du?"

„Sofern du gut durchkommst", Jana klang zögernd, „würde ich dich gern sehen, und wenn es nur fünf Minuten sind."

„Das sollte sich machen lassen." Kyle sah flüchtig zur Uhr. „Ich melde mich, wenn ich kurz vor Neuruppin bin, in Ordnung?" Hatte Jana tatsächlich Sehnsucht oder wollte sie mit ihm etwas besprechen? Beabsichtigte sie vielleicht, die Beziehung zu beenden? Nein! So negativ durfte er nach diesem ereignisreichen Wochenende nicht denken.

WECHSEL

Als Kyle in Marwitz auf den Hof fuhr, wartete Jana bereits auf ihn. Ungeduldig kam sie auf den Wagen zu, als Kyle den Motor ausmachte und gleich darauf ausstieg.

„Kyle! Ich ..." Sie fiel ihm um den Hals, drückte ihn fest an sich, wie schon lange nicht mehr. Daisy sprang aufgeregt um die beiden herum.

Kyle genoss diese Geste, nahm Jana seinerseits in den Arm. „Was ist denn los?", fragte er leise.

Ein Augenblick verging, bis sich Jana von ihm löste. „Eigentlich nichts, ich bin nur etwas fertig."

„Wundert dich das?" Er legte seine Hand auf ihre Wange. „Du lebst seit Monaten nur noch für die Firma."

Sie lächelte gequält. „Ich musste dich einfach nur sehen! Bitte entschuldige für den Überfall."

„Sei nicht albern", Kyle holte seine Tasche aus dem Kofferraum, „kommt mit rein!" Dann begrüßte er Daisy, die ihren Kopf an seinen Schenkel schmiegte.

„Danke", schüttelte sie den Kopf. „Du musst ja zum Dienst."

Flüchtig sah Kyle auf die Uhr. „Uns bleibt immerhin eine halbe Stunde Zeit." Er brannte darauf, Jana von Milan zu erzählen.

„Ich muss wieder zurück!" Plötzlich wirkte sie reserviert, gab ihm einen Kuss auf die Wange und eilte auf ihren Wagen zu. Daisy folgte ihr.

„Jana?", warf er ihr zweifelnd nach. Irgendwas

stimmte mit ihr nicht. Diese Aktion war zu merkwürdig. Kyle lief ihr hinterher, fasste sie am Handgelenk, nachdem sie hinter Daisy den Kofferraum zumachte. „Was ist los?", erkundigte er sich. „Du hast doch was auf dem Herzen?"

Sie machte eine wegwerfende Handbewegung, setzte ein gezwungenes Lächeln auf und sagte: „Ich wollte dich nur sehen!"

Kyle hielt sie fest, blickte ihr intensiv in die Augen. Sie sah auffallend traurig aus.

„Im Augenblick", sie schluckte hart, „muss ich wichtige Entscheidungen treffen."

„Dann lass uns reden, Jana!"

Sie nickte. „Ja! Das müssen wir wohl. - Aber nicht jetzt!" Jana befreite sich aus seinem Griff.

Diese Worte verwirrten ihn. „Nicht jetzt? Jana, wir sehen uns ja kaum noch!"

Sie drängte sich an ihm vorbei. „Ich weiß", gab sie kleinlaut zurück und stieg in ihr Auto, ohne Kyle noch einmal anzusehen.

Wie versteinert blieb Kyle auf dem Hof stehen, sah Jana nach, wie sie davonfuhr. Wo war seine Jana, die er vor fünfzehn Monaten kennengelernt, in die er sich so sehr verliebt hatte? Hatte er sich verändert, oder war es Jana, die sich durch ihre berufliche Veränderung von ihm entfernte?

Als Kyle in dieser Sonntagnacht von seinem Spätdienst nach Hause kam, schien ihm seine Scheune ganz fremd. Seine Entscheidung, nach Wismar zurückzukehren, fühlte sich nach dem heutigen Tag wesentlich dringender an als noch am Vortag. Die Begegnung mit Milan war plötzlich auffallend präsent. Kyle machte sich Gedanken, was dieses kleine Genie unter Umständen anstellen konnte, und wenn das alles herauskam, wollte sich Kyle die Folgen besser nicht ausmalen. Schließlich war er als Polizist nun in die Geschichte involviert, und damit machte er sich ebenfalls strafbar. Milan brauchte schnellstmöglich jemand an seiner Seite, der ihm auf die Finger sah. Oder sorgte sich Kyle zu viel um ihn? Milan hatte immerhin bewiesen, wie hervorragend er allein seinen Weg meisterte. Doch die Gewissensbisse als Vertreter des Gesetzes begannen an Kyle zu nagen. Statt der geplanten Versetzung, zog er einen Berufswechsel in Erwägung.

Deshalb durchsuchte er an den kommenden Tagen verschiedene Stellenangebote im Internet. Besonders sprach ihn eine Stelle bei einer Sicherheitsfirma an, die für ihren Standort Schwerin Personal suchte. Zum einen war das von Wismar aus im günstigsten Fall ein Fahrweg von vierzig Minuten und zum anderen käme ihm dieses Aufgabengebiet sehr gelegen, zumal er dafür keine aufwändige Umschulung absolvieren müsste. Neben dieser Stellenausschreibung schickte er weitere andere Bewerbungen ab. Die Hoffnung, Jana für seine Pläne gewinnen zu können, gab er zunächst nicht auf, allerdings bemühte er sich, den Tatsachen ins Auge zu sehen.

Als Geschäftsführerin einer Metallbaufirma, mit

der sie noch vor einem halben Jahr keinesfalls zu tun haben wollte, schien ein Polizist im Schichtdienst einfach nicht mehr in ihr neues Leben hineinzupassen. Jana hatte sich auffallend verändert. Spätestens ihr sonderbarer Besuch am Sonntag hatte Kyle dies erneut verdeutlicht. Das ungute Gefühl, sie verloren zu haben, wuchs, als seine WhatsApp-Nachrichten an Jana keine Lesebestätigung sendeten - und das über Tage. Womöglich hatte sie einen attraktiven Geschäftspartner gefunden, der mit ihr auf einer Wellenlänge über die Firmen plaudern konnte. Kyle nutzte am Donnerstag nach seinem Nachtdienst seine freie Zeit, Jana anzurufen, bekam aber nur die Ansage zu hören, dass der gewünschte Gesprächsteilnehmer nicht erreichbar wäre. Obwohl er Jana ein solches Verhalten keineswegs zutraute, wurde er seine Ahnung nicht los, dass Jana tatsächlich ihre Beziehung als beendet ansah. So schwer es Kyle fiel, er musste Jana wohl loslassen.

Diesmal konnte Kyle mit dieser Situation besser umgehen. Vermutlich hatten die Ereignisse im vergangenen Jahr, die Schussverletzungen, die damit verbundene Therapie und nicht zuletzt Milans dramatisches Verschwinden ihn mental wachsen lassen. Obendrein hatte er jetzt das Ziel vor Augen, in seine Heimat zurückzukehren. Und dort wartete Milan auf ihn. Genau davon hätte Kyle gern Jana erzählt, nur war er ratlos, wie er das anstellen sollte. Mehrfach war er bei seiner Laufrunde in Bötzow an der Oststraße vorbeigelaufen, hatte einen Blick auf Janas Haus geworfen. Auch am Freitagabend, als er mal wieder

Caro die Hunderunde mit Packo abnahm, zog es ihn an diesem vertrauten Ort vorbei. Da Janas Auto nicht unter dem Carport stand, hielt er es für überflüssig, zu klingeln. Hätte Jana wirklich noch Interesse an ihm, würde sie sich bei ihm melden. Den Gedanken nach Wannsee zu fahren, um Jana zur Rede zu stellen, wollte er am Sonntag in Angriff nehmen. Sie sollte ihm schon ins Gesicht sagen, was sie vorhatte.

Am Samstagmittag erhielt Kyle einen überraschenden Anruf: „Hallo Herr Rieck, hier ist Herr Stark von der Firma Fydes GmbH. Sie hatten uns letzte Woche Ihre Bewerbung zukommen lassen und nun möchten wir Sie persönlich kennenlernen. Können Sie am Dienstagmittag herkommen?"

Kyles Herz machte einen Sprung! Das war die Sicherheitsfirma in Schwerin. Er antwortete, er freue sich ebenfalls, so schnell Antwort zu erhalten und wolle sich bemühen, den Vorstellungstermin wahrzunehmen. Allerdings müsse er versuchen dafür freizubekommen und würde dann zurückrufen.

„Wir sind da, glaube ich, flexibler als ein Polizist im Schichtdienst", lachte sein Gesprächspartner. „Sagen Sie mir einfach, wann Sie Zeit hätten."

„Um ehrlich zu sein", Kyle zögerte nur kurz, „morgen Vormittag oder nächsten Freitag."

„Ausgezeichnet!", sagte Stark, „wir haben morgen ein kleines Event in der Schleifmühle. Kennen Sie das?"

„Ja!", antwortete Kyle verblüfft.

„Gut. Meine Nummer haben Sie ja, wir sind ab zehn Uhr dort, rufen Sie mich an, wenn Sie da sind."

Kyle war nach einem Freudensprung zumute. Nun lag es an ihm, Herrn Stark zu überzeugen, ihn einzustellen. Er wollte möglichst gleich früh vor Ort sein, allein schon um sein Interesse an dem Job zu bekräftigen und vielleicht sogar bei Milan vorbeizufahren.

Als Kyle am folgenden Mittag in Wismar ankam, parkte er seinen Wagen am Reuterplatz, nahe dem Mehrfamilienhaus, wo Milan mit Gisela wohnte. Flüchtig sah er auf die Uhr, es war inzwischen halb eins geworden. Er stieg aus und ging auf die Haustür mit dem großen Fensterausschnitt zu. Seine Hände zitterten, als er auf die Klingel drückte. Noch immer war er aufgeregt und konnte es kaum abwarten, Milan von den Neuigkeiten zu berichten. Erst öffnete sich die Wohnungstür, Milan streckte den Kopf um die Ecke und betätigte, als er Kyle sah, gleich den Türöffner. Sein auffallendes Strahlen, die freudige Begrüßung von Cinco tat Kyle unglaublich gut. „Ich störe hoffentlich nicht?"

Milan schüttelte den Kopf. ‚Ich freue mich sehr dich zu sehen!', gestikulierte er.

„Wer ist da?", fragte Gisela.

„Kyle, der Freund von Milan!", antwortete Kyle.

Milan sprang ihm an den Hals, nachdem er die Wohnungstür hinter ihm geschlossen hatte.

Fest drückte Kyle den Jungen an sich. „Du darfst mich zu meinem neuen Job beglückwünschen. Wenn ich alles auf meiner Dienststelle geregelt bekomme, dann habe ich ab August eine Stelle in Schwerin."

Milan löste sich aus der Umarmung. ‚Wirklich?'

Kyle nickte und ging mit Milan ins Wohnzimmer zu Gisela. „Entschuldigen Sie, dass ich hier so hereinplatze."

„Ach", Gisela machte eine wegwerfende Handbewegung. „Wir mögen Abwechslung, nicht wahr, mein Engel?" Sie versuchte in seine Richtung zu blicken.

„Kyle hat bald eine Arbeit in Schwerin, damit sehen wir uns öfter!", sagte die App von Milans Handy.

„Das freut mich sehr für Sie - und für meinen Engel natürlich auch. Er erzählt viel von Ihnen."

„Ich würde Sie und Milan zur Feier des Tages gern auf einen Kuchen entführen", er sah zu Milan, der heftig nickte.

„Aber nur, wenn ich das bezahle!", sagte Gisela entschieden und lächelte.

‚Und Jana?', fragte Milan.

„Im Augenblick gehe ich weniger davon aus, dass sie mir hierher folgen wird. Ich hatte bisher nicht mal Gelegenheit von unserer Begegnung letzte Woche zu erzählen. Weißt du, sie arbeitet jetzt für die Firma ihrer Eltern."

Milan schüttelte den Kopf. ‚Ihr habt Euch getrennt?'

„Ich gehe mich mal fertigmachen", stand Gisela auf und tastete sich auf dem Zimmer.

„Wenn es nach mir ginge …" Kyle brach den Satz ab. „Ich bin ratlos, weil sie ihr Handy offenbar ausgeschaltet hat."

‚Vielleicht hat sie es verloren oder es wurde gestohlen', gab Milan mit seinen Gesten zu verstehen.

Diese Möglichkeit hatte Kyle bisher nicht in Betracht gezogen. Er sollte über seinen Schatten springen und die Tage nach Wannsee fahren.

‚Und wenn sie im Krankenhaus liegt - so wie du letztes Jahr?'

Kyle schluckte hart, diese Vorstellung wollte er erst gar nicht weiter verfolgen und nahm Milan in den Arm. „Du hast recht, ich werde ihr wohl auf den Zahn fühlen müssen. Wenn sie mich nicht mehr sehen will, soll sie mir das ins Gesicht sagen!"

Seit Sonntagvormittag hatte Kyle das Gefühl, sein zufriedenes Grinsen sei fest in seiner Miene installiert. Er verspürte eine wunderbare Leichtigkeit in sich wachsen. Von Jana abgesehen, erfüllten sich all seine Wünsche, dass es fast unheimlich war. Als er am Abend auf den vertrauten Hof in Marwitz fuhr und ausstieg, kam gerade Caro von der Hunderunde zurück.

„Wow!", lachte sie. „Was ist denn mit dir passiert? Du siehst beneidenswert zufrieden aus."

„Hast du einen Minute Zeit?", fragte er und kraulte Packo hinter dem Ohr.

„Ich bin gespannt wie ein Bogen", grinste sie.

Kyle atmete tief durch, nahm ihre Hände. „Du weißt, dass ich dir sehr dankbar bin, dass du mich hergeholt hast, dich immer um mich kümmerst, wenn es mir nicht gut geht."

Caro sah augenblicklich traurig aus. „Du willst wieder nach Rostock, nicht wahr?"

„Nicht mal das kann ich dir vorenthalten", lachte Kyle. „Na ja, in die Nähe ... ich ziehe nach Wismar", fuhr er ernst fort. „Einen Job habe ich seit heute Vormittag - fehlt nur noch eine Bleibe, aber das ist, denke ich, keine Hürde."

Caro sah ihn einen Moment fest an, fiel ihm schließlich um den Hals. „Du wirst mir fehlen. Ich habe mich so an dich hier gewöhnt ..." Sie löste die Umarmung. „Aber Thomas hat es vorhergesehen. Er sagte, irgendwann wirst du anfangen deine Freunde zu vermissen und dann wirst du dich in Marwitz unwohl fühlen."

„Ich gebe zu, nach der Hochzeit von Mark ist es mir richtig bewusst geworden, dass ich dort und nicht hier zu Hause bin, nur spielen dabei auch andere Faktoren eine Rolle."

„Und Jana?", fragte Caro.

„Ein schwieriges Thema!", gab Kyle zu.

„Verstehe!" Sie knuffte ihm freundschaftlich gegen den Oberarm. „Dein Entschluss scheint dir gutzutun. Allerdings ohne eine Abschiedsfete lassen wir dich nicht gehen."

Kyle lachte. „Ich habe ja vorher Geburtstag und wie ich dich kenne, komme ich um eine Feier nicht drumherum."

Caro reckte sich zu ihm hoch, gab ihm einen Kuss auf die Wange „Wir können uns wirklich nichts vormachen!" Sie drehte sich um und lief mit Packo auf die Haustür zu. „Gute Nacht, Kyle!", wandte sich Caro zu ihm um.

„Danke, euch ebenfalls. Ich hab noch Nachtdienst!"

„Dann pass gut auf dich auf!" Sie zwinkerte ihm zu, bevor sie ins Haus ging.

Müde kam Kyle am Montagmorgen nach Hause. Über vierundzwanzig Stunden war er jetzt auf den Beinen, deshalb legte er sich gleich schlafen. Ungewöhnlich war jedoch, dass er gegen Mittag grundlos wach wurde und nicht wieder einschlafen konnte. Als er aufstand, fielen kräftige Sonnenstrahlen durch die Jalousie auf den Schlafzimmerboden und lockten Kyle nach draußen. Es musste inzwischen geregnet haben, das Erdreich draußen war feucht, die Luft herrlich klar. Das perfekte Laufwetter. Kyle zog sich seine Sportsachen an und wählte seine alte Laufstrecke, die er mit Jana bevorzugt hatte, am sumpfigen Höllensee entlang. Er dachte zwischendurch an Milan, an seine neue Arbeitsstelle und spürte, wie beschwingt ihm seine Schritte dabei vorkamen. Am Donnerstag nach seinem Nachtdienst wollte er nach Wannsee fahren, um Jana zur Rede zu stellen. Auf dem Rückweg rannte er am Feld entlang, sah eher beiläufig zu Janas Haus hinüber, das ungefähr dreihundert Meter entfernt war. Plötzlich ging ein Ruck durch ihn. Er wurde langsamer, blieb dann stehen und sah gebannt zur Oststraße, wo Janas Auto unter dem Carport stand. Es war ihm egal, dass er durchgeschwitzt war. Wenn

Jana am Montagmittag in Bötzow war, konnte es nur heißen, dass etwas passiert sein musste. Kyle änderte die Richtung, lief nun auf Janas Haus zu. Nachdem er das Grundstück erreicht hatte, drückte auf die Klingel am Gartentor, öffnete anschließend die Pforte. Daisy kam aus dem hinteren Gartenteil nach vorn gerannt und begrüßte ihn mit einem freudigen Jaulen. Sie schien sich auffallend über seinen Besuch zu freuen, wedelte überschwänglich mit dem Schwanz und rieb wiederholt ihren Kopf an seinem Schenkel. Zwischendurch hopste sie wie ein Welpe um ihn herum. Kyle hockte sich zu ihr, rubbelte ordentlich ihr Fell durch. „Was ist denn los mit dir?", lachte Kyle. „Man könnte meinen, du warst im Exil." Kyles Gedanken überschlugen sich. Seine zurechtgelegten Worte, mit denen er Jana gegenübertreten wollte, waren wie aus seinem Hirn gelöscht. Wie auch immer sie sich verhalten würde, er musste ihr von Milan erzählen. Bisher rührte sich jedoch nichts hinter der Haustür und Kyle hatte natürlich keinen Schlüssel dabei. Zögernd, was er tun sollte, verharrte er einen Moment, dann entschied er sich, um das Haus herumzugehen, schließlich war Daisy von dort gekommen. Die Hündin rannte vor. Als Kyle unter dem Carport am Haus entlangging und langsam den Einblick auf die Wiese gewann, wo er letztes Jahr das Freigehege für die Welpen gebaut hatte, spürte er sein Herz schneller schlagen. Die Zeit, die er hier mit Jana, Milan und der Hundefamilie verbracht hatte, lief wie ein Film im Zeitraffer vor seinem geistigen Auge ab. Augenblicklich überkamen ihn Zweifel, ob er seine

Entscheidung hier seine Zelte abzubrechen, vielleicht etwas zu übereilt getroffen hatte. Sein Blick fiel nun auf eine Liege, die auf der Terrasse in der Sonne stand, und auf das Gesicht der darauf schlafenden Person. Kyle bemerkte, wie er für einen Moment entsetzt stehen blieb. Die dunklen Augenringe, Janas fahles Antlitz erinnerten ihn an Milans Hinweis. ‚Und wenn sie im Krankenhaus liegt - so wie du letztes Jahr?' Kyle schämte sich, dass er Jana unterstellt hatte, sie hätte sich einen Geschäftspartner geangelt. Er setzte sich neben sie auf den Boden, kraulte Daisy eine Weile, bis Jana die Augen öffnete.

„Kyle?", flüsterte sie.

„Hey!" Er hockte sich zu ihr und legte seine Hand auf ihre Wange. „Jana, was ist passiert?"

Sie zog die Decke bis zum Kinn, als sei ihr kalt. „Schön, dass du da bist", sie machte die Augen für einen Moment zu. „Du bist immer da, wenn ich dich brauche!" Sie befeuchtete ihre Lippen. „Und ich hatte für dich kaum Zeit."

„Jana?" Er wusste nicht, was er sagen sollte.

„Musst du zum Dienst?" Ihre Augen waren auffallend rot, als habe sie geweint.

„Erst heute Abend zum Nachtdienst. Was kann ich für dich tun?"

Jana strich sich ihr Haar nach hinten, setzte sich auf. „Machst du uns einen Kakao?"

„Einen Kakao?", lachte Kyle. „Klar!" Ein Kaffee wäre ihm zwar lieber gewesen, aber es hatte bestimmt seinen Grund, warum Jana einen Kakao trinken wollte.

Ein paar Minuten später kam Kyle mit zwei großen Tassen Kakao auf die Terrasse zurück. Er stellte sie auf den Tisch, zog einen Stuhl von der Sitzgruppe zur Liege und holte dann die Getränke.

Er reichte Jana einen Trinkbecher. „Es gab offenbar einen Grund, warum meine Nachrichten dich nicht erreicht haben."

„Danke!", sie nahm den dampfenden Kakao entgegen. „Erinnerst du dich noch, als du Milan damals mit Daisy zusammen gefunden hast? Da hast du uns danach auch einen Kakao gekocht." Sie lächelte.

Kyle überlegte, ob er Jana gleich mit Milans Begegnung überfallen oder ob er sie besser nicht unterbrechen sollte.

„Ja, es gab einen Grund." Jana pustete über den Kakao und trank vorsichtig einen Schluck. „Am Samstagabend kam es zu einem heftigen Streit zwischen meiner Mutter und mir." Sie lachte kurz. „Im Grunde hatten wir uns ja täglich in den Haaren." Janas Miene veränderte sich, einige Tränen liefen ihr über die Wange. „Aber an diesem Abend warf sie mir Dinge an den Kopf - egal - jedenfalls wurde mir klar, dass ich das Versprechen meinem Vater gegenüber nicht halten kann."

Kyle hörte gespannt zu.

„Ich hätte meine Stelle in Oranienburg nie aufgeben dürfen! Mir fehlt die Arbeit, die Gespräche mit den Kindern und den Eltern. Ich bin keine Geschäftsfrau und werde es auch niemals werden."

Kyle stellte seine und ihre Tasse auf den Boden und nahm Janas Hände.

„Am Montagabend wurde mir im Büro zuerst schwindlig, dann erinnere ich mich nur noch, wie mir schwarz vor Augen wurde."

„Jana!", kam Kyle besorgt über die Lippen.

„Meine Mutter rief sofort den Krankenwagen. Na ja und von da an hatte ich genug Zeit über mein Leben nachzudenken." Sie musterte Kyle. „Bitte entschuldige, dass ich mich noch nicht bei dir gemeldet habe. Ich bin erst heute Morgen aus dem Krankenhaus entlassen worden."

Kyle schüttelte den Kopf. „Dafür musst du dich nicht entschuldigen. Ich sah nur dein Auto hier stehen und …"

„Doch, Kyle! Ich hätte dich anrufen müssen, aber meine Mutter hielt es für unwichtig, mir mein Handy ins Krankenhaus mitzubringen, und deine Nummer habe ich nicht zusammenbekommen. Außerdem musste ich erst einmal wieder zu mir selbst finden … Ich werde jetzt erst mal hier wohnen, bis ich mir darüber im Klaren bin, wie es mit mir weitergeht."

Bellend rannte Daisy nach vorn zum Zaun.

Kyle ging plötzlich so viel durch den Kopf, dass er gar nicht wusste, wo er anfangen sollte. „Haben die Ärzte denn den Grund für deinen Zusammenbruch gefunden?"

Die Hündin kam zurück und mit ihr eine durchdringende Stimme. „Kind! Was machst du denn für Sachen? Olga rief mich an und sagte mir, dass du herfahren wolltest."

Jana verdrehte kurz die Augen, drehte sich zu ihr um. „Hallo, Mama!"

Kyle erhob sich und schaute die grauhaarige Frau mit strengen Gesichtszügen an. All die Monate über war es ihm erfolgreich gelungen, sich vor dieser Begegnung zu drücken, und nun stand er Janas Mutter unerwartet gegenüber.

„Sie müssen Kyle Rieck, der Polizist, sein?" Sie kam auf ihn zu, musterte ihn und reichte ihm die Hand.

Kyle nickte, ergriff kurz ihre Rechte. „Freut mich, Sie kennenzulernen, Frau Graf. Entschuldigen Sie meine Aufmachung, ich war joggen und … es war gar nicht geplant, dass ich herkomme."

Sie machte eine wegwerfende Handbewegung. „Nicht schlimm! Jana hat schon so viel von Ihnen erzählt …"

„Mama!", unterbrach Jana. „Was machst du hier?"

Sie wandte sich an ihre Tochter. „Was ist das für eine Frage, Kind! Dich nach Hause holen, wo Olga sich um dich kümmern kann."

„Ich bin zu Hause, Mama", sagte Jana energisch. „Ich bin hergefahren, weil ich genau hier sein möchte!"

„Aber dir fehlt eine Haushälterin, die rund um die Uhr für dich sorgen kann, obendrein hast du noch diesen Hund am Hals."

Mit den Worten war Kyle sofort klar, wie schwer es Daisy die vergangene Woche bei der Mutter gehabt haben musste und wie sehr die Hündin ihr Frauchen vermisst hatte.

„Hör auf, mich zu bevormunden!" Jana stand auf, wobei sie auffallend blass im Gesicht aussah und für einen Moment fast wirkte, als würde sie ihr Gleichgewicht verlieren. „Ich bleibe jetzt hier, wo ich mich wohlfühle." Kyle legte sicherheitshalber einen Arm um Janas Hüfte.

„Kind!", klang die Mutter abfällig. „Sei keine Närrin und komm mit!"

„Mama!" Janas Stimme zitterte. „Ich bin hier gut aufgehoben. Sei bitte so gut und lass mir einfach ein paar Tage Zeit, ja?"

„Hast du Kyle erzählt …?" Sie sah ihn kurz an.

„Mutter!" Jana seufzte tief. „Würdest du bitte aufhören, dich in mein Leben einzumischen!"

Die Mutter nickte mit einer merkwürdig angespannten Miene. „Na schön! Du hast es ja so gewollt!" Endlich ging sie von der Terrasse Richtung Carport, wo sie sich noch mal umdrehte. Sie schien etwas sagen zu wollen, tat es aber nicht und verschwand dann aus Kyles und Janas Sichtfeld.

Kyle ließ Jana los. „Das erklärt, warum Daisy sich so auffallend über mein Erscheinen gefreut hat."

Wie von selbst sank Jana wieder auf die Liege. „Ich frage mich, wie ich es so lange mit ihr aushalten konnte." Die Hündin sprang neben Jana und kuschelte sich an sie heran, während Jana ihr den Hals kraulte.

Kyle war nicht ganz klar, ob Jana nur vor ihrer Mutter Ruhe haben wollte oder ob er ebenfalls unerwünscht war. „Wenn du dich erst mal ausruhen willst, komme ich später noch mal her."

„Nein!" Jana ergriff seine Hand. Sie zeigte auf den Stuhl. „Bitte bleib!"

Kyle hockte sich vor ihr hin. „Jana? Was ..."

„Es war ein großer Fehler zu glauben, ich könnte mich mit meiner Mutter versöhnen." Jana senkte ihren Blick.

„Aber nein!" Kyle legte seine Hand auf ihren Schenkel.

Sie nickte heftig und schaute wieder auf. „Bei dem Streit am Samstag ... meine Mutter verlangte von mir, dass ich den Kontakt zu dir abbreche."

Kyle bemerkte, wie er seine Stirn in Falten legte.

Jana lachte gekünstelt. „Sie ist eine ganz und gar berechnende Person, eine falsche Schlange! Sie erwartete doch glatt von mir, dass ich mich mit dem Sohn von Metallbau Warnke leiere, um der Firma zu noch größerem Ansehen zu verhelfen. Ich hab ihr natürlich Kontra gegeben, gesagt, dass wir nicht mehr im Mittelalter leben und ich mir keinesfalls vorschreiben lasse, mit wem ich mein Leben verbringe."

Damit wurde Kyle deutlich, warum sich Jana an dem Sonntag so merkwürdig benommen hatte. Vermutlich musste sie sich selbst erst mal drüber im Klaren sein, was sie wirklich wollte.

„Sie hat nicht lockergelassen und das hat mich wiederholt ziemlich aufgeregt, mit Herzrasen, Schwindel und allem drumherum. Von ihrer krankhaften Dominanz abgesehen, ist es, als würde sie mir meine Kraft rauben." Sie sah ihm intensiv in die Augen. „Entschuldige, dass ich kaum Zeit für dich hatte, aber das wird sich wieder ändern. Versprochen!"

Genau das war ein guter Ansatz, um jetzt mit seiner Entscheidung herauszurücken. „Das klingt gut, Jana. Allerdings hat sich auch bei mir einiges getan." Irgendwie verließ ihn gerade der Mut.

Jana nickte. „Erzähl mal!"

Wo sollte er anfangen, bei Milan, bei seinem neuen Job? Als er Jana anschaute, hielt er den direkten Weg für angemessen. „Ich werde die Polizei verlassen!"

Jana lachte. „Das ist ein Witz, oder?" Sie schüttelte den Kopf. „Ich habe noch deine Worte im Ohr. Ich liebe meinen Beruf und könnte mir nicht vorstellen, etwas anderes zu machen."

„Das war bevor ich Mi …" Kyle schluckte den Namen hinunter. Jana wirkte heute so zerbrechlich und ihm war nicht klar, wie sie auf diese Nachricht reagieren würde. Zumal er ganz sicher sein wollte, dass niemand sie belauschte. „Bevor ich zu Marks Hochzeit gefahren bin." Kyle stand auf. „Warte, ich muss nur was nachsehen." Er lief nach vorn zum Zaun, überzeugte sich, dass die Mutter wirklich weggefahren war und kam zu Jana zurück. Nun setzte sich Kyle zu Jana und ergriff ihre Hände. „Weißt du, all meine Kumpels, Freunde und Bekannten wiederzusehen, hat mir verdeutlicht, wie fremd ich hier bin."

Jana sah plötzlich noch blasser aus. „Du … du willst umziehen?"

Kyle nickte. „Ja, Jana, und am liebsten mit dir!" Leise fuhr er fort, „meine Entscheidung hat jedoch mehrere Gründe."

„Deine Entscheidung? Dann ... dann steht schon alles fest?" Sie wirkte gekränkt, zog ihre Hände zurück.

„Einer der Hauptgründe ist, dass ich Cinco begegnet bin", flüsterte Kyle unbeirrt.

Jana schüttelte mechanisch den Kopf, als verstehe sie nicht.

„Sie war nicht allein, Jana", Kyle sah sich zur Sicherheit noch mal um.

„Cinco? Wo hast du sie gesehen? Warum hast du sie nicht mitgebracht?", fragte Jana leicht erregt.

„Scht! Was ich dir jetzt erzähle, Jana, darf niemand, wirklich niemand erfahren, verstehst du? Schon gar nicht jetzt, da Jansen aufgrund der widersprüchlichen Zeugenaussagen freigelassen werden soll."

Erneut schüttelte Jana den Kopf.

„Cinco lebt in Wismar", Kyle spürte, wie sein Herzschlag vor Aufregung schneller ging, „mit seinem Herrchen. - Jana, er lebt! Ich traf ihn zufällig, auf dem Marktplatz."

Zunächst sah Jana ihn wie erstarrt an, dann legte sie langsam die Hand auf ihren Mund.

„Ihm geht es gut, sehr gut sogar", flüsterte Kyle. „Er vermisst uns und ..."

Jana schossen Tränen in die Augen, sie schluckte hart. „Ihm geht es gut?"

Kyle nickte.

„Er ist nicht tot?", vergewisserte sich Jana.

Kyle nahm ihre Hand. „Der Lütte fürchtete sich so sehr vor seinem Vater, dass er das ganze Drama inszeniert hat." Kyle atmete tief durch. „Er wusste von der vorzeitigen Entlassung."

„Ist das wirklich wahr?", zweifelte Jana.

„Damit würde ich nicht spaßen, Jana. Das Wissen um seine zahlreichen Gesetzesverstöße bringt mich als Polizist in Teufels Küche, verstehst du? Ich muss diesen Beruf aufgeben, wenn ich ihn schützen will - und das ist ja wohl keine Frage."

„Ich muss ihn sehen!", stieß sie hervor.

Kyle überlegte kurz. „Wie wäre es am Donnerstag nach meinem Nachtdienst?"

„Kyle!" Jana erhob sich und fiel ihm um den Hals.

„Du wolltest doch schon immer an die Küste ziehen, nicht wahr?" Fest drückte er Jana an sich.

Kyle sah in den Rückspiegel, behielt den nachfolgenden Verkehr im Auge. Nur flüchtig schaute er zu Jana, die neben ihm auf dem Beifahrersitz während der ersten halben Stunde der Autofahrt eingeschlafen war. Sie war zurück, seine Jana, seine strahlende Sonne. Was wohl Milan sagen würde, wenn er plötzlich mit Jana vor der Tür stand? Dennoch wurde Kyle dieses ungute Gefühl nicht los, dass Jana ihm etwas verheimlichte. Ihr Zusammenbruch sollte angeblich durch Stress, Überarbeitung und mangelndem Schlaf entstanden sein. Aber sagte sie wirklich die Wahrheit? Andererseits strahlte sie seit er ihr von Milan erzählt hatte, eine Zufriedenheit, ja eine Gelassenheit aus, die ihm vorher an ihr in dieser Intensität nicht aufgefallen war. Jana hatte sich sogar sofort bereit erklärt, das Haus in Bötzow aufzugeben und mit ihm zusammen zu ziehen, allerdings wollte sie nichts überstürzen und bat darum, sich bis Weihnachten Zeit zu lassen.

Es war halb zwölf, als Kyle den Wagen von der A14 nach Wismar lenkte.

„Ich glaube es erst, wenn ich ihn mit meinem eigenen Augen sehe", sagte Jana und legte ihre Hand auf Kyles Schenkel.

„Selbst das ist mir schwergefallen, als er vor mir stand", gab Kyle zu. „Bei meinem letzten Besuch hier, hat der Lütte mir seine neusten Kenntnisse zur Psychologie erklärt, mit der er sich aktuell beschäftigt."

„Er beschäftigt sich mit Psychologie?", vergewisserte sich Jana.

„Er wollte verstehen, warum er sich seinerzeit so aufbrausend benommen hat, und warum er sich in der Psychiatrie, besonders wenn er fixiert worden war, so sonderbar wohl gefühlt hat."

Jana lachte kurz. „Wirklich? Dabei kann man sich wohl fühlen?"

„Seine Mutter hatte ihn als kleines Kind immer in eine Decke gewickelt, damit er sich nicht wach strampelte. Zumindest meint er, dass dies eine Erklärung dafür wäre." Kyle folgte der Hauptstraße Richtung Innenstadt. „Von unserer Zuneigung, die wir für Milan empfinden, abgesehen, ist es wichtig, dass wir uns um dieses Genie kümmern. Womöglich wäre das Juniorstudium in Rostock für ihn eine gute Möglichkeit sein Potenzial wachsen zu lassen."

„Ich sehe schon, du hast dich bereits ausgiebig mit

dem Thema beschäftigt." Jana zog ihre Hand zurück. „Was bin ich aufgeregt."

„Bis zum Schulschluss um halb drei haben wir noch Zeit ..." Er sah kurz zu ihr hinüber. „Bist du schon am Verhungern oder wollen wir zuerst mit Daisy eine Runde laufen?"

„Daisy hat definitiv Vorrang!", Jana sah lächelnd zu ihrer Hündin nach hinten.

„Ich hätte ihn ja gern vom Gymnasium abgeholt!" Jana lief den Weg vor dem Wohnhaus auf und ab. Daisy hatte sich einen schattigen Platz gesucht und beobachtete ihr Frauchen.

„Ich weiß nicht, was Milan in der Schule über seine Vergangenheit verraten hat. Ungern möchte ich ihn mit unserem Erscheinen in Verlegenheit bringen. Er hat so viel aufgegeben, um sich diese neue Identität zu schaffen. Es wäre fatal, wenn wir diese durch Unbedachtheit gefährden." Kyle trat auf Jana zu. „Komm her!" Sanft zog er sie zu sich heran und lächelte sie an. „Ungeduld steht dir irgendwie nicht."

Plötzlich sprang Daisy auf und rannte die Straße hinunter. Sie bellte.

„Verräterin!", lachte Kyle.

Jana, löste sich hastig aus der Umarmung und eilte ihrer Hündin nach. Kyle folgte ihr.

„Milan!", flüsterte Jana und ihre Schritte wurden schneller. „Es ist wahr!"

Daisy war als Erste bei dem Jungen und wurde herzlich von ihm umarmt und gedrückt. Liebevoll schmiegte er für einen Moment sein Gesicht an ihren Kopf. Unterdessen war Jana bei ihm angekommen. „Milan!", sagte sie mit belegter Stimme. „Du lebst!" Ihr Atem zitterte. „Milan!" Innig drückte sie ihn an sich, als wolle sie Milan nie wieder loslassen. „Milan! Milan! Milan!"

Auch er legte seine Arme um Janas Taille, schloss selig die Augen. Anschließend war Kyle mit der Begrüßung an der Reihe.

‚Wird es jetzt so wie früher?', wollte Milan wissen.

„Na ja, nicht ganz, schließlich würden wir Gisela, sofern sie bereit dazu ist, mit in unsere Zukunftspläne miteinbeziehen wollen."

‚Wirklich?' Milans Augen strahlten.

„Natürlich! Sie gehört ja jetzt genauso zu dir wie wir, oder nicht?"

Milan nickte heftig. ‚Ich bin so glücklich, dass ihr hier seid!'

Jana nahm Milan bei den Schultern. „Bitte versprich mir, uns von nun an immer, wirklich immer, mit in deine Pläne einzubeziehen. Wir lieben dich und …"

Milan umschlang Janas Körper, drückte sie innig an sich, als wolle er sich damit entschuldigen.

Jana seufzte. „Kyle hat mir alles erzählt und ich verstehe dich auch."

Kyle schüttelte den Kopf, als Jana zu ihm sah. Er wusste nur zu gut, wie schwer es dem Jungen gefallen war, sein vertrautes Heim, seine geliebten Menschen aufzugeben. „Ich würde vorschlagen, wir holen jetzt

Cinco und drehen erst mal eine Runde mit ihr und dann kann Jana Gisela kennenlernen.

Ruckartig löste sich Milan, sah Jana einen Moment prüfend ins Gesicht.

„Was ist?", fragte sie erstaunt.

‚Wir werden ein großes Haus brauchen' zeigte Milan.

„Ähm", Jana wirkte verlegen. „Ja!"

Milan wechselte seine Blicke zwischen Jana und Kyle. ‚Wird die Zeit mit dem Baby genauso aufregend werden, wie mit Daisys Babys?'

Leichte Röte stieg Jana ins Gesicht. „Milan? Das ist doch noch mein Geheimnis!"

„Mit welchem Baby?", wunderte sich Kyle und erst in dem Augenblick verstand er die Zusammenhänge, warum er das Gefühl gehabt hatte, Jana würde ihm etwas verheimlichen.

Jana schaute ihn an, nahm seine Hand und legte sie auf ihren Bauch. „Entschuldige! Ich wollte erst die kritische Zeit abwarten, bevor ich es dir sage."

Jana war schwanger!

Kyle schossen vor Glück die Tränen in die Augen. Er schnappte nach Luft, weil ihm die Worte fehlten. Sanft zog er seine Jana an sich und küsste sie, bis sich der Boden unter seinen Füßen zu drehen schien.

ENDE

Made in the USA
Columbia, SC
20 October 2017